To get light

光
·完结篇·
策马听风 著

长江出版社
CHANGJIANG PRESS

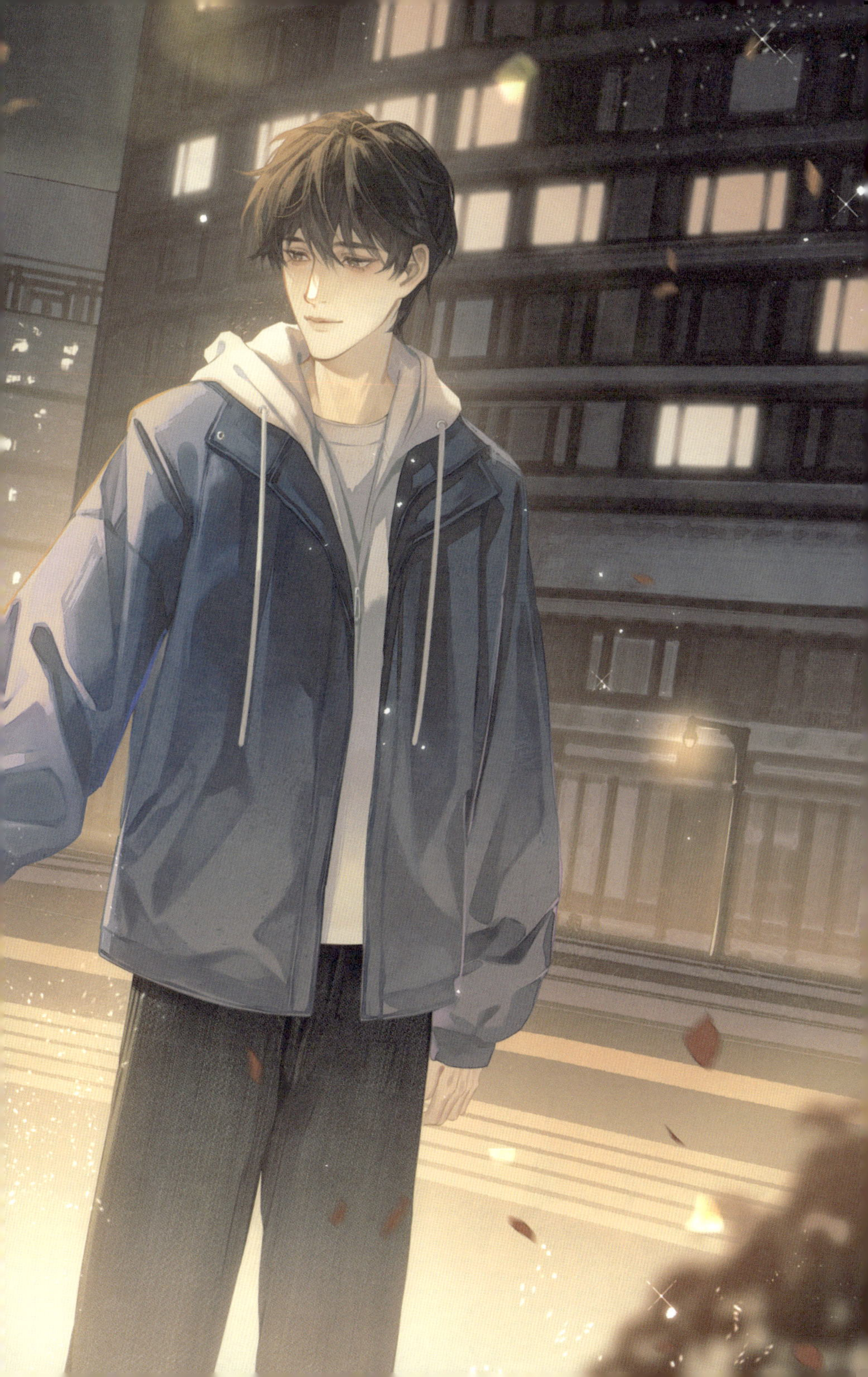

TANGUANG
WANGJIEPIAN

SYJ
FHZ

Chapter 13 「大明星」和「小糊咖」……001

Chapter 14 你终于回来了……031

Chapter 15 哥哥，我好疼……067

Chapter 16 闻辞、是你吗……095

Chapter 17 退圈……126

Chapter 18 送你一只熊……155

Chapter 19　出国留学 …… 180

Chapter 20　我来带你回家 …… 203

Extra 01　唐小爷和他的林小爷 …… 225

Extra 02　育儿理念 …… 248

Extra 03　找到你 …… 255

Extra 04　「端水」大师 …… 264

To

get

light

我现在把这只玩偶熊送给你。

他不会走的。

他会像其他玩偶熊一样陪着你，

永远都在你触手可及的地方。

Chapter 13

"大明星"和"小糊咖"

> 他是想活着,
> 但活着不能建立在别人的痛苦上,
> 他希望傅寒舟能好好活下去。

苏云景醒过来,发现自己回到了那个熟悉的白茫茫的空间,说不清楚是失望还是难受,心里泛着一阵酸楚。

他坐到了空间的地上,双腿那种钻心的疼还在折磨着他,让他疲倦至极。

穿书系统安慰的声音在苏云景耳边响起:"宿主辛苦了。"

苏云景捏了捏眉心,嗓音有点儿泛哑:"嗯。"

也不算辛苦,毕竟他又多活了将近一年,这次傅寒舟又乖,闻家人待他也不错,物质生活更是没得说。

只是苏云景没想到自己会以这样的方式再次死亡,猝不及防,一点儿前情预告都没有。上次系统起码还给他弄了个生命倒计时。而且刚才救傅寒舟的那个女孩儿,应该就是小说的女主角慕歌吧?

苏云景以为自己规避了傅寒舟跟慕歌的见面,万万没想到剧情只是延迟了,并没有更改。

傅寒舟还是出车祸了,还是被慕歌救了。他死后傅寒舟肯定会抑郁一段时间,到时候被慕歌一温暖,还不得对她死心塌地?

苏云景不讨厌慕歌,毕竟这是小说剧情的安排,也不能怪人家慕歌。他只是有点儿心疼傅寒舟喜欢上一个不会喜欢他的女孩儿。

难道小说剧情真的不能逆，傅寒舟一定要为了女主角伤心？

苏云景正坐在地上颓废时，穿书系统继续安慰他："宿主不要灰心，再接再厉嘛。"

再接再厉什么？苏云景觉得穿书系统说话温柔得有点儿过分了，透着些许心虚。

察觉到不对，苏云景总算打起了一点儿精神，问穿书系统："我这次的任务应该是完成了吧？"

穿书系统："……"它总感觉它这次的宿主好像对病态偏执有什么误解，更对傅寒舟有什么误解。

穿书系统："说实话，你没完成任务。"

苏云景默默无言了很久，数次想张口，又数次把话吞了回去。忍了好一会儿，苏云景才没咆哮出来："既然没有，那为什么我又死了？"

苏云景还以为是自己的任务完成了，穿书系统卸磨杀驴把他的命收回去的同时，继续了小说里的剧情，让慕歌来救傅寒舟。至于完成任务的标准，苏云景觉得他可能跟穿书系统理解的方式不一样。

苏云景以为的病态偏执是杀人放火、漠视他人生命的反社会精神病。虽然傅寒舟占有欲强、排他、执念重，情绪会莫名陷入崩溃的边缘，这些都符合病态偏执的特质。但他没有伤害过人，也没做过什么极端的事，还积极帮助有困难的同学，尤其是最近，表现得非常好。

大概在穿书系统的眼里，只要傅寒舟的精神疾病没有痊愈，那可能就是病态偏执吧。所以它才会一直判定他的任务不合格，没有完成对傅寒舟的救赎。

但想要他把傅寒舟的病治好，那得给他时间，让他陪着傅寒舟，然后去学相关的心理学知识。

他这边刚有起色，就被强行召回了系统空间，苏云景真是被气疯了。

穿书系统咳了一下："这件事有些复杂。"

按照小说里的隐藏剧情，其实真正的闻辞早跟闻延夫妇一样，死

在当年的那场车祸里。

穿书系统为了让苏云景尽快融入傅寒舟的生活，更改小说设定，把闻辞强行复活了。

在小说里，闻燕来其实也是慕歌在娱乐圈打拼的"金手指"之一。当年那场车祸让她失去了唯一的儿子，慕歌的出现弥补了她身为母亲的遗憾。她把慕歌当女儿看，利用自己的人脉让慕歌出演了一部大制作电影。

女主角的"金手指"是不能被随便更改的，但这里面有操作的空间，只要让闻辞在慕歌进入娱乐圈之前死了，那就不会影响后续的剧情。现在离慕歌进入娱乐圈还有好几年，苏云景可以利用这几年慢慢治愈傅寒舟。

这是穿书系统的小算盘。谁知道它能力不足，还不如傅寒舟这个bug（漏洞）厉害，没逃得过强大的小说剧情，让苏云景重复了闻辞的悲剧，五月一日这天意外死亡了。

这次车祸除了苏云景外，傅寒舟和闻怀山一点儿事都没有。

车祸是小说的世界法则，是强行走剧情线而已，苏云景就是被牺牲的"炮灰"。

总之，这次是穿书系统为了快速完成任务，自作聪明，不小心坑了苏云景一次。

穿书系统没详细跟苏云景解释小说世界的运行法则，他听得云里雾里的，只知道闻辞好像早应该在车祸中身亡。

通过这件事，苏云景越发觉得这系统不靠谱儿。

穿书系统强行"挽尊"，事情发展成这样，虽然有自己一部分责任，但苏云景也有很大的责任。他到现在都不知道傅寒舟到底是个什么样的人，还把傅寒舟当乖宝宝，做任务的时候拖拖拉拉，一点儿都不用心。

为了让苏云景进一步了解傅寒舟，从而更好地完成任务，穿书系统点拨他："你想不想知道你死亡后傅寒舟什么反应？"

苏云景担心傅寒舟的情况,怕他病情加重,沉默地点了一下头。

他以为穿书系统会口述给他,没想到它竟然直接在他的脑海里植入了一段场景。

苏云景昏迷过去后,汽车开始自燃。那时傅寒舟跟闻怀山都被救出来了,只有苏云景一个人被困在车里。

大家见火势迅猛,谁都不敢轻易上前,担心汽车会突然爆炸。最后,苏云景还是被醒过来的傅寒舟从车里拖了出来。

苏云景被救出来的时候身体多处烧伤,半张脸血肉模糊,已经没有任何生命体征,但傅寒舟还是不死心地给他做心肺复苏。旁边的人都在劝傅寒舟,但他充耳不闻,依旧尽他所能地抢救着苏云景。

看到这一幕,苏云景心里非常不好受。傅寒舟接受不了他死亡,情绪会这么激动也在预料之内。

过了很久,苏云景还是没有半点儿反应,傅寒舟似乎意识到了什么,眼睫开始颤抖。

苏云景没有任何反应,躺在地上,双眼紧闭。

傅寒舟陷入巨大的恐慌中,他抱住了苏云景,双臂紧紧地勒着他的身体。

最近的消防队赶了过来,听见刺耳的声音傅寒舟如梦初醒。他突然抱起了苏云景,然后奔向一辆离他最近的小货车。

救闻怀山的人就是小货车的主人,看见发生了事故他连忙熄火停了下来,车钥匙都没来得及拔下来。

傅寒舟抱着苏云景上了车,然后将车开了出去。

"哎,你干什么?"小货车主人见状焦急地追着自己的车跑了十几米,"你再不停我报警了。"

见追不上车,他暗骂了一句,连忙打电话报警。

东林市依山傍水,是出名的旅游区,除了最出名的林泰山,还有很多不起眼的小山。不过跟林泰山一比,这些小山就跟小土丘没什么两样。

苏云景也不知道傅寒舟要做什么,小货车被他开得跌跌撞撞,开了十几公里,人烟越来越少,周围都是连绵的小山丘。最后他将车停到一座不知名的小山前,背着苏云景爬上了山。

苏云景焦急地希望警方赶紧找过来,把傅寒舟带回去,千万别让他一个人这么待下去。

穿书系统突然问他:"宿主,你想不想看看傅寒舟的世界?"

穿书系统是想让苏云景通过这件事,知道傅寒舟到底是多病态偏执的一个人。

它解释说:"每个人都有自己的精神世界,你想不想看看傅寒舟现在的精神世界?"

苏云景脑海里的片段定格到傅寒舟抱着自己的样子,看着傅寒舟平静淡然的眉眼,苏云景觉得他这样很不对劲儿,于是怔怔地点了点头。

苏云景眼前的画风立刻变了。在傅寒舟的精神世界里,苏云景体内满是虫子,令人背脊生寒。

傅寒舟的内心根本不像表面那么平和,他在寒风中抖动着身子,甚至指尖都在发颤。

傅寒舟仿佛得了风寒似的,眼睫抖得很厉害。怀里的人没有任何气息,也不会再有任何回应,傅寒舟除了无助地抱紧苏云景之外,他不知道该做什么,眼底写满了绝望。

穿书系统本以为苏云景看到这一幕会了解傅寒舟的本性,发现自己之前把他误认为小乖乖有多离谱儿。

没想到它发现苏云景的情绪不是恐惧和恶心,而是难过跟心疼。

系统:"?"

这任宿主反应好奇怪,傅寒舟的精神世界这么变态,按照常理来说不是该害怕吗?

但一想到苏云景是它从六十多亿人类中,千挑万选找出跟傅寒舟匹配度最高的人,穿书系统也就释然了。这大概就是人类常说的"什么锅配什么盖吧"。

苏云景跟系统的视角不同,他看到的就是傅寒舟是个重感情的人。

这个世界上谁都可以说傅寒舟变态,就是苏云景不会。

看着傅寒舟像孩子一样蜷缩在地上,彷徨,绝望,痛苦,苏云景的心感到一揪一揪地难受。

系统不太理解人类过于复杂的感情,但这次的失误跟它脱不了干系,因此搜索了一些安慰词。

"宿主不要难过,这次失败了不要紧,咱们还有下一次……"

不等系统说完,苏云景就开口打断了它的话:"没有下一次了。"

系统:"?"

苏云景生出一种莫名的厌恶感,喉咙里好像着了火,声音哑得不像话:"你觉得这样有意思吗?一次次地穿过去,一次次地离开,他的病再一次次地加重。"

如果下次他还没有治愈好傅寒舟就又离开了,那还不如不回去。

苏云景不知道他这样到底是在拯救傅寒舟,还是害他的病一次次加重,要是再来一次,他真怕自己会害死他。宁可让傅寒舟像小说那样做个求而不得的男二号,也总比现在这样强,苏云景不想过去再祸害他了。

见苏云景要放弃,系统强调说:"宿主,你是认真的吗?要知道你不继续做任务,那就彻彻底底地死亡了。"

苏云景疲倦地说:"我本来就是个死人。"

他是想活着,但活着不能建立在别人的痛苦上,苏云景不想再这么重复折腾下去了,他希望傅寒舟能好好活下去。

这下系统是真的慌了,它好不容易找到跟傅寒舟的匹配度这么高的。苏云景撂挑子了,它怎么办?

"宿主,你不能这样想,万一你下次治好了傅寒舟,顺利完成了任务呢?"

苏云景又不是三岁孩子,不可能被系统的"万一"迷惑到。他思

考了一下，提出了自己的要求："要么你让我在小说世界里活到老，要么你按照规定该怎么处理我就怎么处理我，反正这个任务我不做了。"

系统震惊了，第一次碰上讨价还价的宿主，果然是物以稀为贵，稀缺了腰板才能这么直。

系统分析了一下利害才开口："这个我要跟上面申请一下。"

"好。"

苏云景坐在系统空间里看着画面定格的傅寒舟，心里十分难受。

隔了好长时间，系统才回来："算你运气好，遇上我这么一个宅心仁厚、宽以待人的系统。"

它的开场白并没有换回苏云景太强烈的反应，他只是平淡地"哦"了一声。

系统说："你只要完成这次任务就可以一直留在小说世界，我会给你安排一个新的身份。"

小说里提到过的人物，哪怕只是一笔带过也可能会受剧情线的影响。所以这次穿书系统给苏云景安排了一个没名、没姓、没剧情的"纯炮灰"，除此之外又给他一个"金手指"。

系统神秘一笑："至于是什么'金手指'，到了小说世界你就知道了，你不用太感谢我哟。"

苏云景："……"这个金手指该不会又是一个"天坑"吧？

苏云景怀着对穿书系统的质疑，又被送进了小说里。

一睁眼，苏云景发现自己双腿完全使不上劲儿，心率也非常快，不仅头疼，还发热，像是喝酒喝多了，胃里一阵难受。他跌跌撞撞地走了几步，忽然膝盖一软，就在他快要跪到地上的时候，身旁的人突然抓住他的手。

苏云景稳住身形后，跟对方道了一声谢。

那人没说话，扶着苏云景从电梯出来，拿房卡打开其中一间房。

一进去，男人就放开了苏云景。

苏云景没站稳，一下子倒在了铺着地毯的玄关里。

男人垂眸，淡淡地看着苏云景："房间有浴室，你去处理一下。"

苏云景不知道这具身体的主人跟这人是什么关系，所以没多说什么，扶着墙勉强站起来，然后打着颤走进了浴室。

他现在一身酒气，喉咙一阵阵泛呕。进了卫生间，他扒着马桶把胃里的东西全部吐了出来。吐完后他才感觉好了一点儿，打开盥盆的水龙头正漱口时，卫生间的门从外面打开。

男人随意地倚在门框，自上而下地打量着苏云景，黑沉沉的目光让人看不出他在想什么。

苏云景漱了两遍口，转身再次跟对方道谢："谢谢。"

酒精让苏云景视线有些模糊，他只能勉强看到对方五官的轮廓，隐约觉得这人有点儿眼熟。

男人走上前来，打开浴缸的水龙头："你身上都是酒气，泡个澡就睡觉吧。"

苏云景反应比平时慢了许多，听到对方让他泡澡，就没多想，下意识地将手探进浴缸，想试试水温。

身后的人突然推了他一下，苏云景没站稳，一头跌进了浴缸里。冰凉的水让苏云景的身体像触电似的抽搐了一下，挣扎中他狠狠地呛了一口水。

苏云景正要起身，后颈突然被一只手扣住，男人将他从浴缸提了出来。

冷热突然地交替让苏云景身体发抖，他吐了两口水，扶着水池壁低声喘息着。

苏云景刚喘匀气，又被男人按进了浴缸里。

苏云景闭着眼睛在水里挣扎，口鼻都呛进了水，男人这才将他提出水面。

鼻子呛水之后又酸又疼，逼出了生理性的眼泪，苏云景大口大口地喘息着。

男人从旁边抽出了一块很大的毛巾："现在是不是清醒了很多？"

将毛巾盖到了苏云景头上，男人轻轻地给他擦起了头发。

"你想干什么？"苏云景警惕地拍开了男人的手。他喘着气，发着抖，整个人狼狈至极。

男人抬眸冷淡地看着苏云景："这个房间一天一千八百八十八元，你现在欠我一千八百八十八元。"

苏云景以为这人是原主的同事或者朋友，没想到是趁机敲竹杠的，他当即就气笑了："想要房钱就直说，至于搞这一出吗？"

男人高挺的鼻梁上架着一副眼镜，刚才苏云景挣扎时，镜片溅上了水珠。

他摘下眼镜，懒散地倚在门框上，用自己的领带擦了擦镜片。

苏云景一直觉得这人眼熟，等他把眼镜摘了才终于认出了他。

这人是……许淮？

跟以前那个倨傲乖戾的青年不同，眼前这个人戴着眼镜时内敛稳重，甚至还有几分温文尔雅的感觉。没了镜片的遮挡，他黑眸深处的戾气才显现了出来，仿佛一头蛰伏的野兽露出了凶悍的本性。

擦干净了眼镜上的水，许淮又重新戴上了眼镜，瞬间又变回了精明有教养的上流精英。

苏云景不知道原主跟许淮有没有过节儿，反正他对许淮没什么好印象。

许淮把玩着手里的打火机，漫不经心地问："房钱你打算怎么付？"

苏云景脸色沉了沉："我只在你这里洗了个澡，最多给你一百块。"

许淮轻轻地笑了，那笑声里含着轻蔑："你现在能拿出一百块？"

苏云景沉默了。他拿不出来，现在连一毛钱都没有。

苏云景忍着气说："你借我用一下电话，我可以打电话找人过来。"

许淮懒散地说："我没时间为了一百块钱跟你在这里耗，既然你拿不出钱就算了。"

苏云景不信他会这么好说话。

许淮翻开打火机的盖子，一簇青焰冒出来。

猛地看到火焰，苏云景的神经一抽。不知道为什么，他突然想起自己之前出车祸被烧死在车里的样子。他一时没站稳，再次跌进了浴缸里，冷得他又哆嗦了一下。

许淮欣赏了一眼苏云景狼狈的样子，没再说什么，笑着离开了房间。

苏云景的酒劲儿还没过去，他半晌才有力气爬出浴池。

虽然许淮已经离开了，但苏云景还是不放心。他走出去将门从里面锁起来，然后靠在门后休息了一会儿。力气恢复了一点儿后，他脱下身上湿透的衣服，换上了酒店的干净浴袍。

从衣橱的镜子里，苏云景终于知道自己哪里得罪许淮了。他以为原主跟许淮可能有什么过节儿，没想到是这张脸惹出来的祸。

苏云景看着镜中自己俊朗的样子，嘴角抽搐了片刻，明白穿书系统嘴里的"金手指"是什么了——一张跟闻辞有七八分相像的脸。

好大一盆"狗血"迎面朝苏云景泼了过来。这系统真是个小机灵鬼，怎么想到的，是看言情小说看多了吗？

有一说一，如果不是最先遇见许淮这个变态，他觉得系统虽然坑人，但有时候还挺"神助攻"的。

如果苏云景的好兄弟意外死了，突然来了一个跟他很像的，哪怕这人名声不太好，冲着一张脸，苏云景也会先跟他接触看看。但如今先遇见了许淮，难保这家伙不会因为这张相似的脸，迁怒到现在的苏云景身上。

换上浴袍后，苏云景也不敢在这里多待，连忙离开了房间。

苏云景的这身造型着实瞩目，一出酒店就吸引了不少路人的关注。

被风一吹，苏云景倒是清醒了不少，但身体却一会儿冷一会儿热，脸色十分差。

苏云景想跟人借个手机，给原主认识的人打电话求助。他刚拦下人，还没有开口，对方就赶紧跑了，估计是怀疑他精神有问题。

苏云景发着抖蹲在路边想办法时，一辆商务车停到旁边。车门一

打开，露出了一张熟悉又陌生的脸，苏云景蒙了。

震惊中，他脱口而出："江初年？"

原本清秀的少年褪去了腼腆和青涩，西装革履，眉眼凌厉。

江初年皱眉看着狼狈的苏云景，犀利的目光里带着审视，最后他冷淡地说："上车。"

苏云景虽然一头雾水，但难得看见熟人，还是信任的老熟人，就忍着头晕上了车。他刚坐稳，江初年就让人开车了。

车里温度舒适，座位柔软，苏云景找了一个舒服的姿势靠着，脸色像纸一样苍白。他想问问江初年的情况，但想到闻辞已经死了，他现在的身份也不是闻辞，就忍了下来。

看江初年的眼神，他们俩应该是不熟的，救他估计就是因为这张脸跟闻辞很像。

苏云景本来就不舒服，想起这些更是难受。他打着哆嗦问江初年："能不能送我去医院？"

江初年看了一眼苏云景："如果你不怕留下什么黑历史，想去医院我也不反对。"

虽然江初年的话没有挖苦的意思，只是在陈述事实，但冷冰冰的口吻还是让苏云景忍不住看了他一眼。

这些年小江同学到底经历了什么，怎么性格发生了天翻地覆的变化？而且江初年西装裤里居然有腿，不像之前那样空荡荡的。

苏云景在小说世界待了好长时间，除了自己这个 bug（漏洞）外，还没见过什么灵异的事。所以他吃惊了一下，随后才想到江初年可能装了义肢。

看来这些年小江同学混得不错，不仅不错，而且还很忙。

江初年没怎么理苏云景，一直在用平板电脑处理公事，其间还接了好几通电话。

苏云景趁着这个机会，连忙接收原主的记忆。

不知道是不是系统特意安排的，这具身体的主人也叫苏云景，是个不出名的偶像。

原主逛街的时候被一档节目的星探发掘,参加了这档选秀节目。但因为收视率不高,没为原主积累到多少粉丝,更别说挣到钱了。不过靠着俊朗的外表,原主还是成功签约了一家演艺公司。

去年大爆的一档男团选秀节目又要录制了,原主想要参加,但公司内部有很多像他这样外形好看的小明星。除了一张脸,原主唱跳能力都不行,就算被送进节目也是"炮灰"的命。

而傅寒舟还是按照小说剧情进入了演艺圈,成了炙手可热的当红偶像,跟剧情有点儿出入的是傅寒舟的经纪人成了江初年。

他们俩这个组合是苏云景想不到的,什么时候两个人的关系这么好了?

傅寒舟现在是当红"顶流",江初年也跻身为娱乐圈的金牌经纪人,但他只带傅寒舟一个艺人。

因为江初年身体不便,手下还有多个执行经纪人。商务洽谈、影视剧约片,包括傅寒舟的个人事务,江初年虽然不一定会亲自处理,但他能拿一切主意,深受傅寒舟的信任。至少媒体是这么报道的。

原主非常想红,对傅寒舟产生了微妙的忌妒心理,再加上娱乐圈处处都是傅寒舟的传闻,所以听了不少八卦新闻。

苏云景偷瞄了一眼专心工作的江初年,忍不住感叹物是人非。对他而言离开这个世界连一小时都没有,但在小说世界里又过去了十年。

傅寒舟已经二十九岁了,而重获身份的苏云景今年才二十岁。

唉,再也听不到傅寒舟喊他哥哥了。苏云景莫名有些惆怅。

许淮坐酒店电梯到了负一层停车场,打开车门刚坐进去,兜里的手机突然响了。

许淮拿出手机,淡淡地扫了一眼来电显示,并没有着急接通电话,在铃声即将要停时,许淮才接通了电话。

电话那边立刻响起一个焦头烂额的男人的声音:"许爷,许爷爷,

云景到底哪儿惹您不高兴了，您要这么整他？"

许淮从衣领里抽出了领带，顺手解开了两颗衬衫扣，露出了线条清晰的锁骨。他眼神漫不经心，说话声音也很散漫："怎么，心疼你手下的艺人？"

懒散微凉的语调，让电话那边的严伟觉察到了几分微妙，赶紧赔上了笑脸。

"咱们俩这关系，我怎么能呢？我这不是想问问你，苏云景是不是有做错的地儿，改天让他亲自给您道歉。"

许淮在圈子的人脉很广，正儿八经从电影学院导演系毕业。手上不仅有亲爹留下来的京城电影圈人脉，这么多年靠着自己争气，而且跟许多圈内大佬有过硬的交情。去年火爆全网的《花样少年团》就是经他制作，开启了"流量爱豆"的时代，一下子捧红了很多人。

虽然早七八年前就有"流量小生"这个说法，但"偶像爱豆"时代是许淮推火的，让这个词彻底全民化，他也把《花样少年团》做成了现象级综艺节目。

今年严伟他们公司瞄上了《花样少年团》第二季，打算往里面输送自己公司的艺人。严伟精挑细选了六个人，其中就有苏云景。

他花了好大的力气，终于把许淮约出来吃饭，顺便让他把把关，看看这六个人行不行，能不能留两个成团。

在饭桌上许淮有意无意地偷瞄苏云景，严伟自以为看出了门道，于是特意将其他五个人支走。等严伟回来的时候，包厢里已经没有了他们俩的影子，只剩下许淮一个助理，生拉硬拽地要跟他喝酒。看样子苏云景把许淮得罪得不轻，要不然人家也不会这么整他。但他也只敢骂苏云景不懂事，惹谁不好，惹到了这个心狠手辣的"笑面虎"。

苏云景根本不知道事情的来龙去脉。今晚折腾了半天，他难受地在车里睡着了。

江初年刚打完电话，转头就看见旁边的苏云景双眼紧闭。

他似乎发烧了，眼角都烧得通红，偶尔从嘴里发出不舒服的声音。

看着这张熟悉的脸,江初年用力地抿了抿嘴唇,他从医药箱里拿出电子温度计,在苏云景手腕上测了一下温度。确实是有点儿发烧。

这辆车经常接送傅寒舟,里面常备着毛毯。江初年拿出一条毛毯刚给苏云景盖上,电话又打了过来。

苏云景在迷迷糊糊中听见江初年叫了一声"傅哥"。他对这个称呼很敏感,于是勉强撑起眼皮,发现江初年果然是在打电话。苏云景头晕得厉害,身体一会儿冷一会儿热,没听几句对话,又昏睡了过去。

不知道过了多久,他听见有人在喊自己的名字。

已经很久没人叫他苏云景了,苏云景有种恍若隔世的感觉,仿佛这次穿书只是他晚上做的一个荒诞的梦。第二天醒过来,他照常去没有多大前景的公司上班,拿着普普通通的薪水,将来找个普普通通的女孩儿,组建一个普普通通的家庭。

见叫不醒苏云景,江初年只好让司机把他背到楼上。原本是不想把苏云景带回家的,给他订个酒店就已经仁至义尽了。

但不管这人人品怎么样,光是这张脸,江初年就没办法把发烧的人随便扔酒店房间。

被人背上楼的苏云景极其不舒服,脑袋好像有无数根银针,随着走路的颠簸一根根地戳着他的神经。躺到床上后,还有人在折腾他。

"张嘴,吃药。别乱动,退烧贴要掉下来了。"

好不容易喂苏云景吃了药,给他贴了退烧贴,在身上抹了酒精,江初年才坐回了轮椅。

看了一眼熟睡的人,江初年叹了口气,给苏云景披了一下被子。

苏云景跟闻辞实在太像了,这张脸让江初年恍惚想起了当年,闻辞走的时候也才十八岁……

江初年不敢再想下去,推着轮椅离开了房间。

苏云景一觉睡到了第二天中午,房间拉着厚厚的窗帘,光线还有点儿暗,让苏云景产生了一种自己没睡多久的错觉。他艰难地从床上坐了起来,身体还是有些乏力,但情况比昨天好太多了,起码现在能

下床走路。

这里不是酒店,难道昨晚江初年带他回家了?

苏云景发现床头柜上有一张纸,上面有江初年给他的留言。

大概是他电视剧看多了,还以为小江同学像过去那样"真善美",把陌生人留家里还会贴心告诉对方冰箱有早餐之类的话。

苏云景拿过来一看,是几行话——

　　房间有监控,醒了就赶紧离开。如果我家里少一样东西,到时候公安局见。
　　给你留了一百元的打车费,不用还。

苏云景看到这几行冷冰冰的留言,忍不住感叹,看来小江同学这些年经历了不少事,知道了人心险恶。

床旁给苏云景留了一套干净的衣服,他穿上衣服去了一趟洗手间,并没有多待。乖乖拿上钱离开了。

按照原主的记忆,苏云景回了公司宿舍。

他们公司专门培养像原主这样长相不错、有潜质的训练生,请专业老师教他们唱跳。原主是唱也一般、跳也一般,能留下来完全是脸好看,再加上性格圆滑。

自从"爱豆文化"火爆之后,很多经纪公司都在赶浪潮、挣快钱。

在一部分人眼里"爱豆"业务实力强是加分项,关键还要看脸、看际遇、看"人设"、看有没有红的命。所以原主这种什么都一般的人留了下来,跟公司签了苛刻的劳务合同。

公司宿舍在一栋居民楼里,这里有很多一室一厅的单身公寓。像原主这种最底层的练习生,四个高大的男孩儿挤在不到六十平方米的小房子里,为了节省空间,他们也是上下铺,不过床板的质量可没他和傅寒舟的那张床好。

苏云景洗了个澡,打算补一觉的时候,一个叫袁明的练习生回来了。

看见苏云景在宿舍，袁明皱眉说："你怎么在这儿？严哥一直找你呢！他还把我们都骂了一遍，嫌我们没打电话跟他报备你没回宿舍的事。他是更年期了吧，平时嫌我们什么事都要跟他报告……"

一米八五的高个儿少年脱了带汗的T恤衫，嘴里骂着脏话进了卫生间，声音也断断续续的。

袁明说的严哥是原主的经纪人。苏云景的手机落酒店房间里了，想弄清楚情况的严伟昨晚疯狂找苏云景，却一直联系不上他，这才向袁明他们发了火。

苏云景站在洗手间门口，对冲凉的袁明说："我能借你的手机用一下吗？我的手机丢了，我给严哥打个电话。"

里面的水流停了，传来了袁明的声音："你把我的手机拿过来，就在床铺上。"

原主跟袁明来得晚，他们俩睡客厅，一个上铺，一个下铺。

苏云景把手机给袁明拿了过去，对方开了一条门缝给苏云景解了锁，翻出了严伟的电话。

袁明不放心地叮嘱苏云景："我可跟你说，你打电话就打电话，别乱点我的手机软件。"

苏云景说了一声"好"，然后给严伟拨了过去。袁明去浴室洗澡了，苏云景走到阳台打电话。

听见苏云景的声音，严伟劈头盖脸先是一顿骂。

一直听说训练生的日子很惨，苏云景今天才终于见识了，他也是第一次被人这么骂。

苏云景听不下去，忍不住打断了严伟的漫骂："严哥，你给我打电话什么事？"

"你还问什么事？什么本事都没有，得罪人倒是一把好手。"严伟不敢惹许淮，只能把气撒到苏云景身上，"我告诉你苏云景，你不想在这行混了趁早给我滚蛋。要是还想参加《花样少年团》就老老实实跟

我去找许淮道歉。"

苏云景本来就不太舒服，现在脑子更是被严伟吼得一抽一抽地疼。

严伟骂完，就把电话挂了。

袁明冲了凉，裹着一条浴巾从里面出来了："姓严的找你干什么，为了《花样少年团》的事？"

原主跟袁明一块儿被选上参加这档节目。前几天袁明就发现苏云景给严伟偷偷摸摸打了好几个电话，问他是不是有什么内部消息，他也不愿意多说。袁明虽然心里有气，但想着他万一有门路，在节目里跟他抱团，或许能多点儿镜头。

"不是。"苏云景按了按突突直跳的太阳穴，唇色还是有点儿白，"我睡一会儿，有点儿感冒。"

见苏云景不愿多说，袁明翻了个白眼也没说什么，拿吹风机吹了个造型，然后找了一件白T恤衫和牛仔裤，什么都没说，出了门。

袁明一走，苏云景掀开被子下了床。他翻出了原主跟经纪公司签的合同。

练习生时期不仅一分钱都拿不到，原主他们还要时不时帮公司已经出道的艺人做背景板，商演时站艺人身后跳舞。这是免费的，没有任何劳务报酬，美其名曰锻炼他们台上的表现力。

公司不仅管住宿，还会请老师教他们跳舞唱歌。但练习生有了名气，能接商演挣钱了，到时候会从他们演出费里把公司这些年投进去的钱先扣除，公司跟艺人再分剩下的钱。

原主唯一的经济收入是靠公司介绍戏给他拍，大多是不重要的小角色，只要有镜头、有台词，片酬还是相当可观的，不过公司也要抽走很大的一部分。

苏云景想想就头疼。他对娱乐圈没什么兴趣，对演戏也没兴趣。比起当明星，他更想给傅寒舟当个生活助理什么的。

娱乐圈的水太深，原主一没人脉二没钱，业务能力也非常一般，除了脸就没什么优势了。但在娱乐圈里，像他这样的"小鲜肉"一抓一大把，能出头的却很少，苏云景觉得自己不是吃这碗饭的料，也不想在这个圈子混。

苏云景现在的首要任务是跟经纪公司解约，然后想办法接近傅寒舟。

苏云景穿上衣服，找出原主的银行卡去附近银行取了点儿钱，卡里余额有四千多块钱，还是公司昨天刚打过来的片酬。原主的网上贷款还欠着一万多块钱。苏云景看着这四千块钱，都不知道以后自己该怎么生活。

取了一千块钱，苏云景先去了一趟医院检查身体，从医院出来后他又花一百块钱买了一部老年机先用着。一整天都没怎么吃东西，他在医院附近要了一碗皮蛋瘦肉粥和两个包子解决了晚餐。

回到宿舍后另外两个同住的练习生也回来了，同样跟苏云景抱怨严伟找不到苏云景把他们臭骂了一顿。

苏云景不太好意思地解释："昨天晚上发烧住院，还不小心把手机弄丢了，没想到连累你们仨了。"

看苏云景脸色果然很差，说话也没什么力气，其中一个人给了苏云景一块巧克力。

这两个人是老练习生了，实力很强，处事也圆滑，最近在酒吧做驻场歌手偷偷挣外快，换了衣服他们也没多待就走了。

苏云景裹着被子，抱着笔记本电脑，在微信上跟严伟说解约的事。

见苏云景要解约，严伟一股火气冲上脑门，直接给他打来了电话。

严伟阴阳怪气地笑了："跟我耍脾气是吧？行，既然你想解约，那先把公司这一年投在你身上的钱还了，然后咱们再谈解约赔偿金。"

今时不同往日，苏云景不是闻燕来的儿子，傅寒舟更不认识他。苏云景如果跟严伟来硬的，肯定没什么好处。

他徐缓地说："严哥，你别生气，我没那个意思。只是因为一些事，我得罪了许淮，在这儿也混不下去了，所以想回老家。"

严伟还是不依不饶："公司在你身上花这么多钱，你得罪了人，拍

拍屁股走了,烂摊子还得我给你收拾。"

见软的不行,苏云景换了个坚决的态度:"反正我是不准备在这个圈子混了。"

听出苏云景弦外之音,严伟口气更冷了:"你什么意思?"

苏云景不紧不慢地说:"没什么意思,反正我不想继续待在这里了。"

现在这种情况示软已经没有意义,所以苏云景没说好话,最后跟严伟不欢而散。

跟严伟周旋了半天,苏云景精疲力尽。他蜷缩到床上,没一会儿就睡着了。

苏云景本以为这会是一场持久战,没想到第二天一早严伟给他发微信,让他明天来公司面谈。

不知道严伟要谈什么,苏云景犹豫片刻,然后答应了。

吃了午饭,苏云景戴上口罩坐地铁去了公司。

到了公司,苏云景给严伟打了一个电话,对方说马上到。

严伟说是马上到,但足足让苏云景等了将近一小时。

大概是刚吃完午饭,严伟身上带着酒气,像他这样的经纪人是不需要来公司坐班的。

看见跟严伟走在一起的许淮,苏云景的心里陡然生出了一个不好的预感。

再看见苏云景,严伟已经变了个脸色,笑眯眯地对他说:"小苏啊,你可是走了大运。"

苏云景蹙了蹙眉,抿着嘴唇不说话。

严伟拍了一下苏云景的肩,态度亲昵地说:"别站着了,走,上楼,咱们跟许总好好谈一谈你的未来。"

许淮看了一眼苏云景,镜片下的黑眸似笑非笑,感受到他的不怀好意,苏云景的脸沉了下来。看来他今天和平解约的计划是泡汤了,姓许的要掺和进来了。

苏云景不知道许淮到底想干什么，就算他跟闻辞长得很像，但也没必要一而再，再而三地找他麻烦吧？

虽然知道今天可能解不了约，但苏云景还是去了严伟的办公室，想看看事情究竟糟糕到什么地步了。

进了办公室，助理敲门进来，送了三杯水。

严伟坐在沙发中间，一旁的苏云景面无表情，正襟危坐；另一侧的许淮慢悠悠地喝着茶，似乎也没有开口的意思。严伟摸不准许淮这是什么态度，刚才吃饭时，他还说苏云景是个可造之才。

许淮说这句话的时候，是听严伟说苏云景要跟公司解约，所以"可造之才"这四个字显得有些意味深长。

严伟暗地里试探了几句，听他话里的意思，好像是可以让苏云景成团出道。至于苏云景是可以发光的金子，还是路边的石子，全看许淮这个贵人愿不愿意伸手拉他一把。

见许淮这个金牌大推手不发话，严伟只好打破僵局。他笑着对苏云景说："原本我想着没有把握将你捧红就不耽误你的青春跟你解约，放你回老家发展的。但这不是巧了吗，我跟许制片吃饭时正好聊到你的发展前景，咱们许大制片对你可是很好看的。"

严伟把许淮拉到明面上，结果对方根本没有顺着他的话往下说的意思。

许淮喝着茶，黑眸里含着若有若无的笑意，气定神闲。

苏云景对严伟这话也没太大反应，保持着沉默。虽然他的实际年龄要比原主大，但他经历的事很少，论心眼肯定是比不过眼前这两个人。可他不傻，在不清楚许淮的目的之前，他决定以不变应万变。

苏云景跟许淮都没接严伟的话，严伟的脸色有些难看。现在他总算看出来了，许淮跟苏云景早就认识了，两个人的过节儿肯定没他想得这么简单。许淮也不是真想捧苏云景，在饭桌上说的那些话，只不过是想利用严伟手里的合同吊着苏云景。

严伟在心里疯狂骂许淮，但面上却不显，仍旧笑呵呵的。他起身

一脸歉意地说:"我突然想起还有点儿事没处理,要不你们俩先谈着。"

严伟知道许淮现在不开口,是想私下跟苏云景谈谈。苏云景的合同还在严伟手里,他也不怕他们俩能翻出什么花样。他卖了许淮一个人情后,离开了。

苏云景看着眼前这个温和含笑,实际上心肠毒辣的男人,冷冷地问:"你到底想干什么?"

"不干什么。"许淮取下了眼镜,抽了一张面巾纸垂眸擦拭着镜片,缓慢地说:"就是觉得你怪有意思的,我还挺喜欢的。"

苏云景:"……"应该是他长得怪有意思的,跟许淮死去的同父异母弟弟很像,所以挺喜欢折磨他吧?

许淮抬起薄薄的眼皮,扫了一眼苏云景:"如果你跟我签约,我可以让你在《花样少年团》里出道,然后把你捧红。至于严伟这里你不用担心,我会解决。"

苏云景是低估了许淮,他还以为许淮是见他长得像闻辞,所以看他不顺眼。现在看来许淮针对的根本不是苏云景,而是闻燕来。

以许淮在娱乐圈的地位,想整苏云景这个"小糊咖"太容易了,只要他暗示一下严伟,自己就永远都别想解约,根本没必要大费周章地对自己许以重利。他把自己签过去就是想完全掌控自己,利用自己这张脸去伤害闻燕来。

如果原主在这里或许会被许淮诱惑,但苏云景根本没有出道成为"顶流爱豆"的想法。

当偶像有什么好?不仅要辛苦唱跳,还会被"黑粉"谩骂,谈个恋爱都不行,在苏云景看来,"顶流"是枷锁而不是馅儿饼。

苏云景平淡地"哦"了一声:"我回去好好想一想再回复你。"

这话任谁听都知道苏云景是在敷衍自己,他这态度让许淮不由得又看了他一眼。

有了许淮的介入,苏云景这个约不太好解了。不过既然他能靠着这张脸拉仇恨,那也能靠着这张脸刷好感值。

苏云景打算先去傅寒舟那里刷刷脸,看对方会不会帮他。如果傅寒舟对这张脸不为所动,苏云景再去找闻燕来试试运气。

时间已经过去十年了,苏云景不知道傅寒舟现在变成什么样,会不会记得闻辞。

从经纪公司回来后,苏云景在电脑上把所有能搜到的傅寒舟的资料和报道都看了一遍。看百科上介绍傅寒舟是京城大学毕业,而且学的还是经管专业。

苏云景怔了一下。当初他跟傅寒舟说好一块儿考京城大学,他学心理学,傅寒舟学经管专业。结果他被迫食言了,倒是傅寒舟遵守了他们俩的约定,考上了京城大学。这一瞬间,他有种说不出的难受。

他看了一下傅寒舟入学时间,是在他车祸去世两年后才考上的。

傅寒舟进入娱乐圈的方式跟小说描写的差不多,都是无意中的惊鸿一瞥,让他靠着一张脸火爆全网。不过小说里傅寒舟是在一家度假酒店被一个网红无意中拍到了,然后才爆红网络。这次傅寒舟是在京城大学读大三的时候,有记者来学校采访,他路过时被摄像机拍到了才火了起来。

傅寒舟爆红之后,身份背景被广大的网友挖了出来,大家纷纷喊言情小说中富可敌国的男主角终于有脸了。于是,傅寒舟就顺势进了娱乐圈。

小说中并没有对傅寒舟的演技有过多描写,只说他参演了两部爆火的偶像剧,粉丝非常多,而且战斗力极强。

但这次傅寒舟不是"爱豆",他是正儿八经的演员,拿过业界不少含金量很高的表演奖项。而且傅寒舟也没参演过偶像剧,唯一一部担当主演的电视剧,还是一部评分高达八点五的历史正剧。除此之外,傅寒舟都是在大制作电影里担当男二号或者男三号。

他之所以没跟女演员传过绯闻,是因为没演过感情戏,电影里跟他演对手戏的女演员都是影后级别的实力派。"大青衣"断层很严重,活跃在大荧幕的女演员年纪大多三十五岁以上了,她们成名已久,早

就不搞"炒CP（搭档）"那套了。

傅寒舟独自挑大梁的时候很少，大多时候都是演配角，甚至是重要配角。

他第一部戏一百二十五分钟里只出场了十分钟，饰演了一个冷血杀手。一出场就是在一个雨夜天，傅寒舟穿着黑色的衣袍，里料却是红色的。取人性命时剑光似雪，衣袂翻飞，锋锐的银钩上倒映着他冷漠的眉眼，短短几分钟，一个杀气很重的杀手形象就被傅寒舟刻画了出来。

这部电影的文戏有不少缺点，但武戏却很精彩，尤其是傅寒舟饰演的杀手格外出彩。靠着这个角色他拿下当年的最佳新人奖。

因为第一部电影的出色表演，傅寒舟被一个大导演看中，出演了一个戏份很重且非常考验演技的角色。戏里傅寒舟饰演一位少年称帝、青年时扳倒把持朝堂的权臣、到了中年多疑善变并搬弄权术的千古帝王。人物的心路历程很复杂，从前期的知人善用，到后期的刚愎自用，傅寒舟将这样一个毁誉参半、城府极深的帝王形象完全演绎了出来。

傅寒舟很少接受采访，代言不多，但都是大品牌。他不太演主角，也不参加电影的宣传，网上的消息大多是"私生饭"和记者的偷拍。

苏云景把他所有参演的电影都看了一遍，包括那些画面不清晰的"路透视频"。

无论是电影中，还是粉丝"路透视频"中，傅寒舟已经不再是苏云景过去认识的那个会撒娇、眉眼纯粹干净的少年了。

苏云景看见傅寒舟变化的那一刻，无比清晰地认知到一件事——"船船"长大了，他又缺席了对方十年的人生。

苏云景心里不是滋味了好一会儿。他拍了一下自己的脸，让自己打起精神。

现在傅寒舟变化不小，苏云景拿不准他对自己是什么态度。但根据苏云景以往两次的经验，傅寒舟没接纳别人之前十分难搞。好在傅寒舟身边还有个金牌经纪人江初年，傅寒舟难搞不要紧，江初年不难搞就好。

江初年对苏云景这张脸还是有点儿感情的，要不然上次也不会帮他，还把他带回家、给他打车费。

苏云景打算先见傅寒舟一面，看他是什么反应，然后再找江初年咨询一下现在他该怎么办。

演员合同里的那些"坑"苏云景不太懂，他现在就想赶紧跟严伟这种两面三刀的小人解约。

网上有人会售卖明星的行程，而暴露行程的大多是身边的工作人员。

傅寒舟团队很注重隐私，对工作人员的要求也很严格，他的消息跟行程最难买，价钱也比其他明星要贵很多。

苏云景咬牙花了不少钱，打听到傅寒舟明天下午会坐飞机回京城。只说是下午的飞机，没说下午几点的飞机。

傅寒舟只有在拍戏的时候才会出现在公众的视野里，其他时候行踪不定，狗仔都很难拍到什么。

苏云景不太喜欢"私生饭"的这种行为，可他现在也没其他办法，要么直接给傅寒舟打电话，要么就去江初年家蹲守。

依苏云景对傅寒舟的了解，他的电话号码肯定没换。但苏云景本来长得就像闻辞，再假装拨错电话打傅寒舟手机上了，巧合太多会引起别人的怀疑。去江初年家蹲守……就算他没坏心思，这种行为也挺变态的。

比起蹲守在江初年家附近，在机场接机的行为稍微显得不这么变态。

怕错过傅寒舟，苏云景一早就去了机场。他还以为自己八点到机场已经够勤奋了，没想到傅寒舟的不少粉丝已经到了。

一群人拿着应援的灯牌，还有几个人抱着相机，带头的"站姐"维持秩序。粉丝人数虽然多，但纪律很好，没影响到机场的工作人员和乘客。

苏云景不太关注粉丝群体,粗暴地认为喜欢男明星的粉丝应该是女孩儿,女明星的粉丝是男女混杂。但看见粉丝人群中的十几个男生,苏云景的嘴角抽了抽。

他很好奇,为什么会有男人喜欢傅寒舟?跟女明星有女粉丝是一个道理吗?

原主是个"糊咖",因为经常在社交账号上拍靓照或者是训练跳舞的视频,零零散散也有这么几个粉丝。

那些粉丝就跟鱼塘养鱼似的,关注很多"小糊咖",不管哪个火起来都能证明她们眼光独到。

苏云景不觉得这里有人会认识他,但还是翻出了口罩,把卫衣的帽子戴上了,猫在一个角落不敢跟其他粉丝争抢位置。

反正傅寒舟出来了,这些粉丝肯定会一窝蜂拥上去,苏云景也不怕自己错过。

前几天傅寒舟还睡在他的上铺,谁能想到现在想见傅寒舟一面这么难?

在机场等了一整天,苏云景都不敢喝水,生怕去上厕所时错过傅寒舟。

对面那些粉丝也是,饿了就吃点儿面包,渴了坚决不喝水,就怕上厕所的工夫跟自己的偶像错过了。

一直等到晚上十点多,人群里才骚动了起来。

苏云景连忙起身,想往里面挤的时候才发现他竟然挤不过这些看着"软萌"的女孩儿。苏云景突然理解了傅寒舟当年在孤儿院为什么总是吃剩饭了,这生猛的架势,谁挤得过她们?

苏云景尝试了几次,还是只能站在包围圈的最外面。

没过多久,被几个保镖簇拥在中间的傅寒舟从机场出口走了过来,人群像煮沸的水立刻炸开了,一起朝傅寒舟涌去。

原主一米八,在舞蹈室练出来的好身材,苏云景愣是挤不进去。他远远地站在外面,凭着身高优势看见了包围在里圈、坐拥几千万粉丝的"顶流"。

已经成年的男人五官轮廓越发深邃,一双凤眼内勾外翘,眉峰孤绝冷厉,像锋锐的刀裁出来似的。即便傅寒舟身边围着这么多人,他也是鹤立鸡群般的存在,苏云景第一眼看到的就是他。

几个保镖对这样的场面已经见怪不怪了,尽职尽责地护着中间的傅寒舟。

粉丝虽然挤,但只是围在两边,中间给他们留了一条离开的通道。

傅寒舟没戴口罩,也没戴墨镜,对周围的尖叫仿若未闻,不受影响地迈着长腿继续前行。

苏云景站在人群外,看着备受瞩目的傅寒舟,可能是因为陌生感,他无声地滚了一下喉结。

摘下口罩跟帽子,苏云景喊了他一声。因为紧张,他的声音发紧:"傅寒舟!"

苏云景的声音很大,盖过了粉丝的尖叫声,吸引了不少人的目光,当然也包括傅寒舟。

傅寒舟下意识瞥了一眼声源,幽邃黑沉的眸落到一张清正俊朗的脸上,只是掠了一眼就收回了视线。他在助理的簇拥下,离开了机场,并没有理苏云景。

一群女孩儿跟着出去了,热闹的大军只剩下苏云景一个人站在原地。

苏云景之前就想过,傅寒舟不可能因为一张很像闻辞的脸就对他放下戒备,然后熟络起来。但傅寒舟这么冷淡,是他万万没想到的。

如果他们俩调换位置,苏云景要是看见一个跟自己好朋友很像的人,他不敢说会跟对方发展成朋友。但至少见第一面时,一定会非常震惊。

看傅寒舟这个反应,再联想到前几天见过的江初年,苏云景感觉他们俩应该之前见过原主。

上次他在酒店跟江初年见面时对方就很淡定,当时苏云景难受得

要死，于是没注意到这个异常。现在想起来，他才反应过来。

苏云景继承了原主的记忆。原主对傅寒舟虽然有些忌妒，还用小号诋毁过傅寒舟，可他们俩没见过面。

正在苏云景想这事时，身后传来一道声音："你怎么在这儿？"

苏云景回头，一身休闲装的江初年走了过来。

江初年装着最先进的机械义肢，但走路的姿势还是跟常人有所区别。他是和傅寒舟一块儿回来的，但怕有粉丝接机，他双腿不便，所以避开跟傅寒舟一块儿走。

苏云景的神情有点儿尴尬："我是来找你的。"

他这次除了想来见见傅寒舟，另一个目的就是向江初年咨询一下解约的事。

苏云景咳嗽了一下："刚才有点儿激动了，我第一次见他真人，喀喀……还挺帅的。"

他一个大男人，这么情绪激动地喊另一个男人名字，哪怕对方是明星也挺尴尬的。

江初年态度很冷淡："如果你是为了上次的事，我已经说了不用谢，钱也不用还。如果你想让我带你，不好意思，我现在没有带新人的打算。"

像苏云景这种上门自我推荐的，江初年没见过百八十个也有五六十个。

苏云景没解释江初年对他的误会，反而问："江先生，我怎么感觉你好像认识我？第一次咱们俩见面的时候，我想去医院，你就说会留下黑历史。你知道我是干什么的？"

江初年的表情有一瞬间的不自然，不过很快他就恢复了正常："一个圈子的，就算不认识，之前也见过。"

苏云景不信只是见过这么简单，但对方不说实话，他也不好再追问下去。

现在不管是傅寒舟还是江初年变化都太大了，刚在傅寒舟那儿遭受了打击，苏云景已经开始打起了退堂鼓。但他转念一想，钱都花了，也在机场耗了一整天。他抱着试试看的心态，追上了江初年。

"非常感谢你上次救我，经过上次的事我觉得我可能不适合娱乐圈，所以我打算跟公司解约。但公司压着我的合同不放，我在圈里也没其他朋友，就想来问问你，有没有办法让我尽快跟公司解约？"

江初年继续走着，没有搭理苏云景的意思。

苏云景犹豫了一下，说："我现在只是一个练习生，本来公司都答应我走了，但因为我得罪了许淮，他一掺和，我走不了了。"

听见许淮这个名字，江初年的眉头蹙了一下。傅寒舟跟许淮不太对付，具体原因他不知道，但隐约能猜到可能是跟闻辞有关。苏云景和闻辞长得又像，所以许淮才为难苏云景？

江初年有点儿纠结，每次看见苏云景他都有点儿于心不忍，但又不能跟他牵扯太深，因为傅寒舟不喜欢苏云景，甚至是厌恶，厌恶他顶着一张跟闻辞很像的脸。这点江初年是没想到的，他还以为傅寒舟会因为苏云景的长相对他有好感。

江初年第一次看见苏云景时非常高兴，立刻就带傅寒舟去见苏云景了。但只是隔着很远地看了一眼，傅寒舟就说他不是闻辞。

苏云景当然不可能是闻辞。闻辞已经在十年前出车祸去世了，但不知道为什么傅寒舟一直坚信他还会回来。

傅寒舟怕苏云景回来找不到自己，或者因为什么意外找不到他，傅寒舟在爆红后顺势进了娱乐圈，他想让闻辞在任何地方都可以看见他。

傅寒舟知道江初年心思很细腻，所以他出钱把江初年送到了国外，做了植入义肢的手术。

江初年回国后，就做了傅寒舟的经纪人，帮他一起筛查一切可能是闻辞的人，这一做就是五年多。

跟傅寒舟关系好一点儿后，江初年才发现他的精神状况一直不太好。这几年病情反反复复，江初年很担心傅寒舟，所以苏云景的出现

对江初年来说就像救星一样。江初年以为傅寒舟会把苏云景认成闻辞，活在自己编造的闻辞还没死的假象里。但傅寒舟没有，他在这方面似乎很清醒。

在傅寒舟的坚信下，江初年第一次看见苏云景，险些都以为闻辞回来了。傅寒舟却隔着很远的地方，只看了一眼就认定苏云景不是闻辞。

江初年也不知道他是怎么看出来的，或许他只是不想承认闻辞死了，可又觉得谁都代替不了苏云景，才会一直折磨自己，一直跟自己较劲儿。

当初那头披着羊皮的狼，现在为了一个不存在的梦仍旧披着羊皮，混入羊圈里扮演着一只羊。

因为他觉得闻辞会回来，他不想让闻辞看见他糟糕的一面。所以哪怕不喜欢娱乐圈，他仍旧尽心尽职地做好演员分内的工作，哪怕再辛苦也坚持着。

傅寒舟越是坚信这件事，江初年就越害怕。害怕梦被戳破了，他的精神会彻底崩溃。

以前江初年很害怕那头藏着野性的狼，了解他之后却很心疼他，也很担心他。

这个世界上有太多太多的遗憾了，傅寒舟至今都不能接受自己的遗憾。

江初年无比希望苏云景就是闻辞，就是那个能让傅寒舟精神稳定下来的闻辞。但他不是，他只是长得像，甚至他的长相还可能会刺激到傅寒舟，让傅寒舟病情加重，所以江初年不能跟这样一个人牵扯太深。

压下千头万绪的心事，江初年冷硬地拒绝了苏云景："我不能帮你，也没理由帮你。你别再来找我了。"

苏云景愣了一下，眼睁睁地看着江初年走了，没再追过去。

帮是情分，不帮也正常，毕竟他现在对江初年来说只是一个陌生人，只不过这个陌生人跟自己昔日的朋友长得像，所以上次才伸了一把援手。

苏云景微微一叹，感觉事情很棘手。

等江初年走出了机场，苏云景才想起忘记告诉江初年有人在贩卖傅寒舟的行程。他本来想着跟江初年见面时，把贩卖消息那人的微信号推给江初年，让他查一下是谁透露出来的。

苏云景犹豫了一下，走出机场扫视了一圈，没看见江初年，他也只能放弃了。

已经是晚上十点多了，苏云景几乎饿了一天，他准备去附近的小吃店吃一碗面，然后回公司宿舍。见地上不知道谁扔的矿泉水瓶，他顺手捡起来，扔进了旁边的垃圾桶。

苏云景一抬头，正好看见一辆行驶的黑色商务车。

黑色的车窗降了下来，露出一张令人惊艳的脸，一双幽邃的凤眸看着苏云景。苏云景的瞳孔微微放大。两个人只是匆匆对视了一眼，商务车便飞驰而过。

苏云景的目光忍不住追逐着那辆车，直到汽车消失在他的视野里才惆怅地收回了视线。

以前觉得傅寒舟太黏人，现在不黏人了又觉得不习惯。人哪，就是永远不知足。

Chapter 14

你终于回来了

"是你吗？"
"小时候也是你，对吗？"

求助傅寒舟和江初年的计划泡汤打击到了苏云景，他觉得这件事可以先拖一拖，实在不行再去找闻燕来。

《花样少年团》马上就要录制了，严伟给苏云景报了名。但苏云景说什么也不去，还找借口说自己练舞的时候腰受伤了，无法参加比赛。

苏云景烂泥扶不上墙的样子把严伟气得够呛，他三天两头就给苏云景打电话。

严伟一开始就给苏云景"画大饼"，表示公司会将苏云景捧成"顶流"，到时候还会重新跟他签一份劳务合同。见苏云景油盐不进，严伟恢复了本性，威胁苏云景，要继续闹腾下去他绝不放苏云景的合同，要雪藏苏云景。

苏云景对红没什么期待，雪藏他也不怕，直接把严伟给拉黑了。

所以当陌生电话再打过来的时候，苏云景以为是严伟，语气十分冷漠："我已经跟你说了，我现在没有明星梦也不会再参加《花样少年团》。"

那边等苏云景说完才开口："是我，我是江初年。"

苏云景握着鼠标的手微顿，没想到江初年会给他电话："不好意思，我以为是我的经纪人。"解释了一句，他开口问道，"江先生，你找我有什么事？"

江初年说："你上次不是想问我跟公司解约的事？最近我有时间，咱们可以见一面，详细谈一谈解约的流程。"

苏云景云里雾里地答应了下来，跟江初年约好明天下午见面。挂了电话他纳闷儿地想：怎么小江同学又突然要帮自己了，难道是因为自己这张脸？

隔天下午，苏云景倒了两班地铁，按照江初年约定的时间准时到达了咖啡厅。

江初年在二楼隔间等他，苏云景被服务生带了过去。

推开门就看见坐在窗边，穿着银灰色马甲跟白色衬衫的江初年。完全褪去年少稚气的男人已经不像过去那么腼腆自卑，身上有一种从容不迫的精英范儿。

见苏云景进来了，江初年让他坐下。苏云景从善如流地拉开面前的藤椅，坐了下来。

江初年看着对面的清俊青年，目光有一瞬间的失神。虽然原主今年已经二十岁了，但长相比实际要年轻很多，像十七八岁的少年，也就是闻辞去世的年纪。

江初年不动声色地收回视线，垂眸喝了口咖啡："把你约到这里是因为这儿隐秘性好，要是让你的经纪人知道咱们见面，会以为咱们在谈合作，这对你解约更不利。"

再抬头时，江初年眸里的情绪已经消散："如果你相信我，可以把解约的来龙去脉跟我讲一遍。"

苏云景自然是相信江初年的，要不然也不会一开始就想找他。只不过事情有点儿复杂，牵扯到许淮和闻燕来的恩怨，苏云景不好说出来，只能含糊过去，说自己不知道因为什么得罪了许淮。

听完苏云景的解约经过，江初年给的建议就一个字——耗。耗到《花样少年团》开始录制，严伟在苏云景身上压榨不出价值，看不到成名的潜质，他会主动将苏云景踢出公司。

江初年嘱咐苏云景最近不要跟任何经纪公司有接触，也不要急于找其他工作，要是被严伟抓到把柄，可能会被讹一笔解约费。像他们这种训练生跟公司签订的合同，条约都十分苛刻，平时私下接个活儿没事，但公司要是想追究，一抓一个准儿。

江初年还看了苏云景的合同，特意提醒有问题的地方。

江初年前后态度差别太多，在机场还让苏云景不要找他，今天就细致耐心地跟他说了这么多解约事项。

苏云景忍不住心里的疑惑，开口问江初年："我能不能多嘴问一句，你为什么突然又想帮我了？"

不是江初年想帮苏云景，是傅寒舟突然想要帮苏云景了。江初年也不清楚具体原因，傅寒舟没跟他解释，也没有露面的打算，他不知道傅寒舟想干什么。

江初年抿了片刻嘴唇，半真半假地说："因为你跟我一个朋友长得有点儿像，我回去想想还是觉得拉你一把。"

其实就算傅寒舟不开口，要是得知苏云景的处境很惨，他也会忍不住伸出援手的。只是他希望苏云景能长个教训，知道娱乐圈不好混，以后不要再蹚浑水，找个适合自己的工作，安安分分地过自己的生活。

谈完正经事，江初年没跟苏云景闲聊，起身离开了咖啡厅。

一辆低调的黑色汽车停在路边，江初年拉开车门坐了进去，对旁边的人说："严伟好解决，就是许淮搅在里面有点儿麻烦。他短时间内应该解不了约，要是一分解约费都不出，这事估计要耗一年左右。"

这是依照他对严伟以及经纪公司的做派得出来的结论。

傅寒舟没有说话，面容隐藏在车厢的阴影里，让人窥探不出情绪。

见傅寒舟迟迟不说话，江初年不由得看了傅寒舟一眼。最近这两年，傅寒舟越来越沉默，除了拍戏说台词，大多时候都一个人安静地待着。江初年知道他很孤独，也很想他能走出来。但他自己跟自己较劲儿，江初年束手无策，只能干着急。

跟江初年见了一面后,苏云景心里有谱儿多了,只不过他能耗下去,但银行卡里的余额耗不起。

苏云景身上只有不到两千块了,原主还欠着网上贷款一万多块。现在他不能出去打工挣钱,严伟为了逼苏云景乖乖就范,肯定也不会再给他介绍戏拍。

苏云景只能硬着头皮撑下去,为了能还上网上贷款,他把原主的奢侈品拾掇了出来,挂网上卖。宿舍有锅有灶,买点儿米、面、油就能自给自足,这样能省一笔吃饭的钱。

《花样少年团》马上就要开拍了,苏云景这边一点儿都不松口,来公司训练也"划水"混日子。

严伟也不知道苏云景是真想退圈,还是找到了新的下家,他找人跟其他公司打听的同时,还让袁明他们盯着苏云景在宿舍有没有异常。

袁明或明或暗地问了苏云景好几遍,问他跟公司闹得这么僵,是不是真的打算回老家种地了?

无论是谁问,苏云景都是一套说辞——他想回老家找个安稳的工作,不想在娱乐圈耗下去了。

不管公司安排什么工作,苏云景照做不误,但就是做不好,问就是业务能力差。

原主的公司每个月都有练习生考核,不达标的练习生会直接解约。当初严伟看苏云景长得不错,虽然唱跳没一样能拿出手,但还是留下了他,签了个长期合同。现在苏云景"划水"严重,训练不积极,不仅没上进心,还不服从管教。

最令严伟头疼的是如今联系不上许淮,听说许淮跟人合开的公司出了点儿事,正在被有关部门调查。

虽然许淮出了点儿麻烦,但《花样少年团》照常录制,苏云景找各种理由不去,严伟只能临时换了个新人上。

现在许淮正是焦头烂额的时候,无暇顾及苏云景,严伟彻底放弃

这摊扶不上墙的烂泥，准备跟苏云景解约。

哪怕走到解约这步了，严伟还处处给苏云景使绊子。要不是江初年之前在背后指点，苏云景就一脚踩进去了，弄到最后约是解了，但他要是再进娱乐圈，还得吃一脑门儿官司。

苏云景对成名出道没兴趣，可他也不想被人这么坑。

好不容易把约解了，苏云景长舒一口气。要是再拖下去他可真就弹尽粮绝了，他的卡里现在就只剩下几百块钱了。这段时间他一直省吃俭用，但总会有额外支出。眼睁睁地看着钱一笔一笔花出去，他的心都在滴血。以前他在大城市打拼时也穷过一段时间，可没穷到这个份儿上。

穿书系统给他安排的这具身体是个无父无母的孤儿，高中毕业后就外出打工，无意中被星探发掘，在娱乐圈做了一年多的明星梦。现在不仅一分钱没存下，还欠了一万多块。雪上加霜的是苏云景一解约，立刻被赶出了员工宿舍。

苏云景一边收拾东西，一边想着先找一份包吃包住的工作干两三个月，等把欠的钱还清，再想办法接近傅寒舟。

收拾好东西，苏云景正想找个便宜的小旅馆住一晚，江初年的电话就打了过来。

江初年问他接下来打算怎么办，是想留京城找工作还是回老家。

苏云景把自己的规划告诉了江初年："我老家没亲人了，目前打算留下来，先找份管吃管住的工作再说。"

江初年沉默了一下，开口问苏云景："你有没有想过继续留在娱乐圈？我这边正好招一个助理。"

苏云景顿时激动了，这么巧吗？

"可以，可以。"苏云景赶紧答应下来，顿了一下，又问，"管住吗？我现在没地方住，身上的钱也不多了。"

这点儿钱在京城租半个月的房子都难，更别说租房还要"押一付三"。

"你现在没地方住？"江初年故意重复了一遍，他转头看向身侧的人。

电话开着免提，苏云景说什么，电话这边都听得一清二楚。

听到苏云景承认自己没地方住，融在金色光线里的人很轻地点了一下头。

江初年这才回复苏云景："管住。"

江初年心思细腻，知道像苏云景这种练习生身上不会有太多钱，再加上跟公司耗着解约，基本就是入不敷出。问清楚了苏云景在哪里，江初年让人过去接他。

其实苏云景的解约速度已经非常快了，快得不可思议。

江初年刚开始以为傅寒舟帮苏云景，一大半是因为跟许淮不对付，一小部分原因是苏云景跟闻辞长得像。但帮到这个份儿上，又是让他来身边工作，又是提供住宿的，江初年觉得傅寒舟对苏云景的态度有点儿微妙。至于傅寒舟为什么对苏云景改变了态度，江初年暂时还没想明白，但心里觉得这是一件好事，至少傅寒舟肯从自己的世界里迈出第一步了。

江初年的办事效率很高，打了个电话就为苏云景解决了住宿的问题。一套两室两厅的房子，家具家电齐全，拎包就能入住。

"就我一个人住吗？"苏云景看着自己的新屋，觉得这个助理的待遇未免也太好了点儿。做练习生的时候，他们四个大男人挤在一套一室一厅的小房子里，原主的床铺还是在客厅。没想到给人做助理，宿舍竟然这么大。

江初年把房子的钥匙交给了苏云景："助理是不管住的，但你情况特殊，正好我朋友的房子闲置着，你先住着吧。"

苏云景接过了钥匙跟江初年道了谢，感谢他帮自己找房子，还搞定了麻烦的解约。最重要的是给他介绍了一份工作，不用他绞尽脑汁地想着怎么接近傅寒舟。

江初年说："助理有一个月的实习期，实习期间工资五千元，你现

在要是很缺钱，我可以提前预支你一个月的工资。"

听到江初年这话，苏云景仿佛在他身后看到了圣光。真没想到自己当年的举手之劳，会在自己落魄的时候帮到自己。这件事充分说明，助人为乐者必有后福。

江初年没告诉苏云景，这些事都有傅寒舟的掺和，因为傅寒舟没让他说。

傅寒舟有自己独立的工作室，没挂名到任何影视公司。

沈年蕴是搞互联网产业的，跟娱乐圈有着千丝万缕的联系，不少社交平台的公司都有他的股份。因为是沈年蕴的独子，傅寒舟在资源人脉这块不用费太多心思，自然有人倒贴过来。不过跟其他"顶流"不一样，傅寒舟几乎不接商演活动，也很少接受采访，更不参加综艺活动。网友戏称这就是"国民第一少爷"的底气，不缺钱也不用辛苦赶通告。

傅寒舟出镜率不高还能有这么多"死忠粉"，完全是因为颜值高、家境好，再加上本人神秘感十足，还没有绯闻。他从不挑大梁是因为太挑剧本，据说傅寒舟不拍感情戏、亲热戏、裸露的镜头，哪怕裸个上半身都不行。反正圈内有关他的传闻特别多，乱七八糟什么都有。

苏云景："……"

不仅外面瞎传，傅寒舟的工作室内部都八卦新闻满天飞。工作室里没人知道苏云景跟傅寒舟什么关系，午间休息时苏云景就听见他们在讲八卦，有些还是傅寒舟的。

工作室里就有傅寒舟的粉丝，一开始应聘就是因为喜欢傅寒舟，结果来这里工作才发现，原来明星工作室也不一定经常见到明星本人。

苏云景来工作室一个多星期了，一次都没在公司里见过傅寒舟。

他还以为自己是傅寒舟身边的助理，结果就是一个"打印小弟"，每天做几个特别简单的表格，然后帮同事跑跑腿、打印合同文件、装订合同文件等杂活儿。工作既轻松又简单，还有两室两厅的宿舍住，要不是担心傅寒舟的精神情况，苏云景这种"咸鱼"性格觉得这份工作还挺好的。

江初年至今都没明白傅寒舟这是什么意思，把苏云景安排进公司了，也没有见对方的打算。他每次找傅寒舟谈事，就发现傅寒舟盯着办公室的监控，看苏云景在打印室里装订文件。他要是不开口打扰傅寒舟，傅寒舟能一直看。

明明是一个有脉搏、有呼吸的人，但每次看见精致到几乎失真的傅寒舟，江初年总感觉随着漫长的等待，他的生命力好像也在一点点地消失。

从傅寒舟寡淡冷漠的眉眼中，再也看不出当年那个善于伪装、喜欢黏着闻辞的漂亮少年。

江初年喉咙发涩，忍不住问他："你就打算一直让他在办公室做这些？"

见傅寒舟不说话，江初年直切要害："他现在才二十岁，正是对什么都感到新鲜的时候，我怕这份工作和这份薪水留不住他。"

傅寒舟睫毛动了一下，盯着监控屏幕问："你什么时候去国外检查？"

江初年每隔一年就要飞去国外，因为义肢的传感器跟微处理器需要定期检查。

一时没理解傅寒舟为什么要问这个，江初年老实说："不出意外，这个月会去一趟。"

傅寒舟刚拍完戏，这个月工作量不多，江初年打算不忙的时候去。

傅寒舟淡淡地"嗯"了一声，没再说话。

江初年本来是打算本月末去检查腿，但傅寒舟提前给他放了假。

傅寒舟也没什么要紧工作，只有一个品牌换产品包装了，商场内部的海报要换新的，需要傅寒舟拍几张硬照。其他零零散散的工作不需要江初年操心，他也就放心地飞去了国外。

苏云景还在工作室做着他的"咸鱼"。周末休息正在家里大扫除的时候，突然接到了江初年的电话。

明天下午要给品牌拍硬照，江初年跟傅寒舟打电话沟通拍摄的内容，但电话怎么也打不通。怕傅寒舟出事，江初年想让苏云景过去看看情况。

苏云景也没多想江初年为什么会这么信任他。他担心傅寒舟的安全，打了一辆车就按江照初年给的地址去了傅寒舟家。

傅寒舟家是电子门，苏云景按了半天门铃也没人给他开门，还是江初年告诉了他密码。

打开门锁后，苏云景连忙进去了。

傅寒舟住的地方是一套复式房，三百多平方米就他一个人住，屋里显得特别空旷冷清。

苏云景上二楼找到了主卧，敲了敲房门："傅先生？"

傅寒舟是个领地意识很强的人，很排斥陌生人进他房间。苏云景现在跟他不熟，不敢贸然进去。

在门外等了一分钟，里面还是没人应他。

苏云景怕傅寒舟会出什么事，最后敲了一遍门："傅先生，你在吗？你不说话，那我就进去了？"

话音未落，苏云景已经拧开了卧室的门。门没从里面反锁，苏云景推开了房门。马上就要五月份了，房间还开着暖气，因为拉着窗帘，屋里光线十分暗，中间那张床的被褥摊开着。

苏云景走过去，首先看见的就是一堆玩偶熊，是以前苏云景给傅寒舟买的。大概是怕玩偶熊弄脏，每只玩偶熊还穿着合身的小衣服。玩偶熊底下是鼓囊囊的一团。

苏云景从床上拿起一只玩偶熊，玩偶熊下面露出了一双黑黢黢的眼睛。

跟那天机场万人瞩目的大明星不一样，今天的傅寒舟看起来很乖。长长的睫毛密密地铺在眼皮上，有几根特别长的眼睫，尖端卷而翘。

埋在毛茸茸的玩偶熊堆里的傅寒舟，让苏云景终于有了熟悉感。哪怕他的眉眼已经完全长开，不像少年时那样秀气，但仍旧让苏云景想揉揉埋在玩偶熊堆里的傅寒舟。

但过往的两次经验告诉苏云景，眼前的傅寒舟尚且还在"扎手"的阶段，揉不好可是会手疼的。

苏云景不想像上次那样弄巧成拙，这次他准备循序渐进。

将手里的玩偶熊赶紧放回了床头，苏云景做自我介绍："我是新来的助理，我叫苏云景。"苏云景尽量用一种平静的口吻说，"江先生担心你，所以让我来看看你。他给你打了好多电话。"

傅寒舟没说话，把苏云景刚放床边的那只玩偶熊拿过来，又将自己埋进去了。

苏云景："……"

透过一堆玩偶熊的缝隙，傅寒舟看见站在床前的人唇角弯了弯，眼底漾起笑意。

以前的傅寒舟不愿意早起，就喜欢这么赖床，没想到现在还有这个毛病。

行吧，现在不用上学也没有其他工作，想睡就继续睡吧。苏云景没再叫傅寒舟。

见傅寒舟没事，苏云景转身出去，想给江初年打电话报一声平安。他刚走出去没两步，身后传来轻微的动静，回头一看一只玩偶熊掉到了地上。

苏云景没多想，折回去捡起来放到了傅寒舟的枕头边。

他刚转身要走，玩偶熊又掉了下来，这次他用余光看见是傅寒舟自己推下去的。

苏云景心想：这是什么意思？

他们俩关系好时，傅寒舟经常往下铺扔玩偶熊逗他，现在……

苏云景觉得这次的扔玩偶熊，跟他以往理解的扔玩偶熊不是一个意思，毕竟他们俩现在也不熟。依照傅寒舟的性格，是不可能跟一个

陌生人撒娇的。难道是因为他的这张脸？

苏云景将玩偶熊捡起来放回了傅寒舟旁边，转身假装要走，看他有什么反应。

这次傅寒舟倒是没再把玩偶熊扔下来，苏云景走到房门口，身后也没什么动静。他打开门，犹豫了片刻，还是走了出去。

苏云景给江初年打了个电话，告诉他傅寒舟没出什么事，只是在床上睡觉，手机可能是关机或没电了。

还在睡？江初年不大相信地看了一眼时间，已经是下午三点了。

傅寒舟的睡眠质量一直很差，就算是午休也不可能睡到这个点，至少江初年以前没见过。

"他只是睡觉，不是生病？"江初年跟苏云景确定，"他精神怎么样？"

怕苏云景误会，江初年赶紧补充："我是说精气神。"

江初年这么一说，苏云景突然想起刚才傅寒舟泛红的眼尾，上次他发烧就是这样。

苏云景皱了一下眉："好像是有点儿生病。你知道医药箱在哪儿吗？我给他测测体温。"

江初年不知道，他很少直接去到傅寒舟的家，除非是有什么紧急的事或是不确定他的安全。

苏云景拿着手机走下了楼："那我自己找找，不行我出去买个体温计。"

跟江初年聊了几句，苏云景挂断了电话。他不敢随便翻傅寒舟家的东西，于是在有可能放着医药箱的地方找了找，最后在电视柜旁边的柜子里找出了药箱。

但药箱里面只有个电子体温计，其他什么药都没有。苏云景无奈地拿着体温计上了楼。

这房子活像个样板房，没有一点儿人气。

"傅先生。"苏云景敲了敲门，"我看你的样子好像有点儿发烧，我能进去给你量一下体温吗？"

里面的人没说话。苏云景想了一下，他刚才进去的时候傅寒舟也没什么特别的反应。

"那我进去了。"苏云景在门口站了七八秒，没听见傅寒舟反对，于是推门进去了。

床上的人仍旧埋在一堆玩偶熊里，只露着一双眼睛，从苏云景进来他的目光就牢牢地粘在苏云景身上，但苏云景问他什么，他也不说话。

苏云景拿体温计在傅寒舟泛着红晕的耳朵后测了一下，是有点儿烧。

见苏云景放下体温计，转身又出去了，傅寒舟的视线跟着他。他一眨不眨地看着紧闭的房门，神色中无端地透着一股执拗。

小区外面有药房，苏云景不仅买了退烧药，还买了日常会用的药，什么胃药、抗过敏的药、纱布、消毒水、创可贴、生理盐水等。

回去之后苏云景倒了杯温开水，把退烧药拿了上去："傅先生，我去药房买了点儿退烧药，你现在在发烧，喝点儿药吧。"

傅寒舟没说话，不过当苏云景把药递过去时，他倒是乖乖地吃了。

苏云景没在房间多待，将今天买的药放进了医药箱里。

不知道江初年现在忙不忙，但保险起见苏云景还是给他发了条微信，告诉他傅寒舟发烧了，已经吃了药。

苏云景想在这里等一小时，看药有没有效果，等傅寒舟退烧了他再走。但是现在他跟傅寒舟和江初年都不熟，他觉得还是说一声比较好。

没一会儿江初年很客气地回了他一句——那就麻烦你了。

本来江初年还想加一句"今天算你加班"，但觉得这么说不太好，还不如买个礼物感谢一下，所以就把这句给删了。

苏云景在客厅等了一小时才上了二楼，怕傅寒舟吃药后会睡着，他很轻地敲了一下门："我进来了。"

里面没人回应他,苏云景推开门就撞上了一双黑黢黢的眼睛。

傅寒舟没睡,视线还是盯着房门,让苏云景有种他一直等着自己进来的错觉。但实际上床上的人连话都没说一句,苏云景问什么,他都不回答。

苏云景也不知道傅寒舟这是什么意思,他现在的状况有点儿像之前苏云景搬出沈家,即将转回衡林二中读书的时候。那段时间他就不理人,但也不排斥苏云景的靠近,只是有点儿矫情。

苏云景给他夹菜,他不吃扔出来后,自己又会再捡回去,又别扭又矫情。

现在的傅寒舟倒是没矫情,不排斥苏云景这个"陌生人",可又不搭理人,苏云景有点儿摸不准他在想什么。

给傅寒舟测了体温,见他的烧退了一点儿,苏云景才放心了。

药店的人说吃了退烧药一小时左右再测测体温,如果体温一点儿都没有退,反而又烧了起来,那就要去医院了。

现在已经五点了,快到吃晚饭的时间。

苏云景看了一眼躺在床上生病的傅寒舟,对方也在看他。傅寒舟的眼睫半敛着,凤眼的尾端拉得很长,因为发烧,脸上的薄红没还消退。

傅寒舟只是沉默地看着苏云景,不说话也没有想要沟通的意思。

苏云景忌惮着这个时候的傅寒舟可能会排斥自己,想着给他订份晚饭就离开他家。可看他这样又有点儿放心不下。苏云景犹豫片刻问:"你中午吃饭了吗?现在饿不饿,我去给你做点儿饭?"

傅寒舟仍旧不说话。

苏云景想着不拒绝就是同意:"你有没有想吃的?我出去买点儿菜。"

傅寒舟不开口。

苏云景彻底放弃跟傅寒舟沟通了,觉得他今天一整天都很反常,估计是因为生病了。

在脆弱的时候看见苏云景这张熟悉的脸,所以他才收起了以往的尖牙利爪，难得这么友好？

苏云景满脑袋问号，他没再问傅寒舟，琢磨着出去买点儿菜。

没想到傅寒舟竟然从房间走出来了，还跟着苏云景下了楼。苏云景不知道他要干什么，站在客厅看着他。

这套房子的装修风格是极简主义，厨房是半开放式的，双开门的冰箱在碗橱柜旁边。

傅寒舟进了厨房，点开智能冰箱的菜单，又上了楼。

苏云景看着傅寒舟的背影："？"

等傅寒舟回了房间，苏云景才疑惑地走到冰箱旁，看着冰箱门上的智能菜单，发现从上面能订购食材送到家。

苏云景突然觉得自己落伍了。上两次穿书时，小说世界里的电子科技都不发达，苏云景是最时髦的人，对那些所谓的高科技都不大看在眼里。现在科技水平一下上来了，苏云景发现他跟不上时代了，或者说是跟不上有钱人的时代了。

智能冰箱他以前倒是听过，但没有见过，买这种冰箱周围要有配套的设施，所以市面上不太常见。

苏云景先是对傅寒舟家的智能冰箱惊讶了一下，然后才开始揣摩傅寒舟刚才的行为。

他这是在告诉自己，家里的冰箱可以买菜，不用特意出去买？

苏云景忍不住笑了，所以傅寒舟是想他留下来做饭的？

不过，苏云景还是有点儿诧异傅寒舟对他的友好态度，前两次他可没这么幸运。现在要么是傅寒舟的性格变了，要么就是苏云景沾了这张脸的光，不管哪样对他来说都是好的开始。

苏云景先是检查了一下冰箱里的存货，也不知道傅寒舟整天吃什么，冰箱里几乎没吃的。

快速浏览了一遍菜单，苏云景买了点儿肉和蔬菜，还有一些水果。

食物送过来的速度很快，怕傅寒舟没胃口喝米粥，苏云景做了鱼片粥，又炒了两道清口的菜。

做好之后，苏云景把傅寒舟喊下来吃饭。

客厅温度不如卧室高，傅寒舟发着烧，猛地换了个温度低的地方他似乎有点儿冷。

苏云景赶紧给傅寒舟盛了一碗粥，让他先喝两口粥暖暖身子。

一旁的手机响了，苏云景拿起来一看是江初年，他接通电话去了阳台。

江初年刚检查完腿，给苏云景打电话是想问问傅寒舟的烧是不是退了。

苏云景回答："已经开始退烧了，现在在客厅喝鱼片粥。"

江初年听见鱼片粥，眉头狂跳，急忙说："千万别给他喝，他不吃鱼的。"

苏云景愣了一下，回身去看傅寒舟。他坐在餐桌正低头喝粥，脸色泛红，嘴唇却带着苍白的病态。

苏云景抿了下嘴唇，收回视线说："没事，鱼片粥里的鱼没刺，而且我放的鱼少，他正吃着呢。"

傅寒舟小时候被鱼刺卡过，但他还是挺喜欢吃鱼的。

苏云景第二次穿进小说世界的时候，有一段时间的确没见傅寒舟碰过鱼。后来有一次他们俩跟郭秀慧去早市买菜时，路过卖鱼的摊子，苏云景还问起了傅寒舟这件事。傅寒舟说不吃鱼是因为不喜欢鱼刺，苏云景就让郭秀慧买了一条刺少的鱼，回去给傅寒舟清蒸了。苏云景给他夹一块他吃一块，也不是不能吃鱼。

江初年觉得有点儿不对劲儿，傅寒舟不吃鱼跟刺少不少没关系。他蹙着眉问苏云景："你现在还在他家？"

苏云景："嗯，我还没走。"

看来傅寒舟也没多排斥苏云景，不仅不排斥好像还挺优待的。

江初年心里松了口气，想着把苏云景调到傅寒舟身边当助理："明天傅哥要拍摄广告照，我现在还不能回去。你明天跟傅哥一块儿去，有几个注意事项你一定要记得。"

一听是傅寒舟工作上的事,苏云景不敢马虎。他怕自己记不住,忙说:"能不能等一下,我找根笔记一下。"

听出了他的紧张,江初年笑了:"这样吧,一会儿我发你微信上,到时候你过去跟拍摄的人员沟通。"

苏云景:"好。"

吃了晚饭,苏云景把傅寒舟晚上要吃的药找了出来。他下午三点多吃了一次药,四小时到六小时后才能吃下次的药。

苏云景把胶囊药片放进了小药盒里,叮嘱傅寒舟:"你记得八点的时候把这些药吃了,如果晚上又烧起来了,一定要去医院。"

傅寒舟坐在客厅沙发上,身上盖着一条毛毯,一句话也不说,整个人看起来病恹恹的。

看着傅寒舟虚弱的样子,苏云景不太放心地问:"你一个人行吗?"

傅寒舟还是不说话,眉眼垂得更低了。

苏云景更加不放心让傅寒舟一个人待着,他踌躇地说:"要不……我留在这里一晚照顾你?"

傅寒舟没说什么,一言不发地上了二楼。

苏云景搞不懂此时此刻的傅寒舟是什么意思,难道还是"不拒绝就是同意"这个规则?

他正为自己的去留纠结时,二楼的傅寒舟打开了卧室隔壁的房门,然后回了自己的房间。

苏云景不知道他在干什么。等他上了二楼才发现,傅寒舟打开的房间是一间有床的客房。

苏云景心想:这是要留他过夜的意思吧?

在房门口默默地站了好一会儿,苏云景有些哭笑不得,为什么每次穿书傅寒舟总会有一段不爱搭理人又别扭的特殊时期?

他们俩上高中的时候他就这样别别扭扭了一段时间,后来不知道为什么又突然想通了,来衡林找他,恢复了小时候的乖巧模样。

江初年给苏云景发了好几条微信,是明天拍摄的流程和注意事项。

他已经联系好司机和傅寒舟的化妆师，不需要苏云景再给他们打电话。虽然是下午拍摄，但路上需要化妆，去了还要跟摄影师沟通，所以他们一早就得出发。

苏云景躺在客房的床上，仔细地看着江初年给他的流程。

原主虽然有点儿"糊"，但也拍了几部戏，拍摄的时候会出现各种各样的情况，需要片场的工作人员处理。所以苏云景一一确认流程，尽量减少出错的可能性。

晚上八点，苏云景去傅寒舟房间督促他吃药，怕半夜他再烧起来。

苏云景半夜十二点又去看了傅寒舟一趟。退烧药里有安眠的成分，怕会吵醒睡着的傅寒舟，苏云景这次没敲门，轻手轻脚地进去了。

苏云景拿电子体温计测了一下，见体温没有上升，他终于安心了。

他低头看了一眼床上的人。傅寒舟眉眼平和，旁边是一排毛茸茸的玩偶熊，这次倒是没把自己埋进玩偶熊堆里。

苏云景忍不住笑了笑，没想到他还留着这些玩偶熊，还让它们陪着他睡觉。

给傅寒舟掖了掖被角，苏云景正要走时，发现傅寒舟的嘴唇似乎有点儿干。

因为傅寒舟体质特殊，房间直到现在还开着空调，室内温度有点儿高。空调的触屏控制面板在灯开关的旁边，控制面板可以调节室内湿度。苏云景走过去，将湿度调高了两度。

怕傅寒舟半夜会渴，苏云景去楼下拿了一瓶水放到床边，这才悄悄离开了房间。

苏云景离开后，躺在床上的人睁开了眼睛。他看着那扇紧闭的门，一直死死地看着，像是在等对方回来似的。

第二天一早司机就到了，苏云景接到他的电话就带着傅寒舟出去了。

除了司机和化妆师外，江初年怕苏云景一个人应付不来，又派过来了一个有经验的助理。

傅寒舟的烧虽然退了，但精神仍旧不太好，靠在后车座一言不发。

助理跟化妆师早就习惯了傅寒舟的寡言，两个人低头看着手机。

早上江初年给苏云景又发了几条注意事项，还把拍摄团队的名片推送给了苏云景。

苏云景加了对方的微信，沟通工作上的事。

车玻璃映着苏云景的侧脸轮廓，傅寒舟眼睛一眨不眨地看着。

突然他的嘴唇抖了一下，脑海里有个声音越来越大——

他不是真的！这个世界也不是真的！

傅寒舟的睫毛颤抖，他闭着眼小心翼翼地将额头贴到了车玻璃上，那上面映着苏云景的影子。

傅寒舟代言的是一款奢侈品牌的腕表，这款腕表主打低调的奢华，跟傅寒舟的气质很像。

傅寒舟的粉丝一向活跃度很高，他本人绯闻少，有代表作，业内口碑也不错，甲方最喜欢他这种人红事少的艺人。

苏云景几个人到达拍摄地点时，工作人员还在处理场地的一些小细节。

从化妆到和导演沟通，光这些就花了大半天的时间。

苏云景一直在傅寒舟身边，就算去处理琐事他也没离开傅寒舟的视线。中午另一个助理去拿盒饭时，苏云景才想起傅寒舟的感冒药还在车里。考虑到傅寒舟现在不爱理人，苏云景也就没跟他说，直接去棚外的车里去拿药了。

虽然只是一张静态的硬照，但需要有肢体和眼神的表达，拍摄导演跟傅寒舟谈硬照需要的内容。

傅寒舟只是听着，很少发表什么看法或提什么意见。

一回头发现苏云景不见的那一刻，傅寒舟脑海里那根原本就绷到极致的弦瞬间就断了。

他知道闻辞是假的，是他幻想出来的。所以他不跟苏云景说话，

也不搭理苏云景，不想让自己沉沦。可在他排斥苏云景的时候又本能地想靠近苏云景，现在看不见苏云景，他整个人都慌了。

苏云景拿药回来后，第一时间发现了傅寒舟的不对劲儿，心顿时提到了嗓子眼儿。

苏云景快步走了过去，跟拍摄导演说了声"抱歉"，说傅寒舟今天发高烧，这个时间该吃退烧药了。

拍摄导演发现傅寒舟的脸色有点儿苍白，对苏云景的突然打断也就没说什么，去灯光师那儿看调光的效果了。

傅寒舟现在是明星，一言一行都受到了大家的关注，苏云景非常担心别人发现傅寒舟的异常，然后传出不好的事。

他借着傅寒舟发烧吃药这个借口，将傅寒舟带回化妆间去休息。

从拍摄现场到化妆间，不到一百米的距离，苏云景走得胆战心惊。他挡在傅寒舟旁边，阻隔了别人望过来的视线。他的手臂贴着傅寒舟，清楚地感觉到了傅寒舟的颤抖。

傅寒舟这样明显是犯病了，要是让外人知道他的精神状况这么差，苏云景想想就头皮发麻。

他一边留心着工作人员有没有人拿手机拍傅寒舟，一边担心着傅寒舟的精神状况。

苏云景好不容易走到化妆间，发现里面还有个化妆师在，还得想办法把她支走。

傅寒舟的化妆师是个女人，有着敏锐的第六感。在看见傅寒舟进门的那一刻，她就发现了不对劲儿。她放下了手机走过来关切地问："傅哥的脸色怎么这么差？"

苏云景怕化妆师看出端倪，从沙发上拽起他给傅寒舟准备的毛毯，裹到了傅寒舟身上，不动声色地挡住了化妆师的视线："傅先生从昨晚就开始发高烧，没想到现在又烧起来了。"

苏云景拿出了傅寒舟的药盒，强装镇定地对化妆师说："你先去吃饭吧，让傅先生在这儿休息一会儿。"

化妆师蹙了一下眉，发高烧也不至于抖成这样啊，这得烧多高了啊？

"这样可不行，我去借个体温计。"化妆师不放心，"烧得太严重就要去医院，身体要紧，硬照什么时候都能拍。"

苏云景只想快点儿把她支出去，就告诉她车上有电子体温计。

化妆师没多想，出了化妆间去车里找体温计。

化妆师一走，苏云景连忙关上房门，从里面反锁了。

"怎么了，是哪儿不舒服吗？"苏云景低声询问傅寒舟，满脸担忧的表情。

傅寒舟脸白得没有一丝血色。他看着苏云景，眼眸里好像有什么东西濒临破碎，眼尾沾着湿意。

看见傅寒舟这样，苏云景胸口像火烧般难受。他不知道傅寒舟为什么突然情绪崩溃，又怕别人发现傅寒舟的情况，然后把傅寒舟当成精神病。他心里难受得不行。

苏云景现在也顾不得安抚傅寒舟，连忙拿出手机给江初年打了个电话。

这个时间江初年那边是半夜，不过他经常深夜处理公事，所以晚上睡觉从来不会关机。

没过一会儿，江初年就接通了电话。

苏云景也没寒暄，直接说了他这边的情况："傅先生昨晚发高烧，到现在还在烧，精气神不太好。"

听到这话，江初年的心一下子提了起来。他们俩心知肚明，"精气神不太好"等于傅寒舟犯病了。苏云景打电话给江初年，是想让江初年拖住去车里找体温计的化妆师。傅寒舟情绪不稳定，不能让外人看见他这样。

现在苏云景还只是个新人，资历不如化妆师，这个时候江初年出面最合适。他随便找了个理由就能拖住她，给苏云景争取时间安抚傅寒舟。

江初年明白苏云景的意思，挂了电话就赶紧给化妆师拨去了电话。

傅寒舟一直有严重的精神疾病，遇见苏云景后情况好了很多。

其实苏云景第二次穿书没多久，傅寒舟就发现了他是陆家明。

傅寒舟最初针对苏云景，也是因为他太像陆家明，所以才会特别排斥他的靠近。因为他总会让自己想起过去，想起陆家明，想起自己被抛弃的经历。

傅寒舟开始怀疑闻辞的身份，是那天晚上他把自己从露台上劝下来。

真正的闻辞是不可能在傅寒舟搅和了婚礼现场，曝光了他私生子的身份之后，还能毫无芥蒂地关心傅寒舟的。再加上闻辞一直以来给自己的熟悉感。那天晚上傅寒舟看着睡在床边的人，不可遏制地生出了一个想法——他是不是回来找自己了？

但傅寒舟立刻给自己泼了一盆冷水，说这个世界上没人会愿意一直陪着他。

傅寒舟是偏向这个说法的，陆家明已经走了，他不会回来了。

所以那晚过后，傅寒舟仍旧不理苏云景，可在内心深处他是相信闻辞就是陆家明的。傅寒舟舍不得他对自己的好，会把扔出去的菜再夹回来，会在出现幻觉时不知不觉地去找闻辞。

那个时候的傅寒舟很纠结，在两个极端的想法里摇摆不定，本能想亲近苏云景，又自我厌弃地觉得不会有人在乎他。

直到闻辞回衡林了，知道对方离开京城后给他打过电话的那一刻，傅寒舟心里的天平完全倾斜到了闻辞的那一边。

哪怕死而复生的想法很荒诞，他也愿意相信是陆家明回来找他了。

他压下了那些极端的念头，去衡林找闻辞，把他的哥哥找了回来。

但这次傅寒舟病得更重了，他等了十年，他已经很累了。

看见苏云景时，他本能地想靠过去，可又不敢，怕现在的苏云景是一团泡影，可对方消失的时候他又觉得难受。

傅寒舟像一只脆弱的蝴蝶，在风雨里无助地颤动着翅膀。

对苏云景来说，傅寒舟是一只南美洲亚马孙河的蝴蝶，在他心里扇出了一场风暴，急速的飓风绞着苏云景心尖最柔软的那块肉。他最见不得傅寒舟这副模样了。

苏云景以为他又看见了那些虫子，它们在傅寒舟的精神世界里丑陋又血腥。以前苏云景只听傅寒舟描述过，亲眼看见后才知道场面有多吓人。它们好像挤满了傅寒舟的整个世界，想要将他完全吞没。

苏云景用一条毛毯紧紧裹住了傅寒舟。

傅寒舟在极度缺乏安全感的时候，会像蚕蛹似的将自己裹起来。

苏云景把他裹好，给他足够的安全感。

傅寒舟的视线暗了下来，耳边那些乱七八糟的声音也没有了。

江初年拖住化妆师的同时，用另一部手机给助理发了微信，让他跟拍摄导演沟通，说傅寒舟现在发高烧，能不能晚一点儿拍摄或者是改天。

团队好不容易协调出来的时间，场地人工都要钱，推迟几乎是不可能的。

江初年自己也知道很难推迟，钱倒好说，但摄影师跟灯光师在业界很有名，工作比傅寒舟还忙。傅寒舟通告少，不差钱能耗得起，但人家不行。他们还有其他工作，都是提前安排好的，接下来的行程也排满了。

傅寒舟很少在工作的时候情绪崩溃，江初年不知道发生了什么，只能尽量跟拍摄团队协调。

江初年尽了自己最大的努力，给苏云景争取了一小时的时间。

在这一小时里，苏云景一直在化妆室里陪着傅寒舟。

以前他待在傅寒舟身边，哪怕什么都不做，傅寒舟的心情都会慢慢变好。但不知道是不是因为现在他们俩不熟，这次的效果没那么明显，不过傅寒舟还是恢复了正常，进入了工作状态。

他强撑着去工作，没有人发现他的不对劲儿。

哪怕化妆师刚才察觉到傅寒舟身体有点儿问题，但看着化妆镜前这个眉眼沉静、五官极其出挑的男人，也以为他是吃了退烧药，状态好了，只是脸色有点儿白。不过上了妆气色会好很多，这点化妆师倒是不担心。

苏云景是唯一一个能看出傅寒舟状态很差的人，这源于他对他的了解。

虽然不知道傅寒舟内心的真实想法，但苏云景能感受到他浓浓的疲惫感。他好像绷着一根弦，越绷越紧，不知道绷到什么时候它就会断了。这让苏云景很担心他，不知道做什么能让傅寒舟开心点儿。他现在唯一能做的，只是在他工作的时候陪在他身边。

下午两点开始拍摄，一直拍到了晚上九点才结束。

回去的路上，傅寒舟躺在车座上，眉眼隐在黑暗里，看起来有几分疲惫和寂寥。他像是睡着了，上了车就没换过姿势。

苏云景抿着唇，时不时看傅寒舟一眼。另一个助理和化妆师把手机调成了静音，对傅寒舟的沉默寡言早就习以为常，没出声打扰他。

苏云景怕傅寒舟晚上病情加重，不放心让他一个人待着，毕竟傅寒舟现在的状态特别差。

司机把傅寒舟送到家门口，苏云景跟着也下去了。怕助理跟化妆师有所怀疑，苏云景找了个借口，说傅寒舟烧还没退，约了私人医生上门，他要等私人医生来。

苏云景跟司机说："你先送他们回去吧，到时候我再打车回去。"

少送一个人回家还能早点儿下班，司机自然是乐意的。他嘱咐了苏云景一句"晚上小心，别打黑车"后就离开了。

苏云景跟在傅寒舟身后，对方也没说什么。对一个领域感极强的人来说这明显不对劲儿，苏云景怀疑傅寒舟在犯病阶段把他当闻辞了。但如果真把他当闻辞，这态度也不太亲近。

苏云景看了一眼客厅的电子表，现在已经是十点二十分了。

傅寒舟眼底有淡淡的阴影，看起来精神疲乏。

苏云景有点儿心疼他:"傅先生,我看你今天状态不好,要不我再留一个晚上。你哪儿不舒服了一定要叫我,我还睡你隔壁。"

见苏云景今晚又要留宿,傅寒舟的睫毛颤了一下,喜悦的情绪刚浮上来,就被脑海里的声音盖过了。

傅寒舟用力抿了抿嘴唇,本来就没有血色的嘴唇泛着青色的白,直到他松开后才有血色覆在唇上。他低喘了一下,没说什么,直接上了楼。

苏云景的心情同样不好,一方面是担忧傅寒舟,一方面是担忧自己。他现在对傅寒舟表现得太过亲密了,等傅寒舟状态恢复正常,要是怀疑他另有所图可怎么办?

这次穿过来之前,穿书系统千叮万嘱地让他不要泄露身份。苏云景不知道泄露后会有什么后果,系统也没说。

苏云景按了按突突直跳的太阳穴,提心吊胆了一天,到现在还在心悸,头也有点儿发晕。他脚步沉重地上了二楼,路过傅寒舟房间时稍微停顿了一下。

有些事越想越心烦,还是走一步看一步吧!苏云景心烦意乱地回了客房。

傅寒舟睡不着。自从闻辞离开后,这些年他晚上一直睡不好。他躺在一堆闻辞送给他的玩偶熊里,死死地盯着那扇黑漆漆的门。他期待门能打开,因为他很想见闻辞。

傅寒舟在床上等了好长时间,门也没有开,闻辞没有过来找他。他只好抱起一只玩偶熊,坐起来继续等闻辞。其实心里有一个声音告诉他,那不是闻辞,真正的闻辞在其他世界里。但他还是好想好想见闻辞。

傅寒舟保持着一个姿势坐了半晌,盘起的腿都压麻了,门也没开。

傅寒舟心慌了起来,忍不住下了床。他打开了门,站在客房门口,想知道闻辞有没有睡在里面,是不是已经消失不见了。

傅寒舟将手伸到了门把上，指尖触到冰冷的金属上，又触电似的缩了回来。

万一他不在里面，万一他消失了，要不然他怎么不过来找他？

苏云景明明很累，但在床上翻来覆去就是睡不着。拿过手机看了一眼时间，现在已经半夜一点多了。他这个人一向心大，以前再多烦心事这个时候也睡得跟头猪似的。

苏云景在床上焦虑了一会儿，最终还是决定去隔壁看看傅寒舟。

推开傅寒舟的房门，里面黑漆漆的，床下有一团影子。

苏云景原本是想敲门的，但又怕傅寒舟睡了，更怕傅寒舟清醒过来后，自己不知道该怎么解释为什么这么关心他。所以苏云景想悄悄过来偷看他一眼，谁知道对方还没睡。

看着半开的房门，苏云景犹豫了一下，走过去敲了敲："傅先生，你喝水吗？"

屋内开着壁灯，光线十分暗，傅寒舟半天都没回应。

苏云景又说："傅先生？"

在门口站了一分钟，苏云景轻轻推了一下门。

看到地板上的血，苏云景心里"咯噔"一声，快步走进去，发现床上的影子只是一只玩偶熊。

傅寒舟不在房间，苏云景找遍了整栋房子都没见到人。

苏云景顿时慌了，去客房的床头柜拿起手机给傅寒舟打电话。苏云景打的是傅寒舟曾经用过的那个号码，应该没人打过。

苏云景刚打通，隔壁就传来了熟悉的铃声，他顺着手机铃声走进傅寒舟的卧室。拉开床头柜的第一个抽屉，他看见了之前他给傅寒舟买的那部手机。

苏云景拿出那部手机，心里又酸又涩，没想到他还留着这部手机。

苏云景发了一会儿怔，余光突然瞥见门口那摊血迹，他立刻回过神，心中充满了担心。

血量倒是不多，应该没有生命危险，可"船船"到底去哪儿了？

苏云景给江初年打了个电话，简明扼要地说了这边的情况。

江初年很能抓重点，一下子就听出了苏云景话里最重要的内容："你现在还在他家？"

苏云景："我看他情绪不稳定，所以留了下来。"

不管苏云景睡的是客房还是沙发，傅寒舟能让他留下来，已经足够让江初年吃惊了。江初年做傅寒舟经纪人这么久，去他家的次数都屈指可数，别说是留宿，他甚至没在傅寒舟家吃过饭。

傅寒舟这么独的一个人，居然能让外人住在他家里。

但现在不是讨论苏云景为什么能睡在傅寒舟家，而是傅寒舟去了什么地方。

江初年问："他今晚情绪怎么样？"

苏云景说："不太好。"

江初年又问："你有没有去天台看过，他心情不好的时候喜欢待在高的地方。"

苏云景赶紧去天台找了一圈，但还是没看见傅寒舟。

根据江初年这些年对傅寒舟的了解，他心情很差时不会去太远的地方。

江初年更加不安："你现在在他家等着，我联系其他人找找，有消息我给你打电话。他要是回来了，你也给我打个电话。"

苏云景没有其他办法了，只好点了点头："好。"

苏云景一直等到了晚上，傅寒舟还是没有回来。

苏云景不知道傅寒舟去哪儿了，也不知道傅寒舟能去哪儿，只好又给江初年打电话。

这次江初年也急了："我这边也没找到，他是不是去……"江初年似乎想说什么，但又觉得这个可能性不大，低声呢喃了一句，"离那天还有半个月，他应该不会提前这么多天去。"

现在四月份，半个月之后是五一，也就是闻辞去世那天。每年这

个时候,傅寒舟的心情都会很差,病情反反复复。所以江初年一般不会在四月份给他安排很多工作,五月份更是天大的工作都要推了。

苏云景听到江初年这话,突然想到一种可能性。匆匆聊了几句,苏云景就挂断了江初年的电话,然后订了回东林市的火车。

东林是闻辞的老家,闻辞也是在东林车祸去世的,傅寒舟很有可能是回东林了。

东林市没有机场,坐飞机到附近的城市再倒火车过去,还不如直接坐火车。

从京城到东林坐特快也要三小时,苏云景七点的火车到东林的时候已经晚上十点了。

打了一辆出租车,苏云景按照自己的记忆,让师傅带他去闻辞去世后傅寒舟抱着他去的小山。

出租车司机是个男人,但大半夜带苏云景去一片郊区,他心里也发怵。所以苏云景跟师傅商量可不可以在这里等一下的时候,出租车师傅立刻婉拒了苏云景。把苏云景拉到地方,出租车师傅掉头就走,临走时让苏云景在软件上叫车回去。

虽然苏云景怕叫不上车,但更担心傅寒舟会一个人跑到这里。他咬了咬牙独自上了山。

来之前苏云景买了一个手电筒。山里的夜间很冷,他手指冻得泛青,身上却出了汗。

没开发的山有点儿陡峭,苏云景一路撑着树枝上了山。

好不容易找到地方,苏云景不敢开手电筒,怕傅寒舟真在这里。他这么贸然找过来,不好解释自己为什么知道这里。

见平地光秃秃的,没有人影,苏云景这才松了一口气。

如果傅寒舟在这里,说明他病情又加重了,但如果他不在这里,苏云景又开始担心他的安全。

苏云景的手冻得有些僵硬,后背却冒着汗,额角也淌着热汗,被寒风一吹,身上起了一层鸡皮疙瘩。他在掌心哈了一口气,然后搓了搓冻僵的手。他正要下山时，一个人影缓缓地坐了起来。

手电筒的光正好打过去，冷白的光打在那人的眉眼上。

苏云景的心脏跳得飞快，好像要冲出喉咙似的。

傅寒舟怔怔地看着一步步走来的苏云景。他几乎可以用狼狈来形容，身上和脸上到处都沾着土粒，手背上有一道伤口，血迹现在已经凝固变成褐色，跟土混到一块儿。

苏云景的心脏仿佛被一只无形的大手猛地攥住，难受得几乎喘息不上来。他眨了一下眼睛，有温热的东西从里面流出来。

看见苏云景这样，傅寒舟立刻从里面出来了。他整个人异常地紧绷，手臂内侧的肌肉都在抽搐。

傅寒舟低头给苏云景擦眼泪。他的指尖像一块冰似的冷，还发着颤。

苏云景喉咙又堵又涩，但他不能崩溃，因为傅寒舟还病着。

苏云景担心傅寒舟真的一个人来这里，知道他特别怕冷，所以出门之前从衣柜里拿了一件外套。把外套给他穿上，苏云景俯身将大衣的扣子一一扣上。

傅寒舟还在发抖，也不知道是冷还是又出现了幻觉。他唇色泛着青白，脸上还沾着土粒。

山里的湿气很大，土都是潮湿的，苏云景把傅寒舟身上的土拂了下去。

傅寒舟伸出僵硬冰冷的手，攥住了苏云景的衣角。

苏云景带着傅寒舟下山的时候，他一言不发，只是紧紧地抓着苏云景的衣服。

好不容易下了山，苏云景用手机软件叫车，但这里的位置太偏了，又是大半夜，谁都怕遇到危险，所以一直没人接单。

傅寒舟靠在苏云景肩上，长睫垂下，仿佛一只飞得疲惫不堪的鸟终于找到一棵停歇的树。

苏云景他们等了将近一小时，终于有一辆车接了单。

坐到温暖的车厢里，傅寒舟窝在苏云景身旁。

司机低头看了一眼手机订单，开口跟苏云景确定："去华欣酒店是吧？"

苏云景应了一声："嗯。"

司机跟苏云景闲聊："我看你朋友一直发抖，是生病了吗？要不要去医院？"

苏云景应付他说："只是吹了点儿凉风，回去睡一觉就好了。"

见苏云景没有聊天的兴致，司机专心开车不再搭话。

苏云景明显感觉出傅寒舟的态度变了，虽然还是不说话，但那种熟悉感回来了。他此时心乱如麻，怕自己暴露了"马甲"会被穿书系统惩罚。

万一他又要离开这个世界，傅寒舟怎么办？

到了酒店，苏云景用手机支付了车钱，拉着傅寒舟一块儿下了车。

傅寒舟现在的身份特殊，哪怕是个三线城市都有可能被粉丝认出来，毕竟他现在知名度非常高。

苏云景对傅寒舟说："你在这里等我，我去办入住手续。"

傅寒舟的手还攥着苏云景的衣摆，听见苏云景这话下意识地收紧了力道。

苏云景也不着急走，耐心地跟傅寒舟解释："有了房卡，咱们就能回房间了，然后再订个外卖。你饿不饿？"

傅寒舟摇了摇头。

不饿就怪了！傅寒舟肯定一天没吃饭。苏云景这一天也没吃饭，胃里现在皱巴巴地难受。

苏云景说："我饿了，我这一天不是在等你回来就是在找你，什么都没吃。"

傅寒舟眼皮掀了一下，这才慢慢松开了苏云景。

"我一会儿就回来了，你乖乖在这里等我，千万别进去，不能让人认出你。"苏云景拉了拉傅寒舟风衣的领子，遮住他半张脸。

进了酒店，苏云景订了个二楼的房间。傅寒舟不能坐电梯，所以他们住的楼层不能太高。

拿到房卡，苏云景和傅寒舟就从步行梯上了二楼。

进了房间之后，苏云景先是开了空调，然后帮手指僵硬的傅寒舟脱了外套。

苏云景也不敢让傅寒舟洗澡，他们俩一天都没吃饭，洗澡的时候低血糖晕过去就麻烦了。

订了两份外卖后，苏云景拆了傅寒舟手上松散的纱布，打电话让酒店工作人员送上来酒精和绷带。这种常见药，酒店一般都会备着。

傅寒舟的伤口跟绷带粘连在一起，苏云景给他解纱布时不可避免地扯到伤口。

哪怕苏云景已经很小心了，但伤口还是流了血，皮被纱布粘下了一块，露出鲜红的肉。

苏云景的心抽了一下，拧着眉头，轻声问傅寒舟："疼不疼？"

傅寒舟摇了摇头。

工作人员把纱布和药送了过来。苏云景在洗手间给傅寒舟清洗了伤口以外的地方。洗干净后，他才开始给傅寒舟上药。

等苏云景包扎好伤口，一抬头就对上了傅寒舟的目光，他愣了一下。

正好外卖送了过来，苏云景起身去房门拿外卖。

吃了晚饭，傅寒舟去洗澡时，苏云景让他把脱下来的衣服给自己。

苏云景在网上叫了干洗上门服务。他这次出来得着急，只给傅寒舟带了一套防寒的外套，忘拿换洗衣服了。

怕傅寒舟洗澡的时候手上的绷带会沾到水，苏云景给他手上套了个袋子，防止他伤口沾到水发炎。

苏云景在傅寒舟手上绑塑料袋时，对方的视线牢牢地盯着他。感受到傅寒舟的视线，苏云景那种不自然的感觉又来了。

傅寒舟进了浴室，苏云景坐在沙发上发呆。

浴室的水声像密集的鼓点，一声接一声地刺激着苏云景的耳膜。

苏云景没想"自爆马甲"，他也不敢明晃晃地告诉傅寒舟他就是闻辞。现在的他不敢轻举妄动，也不敢主动提这件事。他想先看看傅寒舟有什么反应，再随机应变。

江初年还不知道苏云景找到了傅寒舟，怕他担心傅寒舟的情况，苏云景主动打了一通电话报平安。

苏云景没说实话，只是告诉江初年，傅寒舟已经回来了。

江初年没有怀疑："他回来就好，我这边的事差不多也快办完了，明天应该就能回去了，这两天真是麻烦你了，回去我想跟你谈一谈薪酬以及你未来的工作内容。"

江初年这次去国外检查腿，说是放假休息，但没有一天能休息安稳，心里一直记挂着傅寒舟的事，生怕他出意外。

好在这次有苏云景。

想起苏云景，江初年沉思了起来。傅寒舟能这么快接纳苏云景，是他没想到的。

之前江初年对苏云景做过简单的调查。对于别人的评价他不太在乎，就他接触来看，苏云景这个人心思细腻，很适合助理这份工作。

这次回去，江初年想好好探探苏云景的底细，看他值不值得信任，接近傅寒舟是不是另有目的。如果真有目的，那江初年只好采取措施，不管怎么样都不能让傅寒舟的情况曝光。

苏云景知道江初年所谓的"谈薪酬"大有深意，他不由得头疼了起来。

傅寒舟这里还有烂摊子没解决，再加上个江初年，他更是吃不消。

挂了电话，苏云景用力地按了按太阳穴。

不多时，寒舟穿着白色的浴袍从浴室里出来。

苏云景看见傅寒舟发梢上的水一滴一滴地往下掉，起身从浴室拿了一块大毛巾，盖在了他的头上。苏云景是见他手受伤不方便，想帮他把头发擦干。

见苏云景拿着毛巾走过来,傅寒舟问:"是你吗?"

他的声音很轻,还带着颤音,像是将某种情绪压到了极致。

苏云景的心颤了一颤,他比任何时候都要清楚,傅寒舟是一个多么缺乏安全感的人。

他在傅寒舟身边还没有待上两年,但对方二十九年的人生里,却有二十年都在等着他回来。

傅寒舟不知道苏云景的归期,只是凭着自己对苏云景的思念和执着,一直等着他回来。

苏云景在他期待的目光下点了点头。

傅寒舟的眼眶红了,这个人终于回来了!他的哥哥回来了,他以后不会再孤单了!

所以不管这个世界是真实的还是虚幻的,只要苏云景在这里,傅寒舟就会继续待在这里,因为他的信仰就是苏云景。

苏云景订的是标准间,房间有两张床,好一点儿的套房在高层,他不想爬楼梯就随便订了一间。

洗完澡后,苏云景随意选了一张床,掀开被子钻了进去。

傅寒舟关了灯,然后躺到一旁的床上。

黑暗中傅寒舟突然开口:"小时候也是你,对吗?"

苏云景眼皮一抖,听得心惊胆战。他不知道傅寒舟怎么会怀疑到陆家明身上,为什么会有这个猜测。

知道自己肯定会经历这遭拷问,苏云景脖颈僵硬地摇了摇头。

傅寒舟抬起眼皮看他:"不是你?还是你……不能说?"

苏云景又摇头。

傅寒舟坚信自己的感觉:"是不能说吗?"

苏云景抿了抿唇,这次既没有点头也没有摇头。

那就是不能说。

"说了会怎么样?"想到一种可能性,傅寒舟的嘴唇抖了一下,他

急迫地问,"是不是会离开?"

之前是不是因为自己猜出来他的身份,所以才导致他离开了自己?

傅寒舟的声音发颤:"你会再离开吗?还会再回来吗?多久,还是十年吗?"傅寒舟也不知道是在安抚自己,还是在安抚苏云景,"没事,我等你回来,不管多久我都会等你回来的。"

见傅寒舟情绪不对,苏云景连忙安抚他:"不走了,只是这件事不能说。"

傅寒舟不想知道苏云景是怎么来的,只要他留在自己身边就好。他几乎是哀求地说:"我什么都不问了,你不要再消失了,好不好?"

苏云景眼眶一酸,点着头哑声说:"好。"

苏云景昨晚找到傅寒舟时已经是半夜了,一直折腾到凌晨三点他们俩才睡觉。

早上两个人是被干洗店的人叫醒的,苏云景昨天叫了上门服务,干洗店的人上午九点来拿衣服了。

傅寒舟这张脸不适合出去招摇,苏云景中午还是订了外卖,他们俩一天都待在酒店房间。

苏云景多付了干洗店一百元加急费,晚上五点半的时候,他们俩的衣服就送了过来。

吃了晚饭,苏云景冲了个热水澡,从浴室出来就看见傅寒舟拿他的手机在打电话。

傅寒舟的手机在家里,跟别人联系只能用苏云景的手机。

苏云景听了几句,等傅寒舟挂了电话,他问:"是给江初年打的电话?"

傅寒舟转过身去看苏云景:"不是。"

苏云景擦着头发,心里还惦记着江初年说回去找他谈话的事。现在江初年是傅寒舟的经纪人,苏云景以前跟他又是同学,有些担心江初年也认出他。虽然他相信江初年的为人,但还是不想把自己的身份告诉除傅寒舟以外的人,担心穿书系统会责难。

苏云景慢慢擦着头发，考虑以后可能会发生的种种情况："他好像今天坐飞机回来，明天我得去工作室，我现在还不是你们公司的正式员工。"苏云景调侃说，"你这个老板要不要考虑把我提拔成你的贴身助理呀？"

傅寒舟说："不行。"

苏云景诧异地看向他。

傅寒舟弯下嘴唇："你是我的老板。"

苏云景跟着笑了："那行，我这个老板自降身份申请成为你的助理，行不行，'傅船船'？"

傅寒舟的眼眸里漾起涟漪："好。"

当天晚上他们俩没走，又在酒店住了一个晚上。第二天晚上，一辆黑色的商务车来酒店门口接他们去了机场。

苏云景还以为他们是回京城，从机场贵宾通道安检过后，工作人员开车将他们送到了一架小型的私人飞机前。

私人飞机也受航空公司监管，每次起飞都需要跟航空公司申请，还要购买航线，再加上各项费用，飞一次非常烧钱。

苏云景稀里糊涂地上了飞机，坐在舒适的皮革沙发上，忍不住调侃傅寒舟："'船船'，你膨胀了呀，居然还有私人飞机了。"

国内有几个巨星早就购买了私人飞机，每次出行都要花费二三十万元。傅寒舟作为娱乐圈家世最好的明星，倒是没传出过坐私人飞机、开百万豪车的消息。

听到这个熟悉的称呼，傅寒舟黑眸里有了一点儿笑意："不是我买的，花钱租的。"

以傅寒舟现在的收入，买一架私人飞机不成问题，但没必要。

苏云景喝着空乘倒的果汁，数落着"船船"败家："从这儿到京城也就一两小时，不至于这么大费周章，咱们悄悄坐个特快火车就好。"

傅寒舟垂下了眼睫，漂亮的凤眸里有了一重阴影。他低声说："不回京城。"

苏云景正在给傅寒舟剥橘子,没听清抬头问:"什么?"

傅寒舟将眼眸里的情绪不着痕迹地抹去,他凝视着苏云景说:"我最近没工作,咱们找个地方度假吧。"

恢复乖巧状态的傅寒舟,长开的眉眼比少年时还要好看。

苏云景不为所动地说:"你确定你没工作了?咱们俩什么时候度假都行,工作不能随便耽误。"

这几年文娱产业红红火火,听说演员的片酬和代言都涨到天价了。据苏云景所知,像傅寒舟这种"咖位"的明星片酬能达到百万元,甚至千万元。他要是撂挑子不干了,整个团队都得抓瞎,苏云景都能想象到工作室乱成什么样。

他虽然进了傅寒舟的工作室,但就是个"打印小哥",不知道傅寒舟手里都有什么通告。

傅寒舟靠过去说:"四月份到六月份是我休息的时候,他很少在这三个月给我接工作。"

这句是真话。

苏云景这次放心了,既然傅寒舟的工作没问题,他这个闲散人员当然愿意陪着他去吃吃喝喝了。

"那咱们去什么地方,出国吗?"苏云景有些纠结,"感觉国外的食物不好吃,但国内认识你的人太多了,玩也玩不好。"

国内有滑雪场,去滑雪带着护目镜倒是不用担心被认出来,但傅寒舟怕冷。

傅寒舟说:"那就去只有咱们俩的地方,我给你做饭。"

有人管吃管住,苏云景乐意得很。

到了度假的地方,已经是半夜一点了。

苏云景在飞机上睡了一觉,裹着一件风衣,打着哈欠跟着傅寒舟下了飞机。

这里好像是个岛,四面环海,海风带着腥咸的味道将苏云景的黑发吹得凌乱。

岛上亮着绿色的灯盏，光线有点儿暗，苏云景一路过去隐约觉得有点儿熟悉。直到看见那栋红顶白墙的别墅，苏云景才恍然大悟，原来是当初闻燕来跟沈年蕴结婚的那个小岛。

别墅已经有人打扫干净，苏云景跟傅寒舟去了之前他住的那间房。

被海风一吹，苏云景的困意早就没了。他脱下身上的黑色风衣问傅寒舟："怎么突然想起来这里了？"

这里可有他们俩不怎么美好的回忆。苏云景记得，傅寒舟就是在这儿让他滚出他的家。傅寒舟对这件事一直耿耿于怀，在滑雪场的时候还因为自己间接害苏云景受伤，自责难过了很久。

傅寒舟敛着眉，嗓音低沉："不是突然，我每年都会来这里住几天。"

每年五月份的时候，他都会来这里住一段时间。

傅寒舟经常在这里回想他们俩在小岛上的那两天，苏云景一直试图接近他，想融入他的生活。他不知道苏云景什么来历，但苏云景似乎从小时候就在靠近他，不断向他展现着友善。

所以傅寒舟坚信苏云景一定会回来，回来后也一定会再来找他。

漫长的等待慢慢地消磨着傅寒舟，每次他有所怀疑时就会来这里。

在苏云景还是闻辞的时候，傅寒舟一直以为，自己厌恶他是因为他像陆家明。傅寒舟舍不得去怨恨陆家明的离开，所以迁怒到了闻辞身上，想把他赶出自己的视线。

直到很久之后，傅寒舟在这里想明白他愤怒的源头是什么，因为苏云景好像天生就知道怎么给他安全感。从小时候给他的第一部手机开始，再到后来为他规划着高考，为他们俩的未来做打算。苏云景无形中的举动总是能安抚傅寒舟，给他一种"苏云景的未来里一定有他"的安全感。

傅寒舟失去过一次，所以苏云景来第二次时，他本能地进行自我保护，不愿意再相信苏云景，甚至竖起所有的刺去抵御他。

现在他赌赢了，苏云景回来之后，果然立刻来找他了。

Chapter 15

哥哥，我好疼

"船船"小朋友，不要生气。
任何选择题，只要选项里有你，
我都会毫不犹豫地选择你。

在岛上的一日三餐都是傅寒舟来做，苏云景则负责刷碗，这种平静安宁的生活是苏云景喜欢的。

但随着五月一号的临近，苏云景能明显感觉到傅寒舟的情绪一天比一天焦躁不安。虽然现在苏云景回来了，可笼罩在他心里的阴影没有减少。

苏云景知道他焦虑的源头是什么，眼看着他的心情一天比一天低落，苏云景心里也不好受。

傍晚的时候，苏云景看见傅寒舟坐在露台，神情阴郁。苏云景实在看不得他这个样子，拉着他去海边散心。

傅寒舟像上次那样，一言不发地跟在苏云景身后，眉眼似乎有些落寞。

夕阳下沉，远处的海水跟天边连成一线，晚霞仿佛浮在海面上，让碧蓝的海水都灿烂了起来。柔软的细沙滑过脚趾，夹着湿气的风拂过。这里是个很好的度假胜地，可惜两次来这里，傅寒舟都不怎么高兴。

苏云景回头看了一眼傅寒舟。他的眼睫染着晚霞的颜色，像展翅的金色蝴蝶。

见苏云景看了过来，傅寒舟也无声地凝视着他。

不知道为什么，苏云景心头突然一酸。大概是对方等他太久了，让苏云景很心疼。

他忍下酸涩的情绪，跑到海边捧了把水，像上次那样去泼傅寒舟。

傅寒舟衣服上有了几块深色的水渍，他不仅没躲，反而配合地走过去，让苏云景泼得痛快点儿。

苏云景看着傅寒舟格外沉静的眼眸，故意说："谁惹你不高兴了？说出来，我去教训他。"

海水涨潮了，白色的海浪席卷着沙滩，留下一堆被戳破的白色泡沫。

傅寒舟凝视着苏云景，神色落寞。他的情绪一向不稳定，因为缺乏安全感，总是起起伏伏。

苏云景见不得他这样："别不开心，哥以后一定会陪着你的。"

傅寒舟的眼睫动了一下，还是没有说话。

苏云景安慰了他很长时间，总算让傅寒舟的心情好转。

趁着苏云景不注意，傅寒舟掬了一捧水灌进他的衣领。

苏云景夸张地"嗷"了一声："三天不打上房揭瓦呀！"

傅寒舟闷闷地笑了起来。苏云景不依不饶，开始往傅寒舟身上泼水。

猩红的夕阳下，他们俩仿佛回到了少年的时候。

经过昨晚的折腾，傅寒舟毫不意外地感冒了。

别人家的"病态偏执"是没有是非和道德观念的反社会人格，苏云景感觉他这位"病态偏执"，就是字面上的意思——爱生病的"偏执者"。

傅寒舟只是小感冒，嗓子有点儿哑、咳嗽、没精神，并没有发烧。他吃了感冒药，在房间待了一天就好得差不多了。但苏云景还是又让他吃了一天药。

怕把病传给苏云景，傅寒舟一直戴着口罩，以至于耳朵被口罩带

磨红了。

看着他通红的耳根，苏云景一时不知道该说什么好："我看你不应该叫'船船'，你改名叫'娇娇'好了。"

傅寒舟趴在枕头上，微微侧眸看了一眼苏云景，因为感冒总爱睡觉，眼尾都睡出一层浅浅的双眼皮。

苏云景翻出芦荟软胶，给娇里娇气的傅寒舟抹了点儿。拧上芦荟软胶的盖子，苏云景刚想放回医药箱，就被傅寒舟戴了一个口罩。

苏云景忍不住调侃他："你多大了？幼不幼稚？"

"七岁。"傅寒舟唇角微翘。

听到"七岁"这个词，苏云景想起他七岁时的模样，没想到一转眼竟然过去了二十多年。

苏云景摘下口罩说："过几天咱们就回去吧。"

傅寒舟听到这话，睁开了眼睛，唇线慢慢压平，绷成了一条直线。

苏云景枕着自己的手背说："你这次幸亏只是小感冒。这里又没有医生，要是什么急性病，就太危险了。"

大城市有大城市的好处，起码就医方便，苏云景就怕他们在这里生个急病。就算叫直升机过来，一来一回也耽误不少时间。所以他想着过了五一，就跟傅寒舟一块儿回去。

傅寒舟不说话，眸色幽邃。

苏云景侧身去看他："我又不会跑，你怕什么？"

好半天傅寒舟才发出一个"嗯"字，虽然十分不情愿的样子，但好歹是答应了。

苏云景在小岛上住了这么长时间，都没看见除了他和傅寒舟以外的第三个人。闲着无聊，苏云景去别墅的地下室看看。

地下室里没有阴暗的小黑屋，倒是有一个很大的酒窖。十几排红木酒柜中，整齐地码着上百瓶红酒，角落还堆着几十个原木酒桶。

苏云景还没见过这么多红酒，从酒柜里取出一瓶红酒，看上面贴的生产地信息。他不懂红酒，再加上都是英文，苏云景看了半天也没看出什么门道。

苏云景一连看了好几瓶，年份、产地好像都是一样的。

大概是他在酒窖里待的时间太长了，傅寒舟找了过来。

傅寒舟下来时，苏云景正抱着手机不知道在看什么。他走过去，才发现苏云景正在用手机查红酒的价格。

傅寒舟轻笑："网上没有价格，这些酒不外售，专供这里的。"

苏云景不禁挑起眉峰："专供的酒是不是很贵？"

傅寒舟摇头："这些酒不值钱，都是免费送的，因为小岛主要提供酒窖。不过岛的主人有酿酒庄园，会定期往这里送红酒。"

这个小岛专供富人们聚会，酒窖常年备着红酒。不想自备酒水，或者自己带的酒不够，这里的红酒就派上用场了。但其实大家都会自己带够酒，这些红酒只是酒窖的装饰而已。

苏云景明白了，酒就是包下岛的赠品。说是赠品，其实钱都包含在租用小岛的费用里了。

"'船船'，你这花费也太大了。"苏云景把红酒放了回去，心里为傅寒舟的钱包心疼。这年头，没点儿钱都不好意思得这种"富贵病"。

傅寒舟垂眸看着苏云景，对他这话不置可否。

看见酒，苏云景突然想起了以前的事，随口问傅寒舟："你跟唐卫和林列还有联系吗？"

"嗯。"

又"嗯"？

苏云景听见傅寒舟的"嗯"就神经直跳，也不知道他的"嗯"是联系着，还是没有联系。

苏云景没追问下去，只是感慨："以前还约好成年之后一块儿喝酒，也不知道现在还有没有机会。"

每次穿书进来，他都积极融入这个世界，融入自己的身份。但一死亡，苏云景就又被打回"新手村"了，不要说和身边的朋友，就连和傅寒舟都得重新建立感情。

这次还好，苏云景刚来没多久，就被傅寒舟认出来了，否则又得折腾很久。不过傅寒舟是认出他了，可江初年、唐卫、林列这些朋友只把他当成一个陌生人。

哎，想想还是有点儿伤感的。

对于苏云景的真情实感，傅寒舟还是那一个字——嗯。

苏云景正为自己失去的朋友惋惜，被傅寒舟那句"嗯"浇灭了伤感。

嘿，这个"船船"是怎么回事？

苏云景一抬头，就撞上了傅寒舟那双漂亮的凤眸："不会是生气了吧？"

傅寒舟没说话。

苏云景哭笑不得，以前的"傅船船"就因为他照顾江初年而生气，没想到现在问一句唐卫和林列都让他生气了。

苏云景用肩膀撞了他一下："你也太没牌面了，动不动就生气？"

傅寒舟别过头，不说话。

苏云景含着笑继续撞他："他们俩就是朋友，你跟他们不一样。你是我的家人，是我的弟弟。"

这句话让傅寒舟的眼底开始漫开涟漪，一圈一圈地，有笑意荡漾出来，却被他的长长的睫毛遮挡着。

苏云景看不见，继续逗他："你是受气包转世吗？"

傅寒舟这才转过头："唐卫开了一家车行，林列在做投行。"

他的一些资产就是林列在打理，偶尔三个人还会在一起吃饭。虽然这个偶尔很少，但他们的确有联系。

因为傅寒舟在等苏云景，他等的就是这一天，他想亲口告诉苏云景，苏云景不在的时候，他也在好好生活，跟以前的朋友还有联系。他知道自己这样，苏云景是会高兴的。

苏云景的确很高兴，他不希望傅寒舟孤零零的，希望他多交点儿朋友，希望更多的人走进他的世界，让他感受到更多的爱。这样积极向上的"傅船船",让苏云景特别想给他"撸毛"。

"不管是小时候,还是咱们十七八岁的时候,还是现在和将来,你在我心里都是最重要的家人。"

他本来就是为傅寒舟而来。虽然一开始他是在做系统给他的任务,但后来做的一切都是真心的。

苏云景用胳膊碰了一下傅寒舟:"所以'船船'小朋友,不要生气。任何选择题,只要选项里有你,我都会毫不犹豫地选择你。"

傅寒舟掀开眼睑,露出里面的细碎的光芒。

苏云景永远都知道怎么哄他开心,给他安全感。这好像是苏云景的天赋。

江初年接到苏云景的电话赶到京城国际机场的时候,粉丝已经在男士洗手间门口围了好几层。

在机场保安和助理的帮助下,傅寒舟才离开了机场。

苏云景没跟傅寒舟一块儿出去,等那些粉丝被吸引走,他才从洗手间出来,去机场西侧等傅寒舟过来接他。

顺利地坐到黑色的商务车里,苏云景总算松了一口气。想起刚才粉丝围追堵截的画面,苏云景感叹现在的粉丝真是太生猛了。

他跟傅寒舟在小岛一直待到五一小长假结束,傅寒舟没这么烦躁才坐飞机回来。

机场有贵宾通道,但出口只有一个。刚从机场出来,傅寒舟就被粉丝认出来了。

今天正好某个男演员坐飞机来京城录制一档综艺节目,不少粉丝赶过来接机。粉丝们刚送走男演员,其中一个眼尖的粉丝就发现了打扮低调的傅寒舟。她情绪激动地喊了一声,顿时惊动了不少人。刚还在应援其他男艺人的粉丝,一窝蜂地朝苏云景和傅寒舟拥了过来。

人太多了,苏云景只能拽着傅寒舟躲进了男洗手间的隔间里。

会跑过来接机的粉丝一般都是"铁粉",按理说不会三心二意喜欢

其他男演员，除非这些应援的粉丝是艺人的团队雇来充门面、买热搜增加人气的。

在躲粉丝的时候，苏云景的胳膊被一个疯狂的粉丝抓出了血。那个女孩儿贴了指甲片，她本来是想摸傅寒舟，结果抓到了苏云景的胳膊。在后面的人推推搡搡中，苏云景的手臂被抓出四道指甲印，其中有两道破了皮。

当时苏云景只顾着甩开这些粉丝，也没感觉出疼，直到进了洗手间才发现胳膊上嵌着半块指甲。

苏云景不知道世界上还有指甲片这种东西，看见那个镶钻的、像指甲一样的东西，吓他一跳。他还以为谁的指甲掉了，不由得头皮发麻，心想掉这么大一块指甲得多疼？

傅寒舟因为苏云景受伤了，眼神里充满了暴戾。在洗手间的隔间里，苏云景安抚了他好半天，然后才给江初年打了一个电话。

傅寒舟的神色冰冷骇人，车厢内充满了低气压。

苏云景看了一眼傅寒舟。对方的嘴唇抿成一条线，侧脸轮廓紧绷，显然是压抑着火气。

傅寒舟知道苏云景是在安抚自己，眸中的戾气淡下去了一些。

江初年心细如尘，看到苏云景的小动作，眸里顿时有了几分考量和探究。

他们俩消失的这段时间，说实话，江初年担心过苏云景的人身安全。所以这段时间江初年隔三岔五就给苏云景打电话，但每次都是傅寒舟接的。

手机对苏云景来说基本成了摆设。原主无父无母，过去的朋友在进娱乐圈之后都断干净了，在圈内也没交到什么真心朋友。苏云景退圈后，就没再跟练习生时期认识的朋友联系过。

傅寒舟的手机还在家里，苏云景的手机就成他和外界联系的唯一工具了。苏云景也没什么人可以联系，就把手机给了傅寒舟。

对江初年来说，傅寒舟对过去太执着了，好不容易把注意力放到其他人身上，很有可能是因为念旧。

江初年也不知道这是好事还是坏事，他别开视线，心里有种隐隐的担忧。

到了傅寒舟家，苏云景自然而然地跟着下了车。

江初年看了一眼苏云景，他是想找苏云景谈一谈的。但今天傅寒舟的心情不好，江初年也没让苏云景跟他回工作室，而是让司机开车离开了。

苏云景还记得电子门的密码，他解了锁，傅寒舟乖乖地跟在苏云景身后。

看出他心情不好，苏云景安抚说："伤口不疼了，你看，血都止住了。"

傅寒舟低落地"嗯"了一声，拿来医药箱处理苏云景手臂的伤。

苏云景只好当这条手臂不是自己的，让傅寒舟随便去折腾。

他单手拿着平板电脑刷着今天的热搜，担心机场的事会上热搜。今天不少粉丝一边追着他们俩，一边拿着手机录像。还有个女孩儿看着"软萌软萌"的，却抱着一个分量不轻的专业相机，追着他们俩拍照。

苏云景倒是不怕被傅寒舟的粉丝追着骂，他是担心"黑红"也是一种红，到时候有了知名度，原主会被扒个干净。不仅如此，搞不好认识他和傅寒舟的朋友会爆料，苏云景长得像闻辞。这还不是苏云景最担心的，他最怕郭秀慧他们会知道他的存在。

他上次的死亡已经给闻家带去了不少悲痛，他不想再让他们看见自己，然后勾起伤心事。

苏云景反复琢磨，转头跟傅寒舟说："你和江初年说一声，让他压一下今天的事，要是压不下去也别在网上流传我的照片和视频。"

苏云景对娱乐圈没兴趣，他也不想"黑红"。

傅寒舟："好。"

没有工作的苏云景和傅寒舟就是两个"终极宅男",一直宅在家里大门不出,二门不迈。

每年的五六月份,傅寒舟都会休息两个月。工作室照常运作,不过工作不会太忙,但越是这个时候,江初年的神经越紧绷。因为这两个月,傅寒舟很容易出问题。

今年可能是傅寒舟把注意力转到了苏云景身上,这个月傅寒舟的情绪一直很稳定。

江初年刚放松没多久,林列给他打了一通电话。他跟林列不太熟,因为傅寒舟他们俩才认识,关系不算太疏远,打过几次交道。

林列很少主动给他打电话,一般都是工作上的事或者跟傅寒舟有关。

江初年一接通,电话那头传来了林列冷静干练的声音:"方便说话吗?"

合上了笔记本,捏了捏发酸的眼睛,江初年才说:"方便,我现在不忙。"

林列并没有寒暄,而是直奔主题:"你知道苏云景是谁吗?"

听到这个名字,江初年睁开了眼睛,沉默了片刻,问:"知道,怎么了,你认识他?"

林列说:"我不认识他,但我想知道他跟傅哥什么关系。方便告诉我吗?"

傅寒舟要把自己一半的资产转到苏云景名下,已经打电话咨询到林列这里了。要不是跟傅寒舟有这么多年的交情,林列绝对不会打听客户的隐私。他认识傅寒舟这么久,不知道他身边什么时候冒出一个叫苏云景的人,还大手笔地直接送了人家一半的身家。

林列没告诉江初年傅寒舟这个骇人的决定,工作上面的事他不方便跟江初年透露,只是作为朋友他想知道苏云景是谁,跟傅寒舟什么关系。他不像江初年这么了解傅寒舟的情况,但隐隐约约也知道一点儿。

从江初年嘴里知道苏云景跟闻辞长得很像后,林列丝毫不惊讶,反而有种"果然如此"的感觉。

林列问:"我想见见苏云景,你有他的联系方式吗?"

江初年有点儿无奈:"傅哥拿着他的手机呢,你想见他还得联系傅哥。"

江初年已经给苏云景打了好几次电话,跟林列一样,他也想约苏云景单独见面,但无一例外,都是傅寒舟接的电话。

苏云景在傅寒舟家里待了半个月,他之前是住在江初年安排的房子里。现在他得把自己东西收拾干净,然后将钥匙还给江初年。

一听苏云景要回去,傅寒舟的眼皮动了一下:"你要走?"

"我不走,我只是回去收拾东西。咱们俩一块儿去,顺便把人家的房子打扫干净。"

苏云景想着让傅寒舟干点儿活儿,省得他精力没处使,天天乱琢磨。

傅寒舟将眼眸里的情绪不着痕迹地抹去,眉眼干净地看着苏云景:"林列说请我吃饭,咱们一块儿去吧,你不是想见他?"

苏云景的注意力被转移走了,有些纠结地问:"我能见他吗?"

傅寒舟微笑地说:"你总不能一直躲着他们吧。"

苏云景被说服了:"这倒是。"

林列帮傅寒舟打理着财产,最近傅寒舟想把自己资产转给苏云景,中间有很多手续需要苏云景和傅寒舟出面。林列就用这个借口,约他们俩出来,顺便见一见苏云景。

他约傅寒舟周六在"湘西江"一块儿吃晚饭。

"湘西江"是京城很出名的一家私人菜馆,只对会员开放。因为私密性好,经常能在这里碰见许多明星。

周六晚上,苏云景和傅寒舟提前十分钟到了湘西江,没想到撞上了同样来吃饭的闻燕来,以及……

苏云景看着闻燕来旁边那个清秀灵动的女孩儿,不由得愣了一下。

是慕歌，这本小说的女主角。

闻燕来也看见了苏云景，瞧着这张跟闻辞极其相似的脸，她的眼眶迅速漫上雾气。

"小辞？"闻燕来哑着声音说。

傅寒舟挡在苏云景面前，眉眼淡漠地说："他不是闻辞，你认错人了。"

平淡的声音藏着不易察觉的冰冷，他不想让苏云景跟过去有瓜葛。

闻燕来根本不信，走过来要确认。她抿着嘴唇，但仍旧遮掩不住颤抖，眼眶又红了一圈："小辞，是你吗？"

听见闻燕来那声"小辞"，苏云景心里五味杂陈，更多的还是尴尬。原本他是想躲着闻燕来他们的，毕竟这张脸对闻家人来说杀伤力太大了。当初他从陆家明变成闻辞时想过要不要联系宋文倩夫妇，但转念一想，不打扰才是最好的祝福。对他们而言都已经过去这么多年了，放下过去，才能开始新的生活。

苏云景现在要是真回闻家了，闻燕来他们也不会把他完完全全当成闻辞，他的存在只会时刻提醒着他们失去了一个亲人。

傅寒舟仍旧挡在苏云景身前，口气更冷了："他不是闻辞。"

闻燕来压抑着情绪，说话时只有粗哑的气音："你让开。"

见闻燕来情绪不对，慕歌担忧地走上前："闻姨，你没事吧？"

躲着也不是办法，苏云景从傅寒舟身后站了出来，主动跟闻燕来打招呼："您好，我叫苏云景。"

闻燕来的目光散开，没有聚焦。她像是在看苏云景，又像是在通过苏云景看其他人，眼底的雾气更大了。

在这样的目光下，苏云景硬着头皮说："我听寒舟说过，我跟他以前的一个朋友长得很像，这件事确实很巧。"苏云景干笑着继续说，"但我真不是闻辞，您可能认错人了。"

傅寒舟显然不想让苏云景跟闻燕来有什么交集，转头对苏云景说："咱们走吧，朋友在等着咱们呢。"

苏云景冲闻燕来礼貌地点了一下头,然后跟傅寒舟一块儿离开了。

闻燕来的目光跟着他,似乎想追过去,却被慕歌拦住了。

怕刺激到闻燕来,慕歌声音很轻地说:"闻姨,他看样子也才二十岁,应该不是的。"

慕歌曾经听闻燕来提过她有一个侄子,但对方在十年前出车祸去世了,小名好像就叫小辞。

闻燕来的"梦"被戳醒后,难得露出脆弱的一面。她涂着口红的嘴唇微微翕动,显露出难以抑制的悲伤。

慕歌知道这种失去亲人的痛苦,看见闻燕来这样,她心里也有点儿难过,低声安慰着她。

"湘西江"是京城的老菜馆,装修风格古典雅致,绕过一条长廊,苏云景忍不住回头看了一眼闻燕来。傅寒舟发现他的举动,沉默地把他拉走了。

闻辞出车祸去世后,闻燕来就跟沈年蕴分居了,直到现在两个人也没和好。闻燕来和沈年蕴没有领结婚证,分居就等于分手。

以前苏云景吃、住、行都是花闻燕来的钱,即便她不是一个好母亲,可一码归一码,她对不起的是闻辞,苏云景穿书来之后,她对他很好。不管是陆家夫妇,还是闻燕来和郭秀慧老两口,只要是养过苏云景的,他都很感激。

"别跟她回去。"傅寒舟幽幽地看着苏云景,"你现在是苏云景,不是闻辞。"

苏云景叹了一口气:"我不会跟她回去的。"

身份都换了,怎么可能回到过去?

只有傅寒舟会较真,如果不是苏云景,哪怕样貌再相似,他都不会去亲近对方。这也是傅寒舟知道原主的存在没理过他的原因。当时江初年意外看见一个跟闻辞很像的人,立刻就带着傅寒舟去找他。傅寒舟坐在车里,隔着远远的距离,看了他一眼。

那个跟闻辞几乎一模一样的青年,嘴里嚼着口香糖,大大咧咧地

坐在台阶上。大概是嘴里的口香糖没味儿了,他把它吐到了口香糖的彩色包装纸上。朝垃圾桶扔的时候没扔准,口香糖掉在了垃圾桶外面,他却没管,还懒散地坐在原地。

傅寒舟看到这幕,闻辞不是这么没素质的人,而且从神情到坐姿,没有一点儿闻辞的影子。

直到后来苏云景真的回来,在机场那天,傅寒舟看出了苏云景身上的变化,所以才让江初年联系他。

林列提前十几分钟就到了,在包厢里等着苏云景和傅寒舟。

十年过去了,物是人非,但苏云景踏进包厢的那一刻,林列却恍惚回到了青葱少年的时候。

太像了,真是太像了,这个青年真是太像闻辞了!

林列惊讶了一瞬,很快眸里的情绪就淡了。他从容地起身,跟苏云景打招呼。

林列伸出手:"你就是苏云景吧?久闻大名,我叫林列。"

不等苏云景上前握手,傅寒舟已经替他拉开了椅子:"别客套了,坐。"

林列没说什么,很自然地收回手,然后坐回了原处。

苏云景干咳了一声,只好坐到了傅寒舟旁边。

林列不动声色地打量了一眼苏云景,然后转头问傅寒舟:"咱们是先谈事还是先吃饭,或者一边谈一边吃?"

傅寒舟低头翻着菜单:"都可以。"

苏云景之前听傅寒舟说过,林列在帮他打理着资产。他以为他们要谈公事,跟自己无关,所以开始看菜单,不打算在他们谈事的时候插话。

林列笑了笑:"那就边谈边吃。你的资产我已经整理清楚了,能过户的、能转赠的、能添加收益人的都在这儿了,你看一下。"他把一沓文件递给了傅寒舟,"这些都可以加上苏先生的名字,至于那些不能转赠的证券股票,我这几天会帮你卖出去。"

听到林列说自己的名字，苏云景惊愕地抬头："什么加上我的名字？"

林列看向苏云景，他脸上的困惑丝毫不作伪，像是真不知道这件事。

苏云景挑眉去看傅寒舟，无声地询问他：怎么回事，"船船"？

林列的手机铃声突然响了："抱歉，我去接个电话。"

电话刚接通，那边就传来一道暴躁无比的声音。

唐卫正在跟朋友合开的车行试车，收到了一条林列骂他的微信。十年过去了，唐卫还是那个暴躁青年，出了问题立刻打电话骂林列。

林列不生气，反而很客气地说："你好。"

电话那边的唐卫丝毫不客气："姓林的，你脑子有问题了？"

林列拿着手机朝门外走："我现在方便讲话，你说。"

唐卫暴躁升级："我这不是说着呢吗？"

林列还是客客气气的语气："唐先生，我不建议你这样做。目前趋势还没有改变，你这样贸然放弃会造成一定的经济损失。"

他出了包厢，但没有将房门关好，站在门口讲电话。

唐卫皱了皱眉："你说什么呢？"

他忍不住看了一眼来电显示，电话号码是林列的，声音也是林列的，但怎么感觉驴唇不对马嘴？林列莫名其妙地给他发了条微信，等他打过来说话也莫名其妙的。

唐卫拧着眉头："你脑子该不会真出问题了吧？"

林列一边应付着唐卫，一边留心着包厢里的动静。

从虚掩的门里正好看见苏云景，林列眯了眯眼睛。这人不光是皮相，举手投足间都特别像闻辞。

林列一走，苏云景说话就不顾忌了，他问傅寒舟打算干什么。

见对方真要给自己一半的资产，苏云景深感无奈。

现在他是傅寒舟的私人助理，衣食住行花他的钱，苏云景不觉得有什么。但他没想过要傅寒舟一半的财产，而且这件事傅寒舟都没跟

他商量,他以为今天只是单纯吃一顿饭而已。

"太麻烦了,还要过户。你要真想把钱交给我管,把银行卡给我就行。"

傅寒舟是个没有安全感的人,他需要苏云景做一些事让他有安全感,但苏云景不需要。

傅寒舟什么都没说,拿出钱包里的银行卡全都交给了苏云景。

苏云景哭笑不得,但为了让他安心,还是全部收下了。

傅寒舟这才笑了笑。

林列站在门口,余光瞥见两个人的举动,脸上的表情若有所思。

电话那边的唐卫到现在也不知道林列在搞什么,最后只好放弃沟通,他骂都骂累了。

临挂电话之前,唐卫没好气地说:"对了,我妈说让你明天来我家吃饭。"

这些年,林列都是一个人生活,唐卫的妈妈母爱泛滥,对自己的儿子不爱不疼,总疼爱到林列的身上。

林列点了点头:"我知道了。"

见林列终于说人话了,唐卫笑了两声:"我妈说要给你介绍女朋友,小林哪……"

唐卫调侃的话还没说完,林列就直接挂了电话。

那边的唐卫气得破口大骂,但现在他有正经事,也没再打电话过去。

见里面的人已经谈完了,林列装作什么事都没发生地推门进去。

苏云景和傅寒舟已经商量好了,不再折腾傅寒舟那些资产。

林列听到之后也没有很惊讶,表示自己知道了。

吃饭的时候他不经意去打量苏云景,目光带着探究。但傅寒舟太敏锐了,林列没看两眼就被他发现了,他只好移开视线。等傅寒舟不再盯着他,他的眉头拧了拧。

他总觉得哪里有点儿怪,说不清是傅寒舟的态度,还是苏云景太像闻辞的原因。

现在的苏云景不是闻辞,不能跟林列表现得太熟,所以很少开口。傅寒舟更不爱说话,只有林列偶尔会聊两句,一顿饭吃得安静又和谐。

能跟过去的朋友搭上线,苏云景多少是有些高兴的,就是不知道下次约饭时能不能见到唐卫。

苏云景来小说世界也将近两年了,总共就认识这两个朋友,他想保持过去的友谊。

苏云景的好心情一直持续到吃完饭,他从"湘西江"出来,看见了门口的闻燕来和慕歌。

闻燕来似乎在等苏云景,但看见苏云景出来后她又没有过来,只是眼睛泛红地盯着苏云景。

慕歌陪在闻燕来身边,见苏云景出来了,她的视线和闻燕来一样落在了他身上。这张脸她总觉得似曾相识,以前好像在哪里见过,不仅是苏云景……

慕歌的目光落到苏云景身旁那个俊美的男人身上。她一直觉得傅寒舟很眼熟,但就是想不起来在什么地方见过。从见他第一眼起,慕歌就有这种感觉。

傅寒舟不想苏云景和闻燕来有太多牵扯,司机把车开过来后,他带着苏云景上了车。

闻燕来踌躇地看着苏云景,直到苏云景走了,她也没走过来。

苏云景坐在车厢里,看着窗外渐渐缩小的两个人,心里有点儿发愁。其实除了闻燕来,还有一个人让苏云景有点儿头大。

苏云景问傅寒舟:"你还记得刚才那个女孩儿吗?"

"不记得。"傅寒舟不知道苏云景说的是哪个女孩儿,但目前没有什么女孩儿能让他记住。

苏云景说的是慕歌。小说里傅寒舟对慕歌的感情很深,从对方第一次救他,傅寒舟就记住了她。

"你真不记得了？"苏云景挑了挑眉，"她就是当年车祸救你的那个人。"

傅寒舟："哦。"

苏云景以为自己说出了一个惊天大秘密，结果傅寒舟的反应很平静。

这种大秘密要是放在电视剧里，男、女主角是要拖很久才知道的，谁知道傅寒舟居然这么不给面子！

傅寒舟也算慕歌的"金手指"之一，现在剧情改变了，苏云景也不知道会发生什么。听穿书系统的意思，他上次之所以会离开，好像就是小说世界的法规在强行修正剧情。

《星光璀璨》从某种意义上来说是"团宠爽文"，小说女主角慕歌进入娱乐圈之后，不断遇到贵人，再加上她本身资质好，又肯努力，所以一步步登顶，成为国际知名的影后。

闻燕来就是慕歌遇见的贵人之一，慕歌参演的第一部大制作电影是闻燕来帮她接到的。

闻燕来已经退居幕后，转型做了制片人，很少再出来拍戏。她跟慕歌第一次认识是在一部电影里，她碍于人情，特别出演了一个戏份不多但很重要的角色。

当时的慕歌是女主角的替身，大冬天的在海水里泡了一个多小时。

拍这场戏的时候闻燕来也在现场，有一场她跟电影女主角的对手戏。

慕歌刚从海里出来，冻得瑟瑟发抖。她的身上裹着一个毛毯，唇色青白。她没有那种一眼看过去令人惊艳的长相，但眉骨很好，一双黑黢黢的眼睛透着灵气，很像年轻时候的闻燕来。

闻燕来是骨相美人，三庭五眼长得极其标准，可塑性很强，所以才能在大荧幕上大放异彩。

闻燕来第一眼就相中了慕歌，因为从她身上看见了自己当年的影子。虽然闻燕来是正儿八经的电影艺校毕业，但不是一开始就有重要的戏份,她也是吃了不少苦,是从底层一步步熬过来的。

看见慕歌这么拼命,闻燕来让助理又给她送了一条毛毯,还把营养师给她熬的汤给了慕歌。

闻燕来最初帮她只是想起了当年的自己,所以动了恻隐之心。后来闻燕来发现她是真有灵气,长了双祖师爷赏饭吃的眼睛,于是她生出一点儿提携后辈的心思。

在两个人的相处过程中,闻燕来知道慕歌一开始进娱乐圈是想挣钱给妈妈治病。

慕歌大三的时候妈妈查出了癌症,为了挣钱她辍学进了娱乐圈。因为她的手长得好看,一开始是做手模,后来成了剧组的特邀演员。特邀演员工资是日结的,像冬天替女演员下水这种戏份,几小时就能拿到上千块钱。前年慕歌的妈妈去世了,她学历不高,还要还家里的债,只好继续留在剧组里拍戏。

慕歌和闻燕来一个是没有妈妈的女儿,一个是没有儿子的妈妈,相处时间久了,闻燕来就把慕歌当女儿了。

小说里,闻燕来的戏份非常少,甚至没有正式的名字,小说里称呼她为"闻影后"。就是这个称呼迷惑了苏云景,他在进入小说世界前看完了整本小说,但对这个闻影后印象不深,更没把她跟闻燕来挂上钩。

闻燕来是慕歌和男主角的"神助攻",几次出场都是在帮助小说男主角。

慕歌跟男主角走的是欢喜冤家的路线,一开始她根本就不喜欢男主角,甚至有点儿讨厌他。她最初喜欢的人是傅寒舟,但经过一系列的事,她还是喜欢上了男主角,觉得傅寒舟并不适合自己。她的喜欢只是单纯欣赏傅寒舟的脸。

闻燕来就是那个让慕歌清醒的人,她一直不同意慕歌和傅寒舟在一起,高举"官方CP"的大旗。

苏云景搞清错综复杂的关系后,突然感觉这本小说有点儿东西。

闻燕来把慕歌当女儿，想让慕歌后半生过得幸福开心，所以才会帮慕歌把关。作者没交代闻燕来跟傅寒舟从什么时候认识的，但她似乎一开始就看出了傅寒舟病态偏执的本质。原来真相竟然是她曾经做过傅寒舟的后妈，因此比外人更了解他的秉性。

苏云景不知道是因为小说世界的法则自动补充了逻辑，还是因为这本言情小说本就是一环套一环，有这么一条没有摆在明面上的暗线。

闻燕来跟沈年蕴是隐婚，圈内知道的人很少，分手后也没有曝光这段恋情。更没人知道，闻燕来曾经是傅寒舟的后妈。

现在小说女主角上线了，苏云景也不知道后续剧情会怎么发展。不过这算是一件好事，起码傅寒舟不会在别人的爱情里，做个求而不得的第三者。

苏云景最初就打算规避小说剧情，错开傅寒舟跟小说女主角的初遇，没想到小说世界的法则强行修正剧情的同时，还把闻辞这条命搭进去了。

之前穿书系统答应他，让他在这个世界里一直陪着傅寒舟，应该不会出现什么意外吧？

想起穿书系统不靠谱儿的劲儿，苏云景心里有些犯怵。

闻燕来打听了很久才查出苏云景的身份。从他过去的经纪人手里拿到苏云景的电话后，她一直尝试着联系他。

打不通苏云景的手机，加微信好友他也不回，万般无奈之下，闻燕来只好给沈年蕴打电话。

自他们分开，这是闻燕来第一次联系沈年蕴。两人已经很多年没联系过了，就算在公众场合碰见了，也会装作不认识。这次闻燕来主动联系沈年蕴，沈年蕴着实有些惊讶。

"你儿子身边有一个跟小辞很像的人，你知道是谁吗？"

再次听到闻辞这个名字，沈年蕴心里"咯噔"一下。

挂了闻燕来的电话，沈年蕴一个人坐在沙发上沉默了很久，目光有些恍惚和疲惫。

傅寒舟身边的朋友很少,这么多年,沈年蕴只知道陆家明和闻辞。但不幸的是,陆家明和闻辞先后去世。闻辞去世后,傅寒舟因为不能接受这个现实,消沉了一年多。

正好又赶上互联网时代的变迁,沈年蕴的公司为了寻求新的发展,进行了内部整合和外部收购。公司和家庭让沈年蕴焦头烂额,他也没时间去管傅寒舟。

突然有一天,傅寒舟主动给沈年蕴打电话,说他要参加高考,想去京城大学读书。

傅寒舟学得很认真,一年以后,居然真的考上了京城大学的经管系,之后他意外进了娱乐圈。

沈年蕴以为他已经放下过去,准备重新开始。

那几年公司要转型,上面有股东,下面有几万员工,沈年蕴压力非常大,也非常忙,根本没有时间陪着傅寒舟。

他知道自己不是一个好父亲,对儿子很少有实质性的关怀陪伴。他们俩也不像其他父子那样关系亲密,沈年蕴都不记得傅寒舟多久没叫他爸了。他想起这些就难受。

傅寒舟的房子有三百多平方米,里面有健身房,苏云景闲着没事就会在跑步机上跑一会儿。他不仅自己锻炼,还会拉上傅寒舟一块儿锻炼,省得他们俩天天宅着,身体越来越差。

刚运动完,苏云景喝着珍珠奶茶,优哉游哉地监督傅寒舟。

傅寒舟穿着运动T恤衫,坐在划船器上,漂亮整齐的腰腹肌肉随着每次拉抻而收缩。

看着傅寒舟腹部的线条,苏云景羡慕地咽了一口奶茶。

平时也没见他运动,怎么会有这么好的身材,是因为小说的设定?

其实是因为拍戏会对身材有要求,傅寒舟在开机前会根据角色调

整自己的身体状态，所以家里才有健身房。

门铃突然响了，苏云景放下奶茶对傅寒舟说："你继续，我去。"

打开房门见是沈年蕴，苏云景下意识想叫沈叔，但转念一想不对，他们俩现在没这么熟。

虽然从闻燕来那儿知道，傅寒舟身边有个像闻辞的人，但沈年蕴没料到会这么像，一瞬间有些失神。

苏云景想假装不认识，问一句您找谁。但现在不是十年前，互联网这么发达，只要上网就不可能不认识沈年蕴，更何况他儿子还是当红艺人。

话到舌尖滚了一圈，苏云景开口："您是来找寒舟的吧？"

沈年蕴的目光从苏云景的脸上移开了，一如既往儒雅有涵养的样子。他并没有直接进去，而是站在门口问："嗯，他在吗？"

不等苏云景说话，身后就传来了傅寒舟的声音："你怎么来了？"

沈年蕴看着傅寒舟。他穿着运动装，身上有薄汗，眉毛都被泅湿了，神色平和冷淡。

苏云景感觉到他们父子俩的冷淡，回头看了一眼傅寒舟。

在苏云景看来的一瞬间，傅寒舟眉目顿时变得柔和，声音也缓和了很多。他对沈年蕴说："有什么事进来再说。"

敏锐地察觉到傅寒舟的变化，沈年蕴的眉心动了动。

苏云景询问："沈先生，您是喝茶还是水？"

沈年蕴坐在沙发上，客气地说："都不用。"

怕他们父子俩有什么重要的事要谈，苏云景打算上楼。沈年蕴却说："一块儿坐吧。"

他都这么说了，苏云景只好从善如流。

傅寒舟沉默着。沈年蕴没跟他聊，反而跟苏云景搭话，问他是做什么的。

沈年蕴用了一种闲聊的口吻，不会让人觉得不舒服。大佬就是大佬，这个时候不会问你工资多少，反而跟你谈娱乐圈的未来前景。

沈年蕴旗下有好多娱乐产业，近些年文娱产业越来越赚钱，他自然不会放过这块"蛋糕"。

傅寒舟冷眼看着沈年蕴绕来绕去地说话，知道他现在正对苏云景做着评估。

沈年蕴在商场打拼了这么多年，别的本事没有，看人还是很准的。一个人务实不务实，从他的谈吐和见解就能看得出来。

"小苏如果不想在娱乐圈工作了，可以来我的公司。"沈年蕴和蔼地询问苏云景，"你有微信吗？加个朋友吧。"

苏云景觉得非常魔幻，互联网大佬要联系方式居然也是加微信。

傅寒舟的神色有一瞬间的冰冷，不过很快就恢复了正常。

在苏云景问他要手机时，傅寒舟开口："在书房的第一个抽屉里。"

苏云景上楼去拿手机。

等苏云景走了，傅寒舟的脸色立马变了："你想干什么？"

沈年蕴也没了刚才对晚辈的和蔼可亲，神色肃穆地说："你和谁交朋友，我都不会反对，我只是不想你一直活在过去。"

傅寒舟冷冷地说："这跟你没有关系。"

沈年蕴语重心长地说："寒舟……"

苏云景在书房找到自己的手机，下楼时听见父子俩的谈话。通过沈年蕴的话，苏云景才知道原来这段时间闻燕来一直在试图联系自己。

等沈年蕴走了，苏云景问傅寒舟："闻燕来这段时间一直在找我的事，你知道吗？"

傅寒舟抿着嘴唇不语。

苏云景撞了他一下，语气轻松地说："我又不生你气，我就是问问。"

听他这么说，傅寒舟才点了点头。

苏云景耐心地跟他讲道理："既然闻燕来想找我，那我就见见她，把话跟她说清楚，总这么躲着也不是办法。"

见傅寒舟又不说话了，苏云景故意拿胳膊撞他："行不行，'船船'

小朋友？"

苏云景继续撞他："你同意我见，我才见；你不同意，那我就这么缠着你，等你松口为止。"

他想跟闻燕来见一面，让她明白他不是闻辞，闻辞也不会再回来了。

被哄好的傅寒舟，点头答应了。

苏云景主动给闻燕来打了个电话，约她明天下午见一面。

闻燕来虽然退圈好几年，但知名度很高。她把苏云景约在一家隐秘性很好的茶社见面。

知道傅寒舟跟闻燕来关系不好，苏云景让他在车里等自己，并且保证自己会跟闻燕来说清楚的。

苏云景上了二楼，闻燕来已经等了他将近半小时了。看见苏云景那张脸，她的视线就移不开了，眼圈泛着红。

苏云景坐到了她对面，客客气气地说："听说您一直在找我？"

闻燕来拿出一张照片给苏云景看，是闻辞十七岁时的独照。

"跟你很像，是吧？"闻燕来笑了笑，神情却很难过。

苏云景点了一下头："嗯。"

"我第一次看你时，我还以为是他回来了。"闻燕来的指尖摩挲着照片里的人，声音有些哽咽。

"真没想到，世界上还有这么像的人。"苏云景干笑着说。

苏云景现在的身份是系统给他的，脸就是系统给他的"金手指"。早知道能牵扯出这么多事，苏云景宁可不要这个"金手指"。

闻燕来收回了照片："听说你在傅寒舟工作室工作？"

苏云景点头："嗯。"

"我听说你之前是练习生，如果是为了出名去了傅寒舟公司，那我也可以把你捧红。"

苏云景解释："我在傅先生公司里不是做艺人，我是他的助理。"

闻燕来显然没料到这个回答，怔了片刻说："我出两倍的工资，你跟着我吧。"

苏云景抿了抿嘴唇,斟酌着开口:"为什么?是因为我跟照片上这个人很像?"

闻燕来的表情有一瞬间的僵硬,半晌才"嗯"了一声。

苏云景婉拒说:"我跟傅先生签了合同,而且我在他公司干得很开心,对不起。"

闻燕来继续说:"我知道你有明星梦,待在傅寒舟公司是怕前经纪公司找你麻烦,我可以帮你解决。如果你不相信我,我跟你签合同,我会在合同里写清楚,每年能让你挣多少钱。"

苏云景看着情绪逐渐失控的闻燕来,还是摇了摇头:"对不起……"

"为什么要对不起,我都说我会帮你在娱乐圈站稳脚跟!"闻燕来拔高了声音。

闻燕来像说不下去了似的,眼睛里含着泪,嘴唇发颤。

苏云景说:"多谢您的关心,我很清楚我在做什么。"怕再谈下去闻燕来伤心,苏云景起身,"如果没其他事,那我先走了。"

苏云景刚要推门出去,身后的闻燕来突然爆发:"小辞,别走!"

苏云景攥紧了拳头,但最终什么都没说,离开了咖啡厅。

闻燕来一直压抑的情绪,在这个很像她儿子的人的面前终于爆发了。

她的孩子死了,她却从来不敢承认他,一开始害怕舆论,害怕自己的事业受到影响。后来是担心对方不肯接受她,不愿意背上私生子的名声。直到现在她都不敢说闻辞是她的儿子,是她十月怀胎辛苦生下来的孩子。

那些压抑的情绪让闻燕来变成疯狂,她追着苏云景说:"小辞,你别走,我错了!"

苏云景死死抿着嘴唇,一声不吭地朝楼下走。他很尊重闻燕来,感激对方过去的照顾。

闻燕来不知道事情的真相,真正的闻辞早就死了,对于她的伤心,

苏云景能理解。所以他今天过来是想解开她的心结，想让她放下对自己这张脸的执念。

但闻燕来现在的反应，苏云景实在不敢再和她接触了。他觉得自己这样不是在帮她，而是在用这张脸持续伤害她。

苏云景只想快点儿离开这里，不想跟失去理智的闻燕来谈下去。闻燕来仍旧固执地追在苏云景身后。苏云景迈着大步走出了茶社，闻燕来跟着追了出来。

苏云景实在忍不住了，茶社客人少，刚才他们俩没引来别人的注意。

这里的地段比较偏，虽然行人不多，但时不时也会有几个人路过。

此时的闻燕来已经完全失控，她不顾自己的身份要是被外人认出来了，上了明天的热搜就麻烦了。到时候闻燕来私生子的事肯定会被扒出来，可能还会牵扯出一连串的事。

苏云景回头想提醒闻燕来，前面突然冲出来一辆宝蓝色的跑车，朝着闻燕来的方向撞了过来。

苏云景瞳孔收缩，大脑还没来得及做出反应，身体已经上前护着闻燕来。

刹车声骤然响起，似乎要震碎了苏云景的耳膜，那辆跑车稳稳地停到苏云景膝前。

闻燕来被吓到了，瘫在地上看着旁边的苏云景。她的彻底情绪崩溃，眼泪"簌簌"下落，颤着声音喊他："小辞。"

这一刻，闻燕来把眼前这个青年认成她的儿子，悔恨让这个国际知名的影后泣不成声。

巨大的刹车声引来了路人的侧目。

宝蓝色跑车的前车窗落下，露出一张英俊的脸。他鼻梁上架着银色的眼镜，看起来温文尔雅，镜片之下却是一双阴森森的眼睛，是许淮。

他欣赏似的看着痛苦狼狈的闻燕来，扬唇笑了起来，那笑容里充满了恶意:"没想到闻大影后这么博爱,对冒牌的还这么上心,我都要为你们的母子情感动了。"

"又是你?"闻燕来目眦欲裂,"你到底想干什么?"

这不是许淮第一次这么干了,但每次都是小打小闹,不会真伤到闻燕来。他就是要让闻燕来提心吊胆地活着,她越是痛苦,许淮越是高兴。

许淮从小到大一直很尊重自己的父亲,直到他知道父亲和闻燕来的事,父亲的形象在他心里轰然坍塌。从此,他特别恨自己那个道貌岸然的父亲,更怨恨闻燕来。

当时,他为了逃避现实,远离这个家,假期和朋友去国外滑雪。后来因为跟几个外国人打架,他被迫留在国外接受警方调查。

等许淮回国时,许弘文已经去世了,他不仅没赶上丧礼,还错过了见他爸最后一面。

他们父子的关系一直很亲,所以许淮才不能接受许弘文背叛了家庭,而且还是在他妈怀着他的时候背叛的。

许淮阴险地看着闻燕来:"我是不会让你痛快的,有本事你就报警抓我。"

他之所以这么有恃无恐,就是因为知道闻燕来不会报警。只要她报警,许淮就能让她身败名裂。

许淮阴冷地白了一眼闻燕来,然后掉转车头离开。

见许淮嚣张地开着跑车扬长而去,苏云景拧着眉问闻燕来:"他一直这么恐吓你?"

闻燕来难堪地别开了视线。现在她已经清醒了,知道眼前这个人不是闻辞。

破坏别人的家庭是闻燕来人生最不堪的过去,她不愿跟别人提,尤其不愿意跟苏云景提,因为苏云景总让她想起她的儿子。

但看她现在这样,苏云景的心里又很不是滋味。

苏云景五味杂陈地将瘫在地上的闻燕来扶了起来,怕别人认出她,

他一直用身体挡着闻燕来。好在这个路段行人很少，看热闹的没几个。

苏云景忍不住提醒她："我觉得你最好检查一下自己的车，看有没有跟踪器。"

许淮不可能这么巧合地出现在这里，他应该是用了什么办法，知道闻燕来和苏云景今天要来这里见面。

苏云景刚把闻燕来扶起来，身后突然笼罩了一道阴影。他一回头，就瞧见了脸色苍白、唇瓣颤抖的傅寒舟。

苏云景心想"坏了"，他让傅寒舟在前面的停车位等他，刚才许淮险些撞上他，傅寒舟肯定看见了。傅寒舟本来就一直担心他会离开，刚才那幕很有可能会刺激到傅寒舟。

"寒舟。"苏云景走近他，"我没事，他没撞到我。"

见闻燕来抓着苏云景的手臂，傅寒舟双眸猩红。他就像一头在捍卫自己地盘的猛兽，嘶吼声带着痛苦："滚开！"

傅寒舟锁上了卧室的门，他蜷缩在苏云景身边，就像寒风中的一片枯叶。

感受到傅寒舟的痛苦，苏云景不停安抚他："我没事。"

但效果甚微，傅寒舟的手臂越锢越紧。他浓长的睫毛被泪完全打湿，下眼睑也缀着泪痕，看起来绝望无助。

苏云景眼眸里流露着心疼："你看看我，我没受伤。"

傅寒舟的黑眸颤了颤，他看着苏云景那张干净清俊的脸迅速爬满烧伤的痕迹。

傅寒舟没有说话，猛地抓住了苏云景的手。苏云景一时不防备，倒抽了一口冷气。听见那声"嗳"，傅寒舟猛然惊醒，他立刻放开了苏云景。

在傅寒舟眼里，苏云景的样子又变回了当年车祸的模样。他看不出苏云景的表情，心底生出了无数恐慌："我弄疼你了？"

苏云景连忙说："没有，我不疼。"

傅寒舟嘴唇微张，仿佛忘记了怎么呼吸似的，唇瓣无声地翕动着。他听到苏云景说不疼，合上了眼睛，神色极其痛苦，可是他好疼！

眼泪从傅寒舟的眼尾滚下，一滴一滴地砸到了苏云景的脸上。

苏云景的心立刻揪了起来："怎么了，是又出现幻觉了吗？"

傅寒舟就像一个不会说话的婴儿，在疼的时候无法表达，只是闭着眼哭。

我好疼！哥哥，我好疼！

整个晚上，傅寒舟的身体状况都不太好，苏云景一直陪着他。到了第二天，傅寒舟的情绪还是没有好转。

傅寒舟躺在床上，长眉藏在凌乱的碎发中，半敛的凤眸泛红，眼皮有些肿，看起来病恹恹的。

从昨天到现在，他们俩已经一整天都没吃东西了。

苏云景问他："饿不饿？"

傅寒舟摇了摇头，眼睛里没有神采，唇色也很苍白。

苏云景看着心疼，努力露出一个笑容："我饿了，你能陪我吃点儿吗？"

傅寒舟把半边脸埋在毛茸茸的玩偶熊中，静默地看着苏云景，然后点了一下头。

苏云景订了两份外卖，都是傅寒舟爱吃的。但他的食欲非常不好，本来分量就不大的粥，他只喝了三分之一，菜基本没动。他又开始不爱说话了，苏云景问他什么，他只点头或者摇头。

苏云景用遍了过去安抚傅寒舟的办法，可他的情绪还是很差。

Chapter 16

闻辞，是你吗？

"寒舟，我也好疼，你别让我这么疼，好不好？"
"好。"

江初年已经很久没跟傅寒舟联系了，他不知道傅寒舟的病情加重了。

《水逆》剧组打电话询问江初年，询问傅寒舟能不能提前半个月进剧组。

这部电影分上下两部，上部是两年前拍出来的，去年上映后大放异彩，蝉联了好几周电影票房排行第一，评分高达 8.6 分。

傅寒舟当初看过剧本后，直接签订了上下两部的合同。第二部他戏份不多，但角色十分重要，是促使男主角成长的关键人物。

傅寒舟接到江初年的电话，第一反应就是拒绝。

他转身看向苏云景，对方也在注视着他，漆黑的眼睛仍旧十分空洞，似乎在无声地询问他。

傅寒舟眼眸波动了一下，拒绝的话在舌尖滚了一圈，最后答应江初年提前进入剧组。

听说傅寒舟马上要拍戏了，苏云景心情有点儿复杂，既担忧，又觉得这是好事。

这几天傅寒舟的情绪总是很不好，病恹恹地待在卧室，苏云景一直陪着他。有好几次，苏云景都想劝傅寒舟去看心理医生。但傅寒舟是个特别排外的人，就算真去看了医生，他不肯配合也没办法。心理医生不会读心术，在病人不愿吐露病情时，也无法提供有效的治疗方案。

苏云景也很头疼，只能客观地想，或许有了工作，傅寒舟的注意力能被分散一部分，总比他整天闷在家里要好。

傅寒舟要去剧组拍戏，名义上是他私人助理的苏云景，自然也会跟着进剧组。

今年二月份的时候，剧组就让主要演员试装，按照演员的身材，服装组定做了戏装。

《水逆》是一部历史剧，主要讲述在尊卑有别、长幼有序的封建王朝里，男主角如何从嫡长子手里夺权，最终成为一代明君的故事。

傅寒舟在电影中饰演喜怒无常、沉迷酒色、奢侈无度的东宫太子。他自幼母亲去世，上有威严强势的父亲，下有才高行洁、处处压他一筹的弟弟。这个嫡长子过得压抑苦闷，逐渐养成了阴晴不定、扭曲嗜血的性子。

男主角身边的至爱、挚友、尊师都被生性多疑的太子害死。在太子的陷害下，男主角终于开始反击。

《水逆》第一部中傅寒舟的戏份很足，主要是跟男主角的对手戏。他步步紧逼男主角，而对方用自己的才智一次又一次化解险情。直到身边的人都被太子害死，男主角才开始觉醒，想要反抗太子，反抗嫡出继承大统的祖训。

剧本很好，导演特别善于运用光和影的镜头，再加上两位主演演技好，电影拍得张力十足。

比起宽厚仁善的男主角，男二号这类角色更容易出彩。

傅寒舟特别会演这种阴郁扭曲、内心复杂的角色，被称为"反派专业户"。网友笑称"流水的男主角，铁打的傅寒舟"。不管男二号有多坏，他们的三观都会跟着五官跑。

傅寒舟几乎不接男主角的戏份，因为他不拍感情戏。

哪怕是《水逆》这种很具文艺内涵的大制作，为了商业上的成功，都不得不给男、女主角增加感情。第一部的女主角被太子害死了，第二部新增了一个女性角色。这个角色是由慕歌扮演的，跟太子有血海深仇，行刺失败后，被男主角所救。

慕歌进入娱乐圈后，一直在跑龙套，要么就是做替身演员，这还是她第一次担当这么重要的角色。

小说里，慕歌的第一部电影是武侠片，她演了个单纯懵懂，武功却奇高的十七岁少女。

慕歌的外形跟角色非常契合，眼睛里有一种干净清澈的灵气。再加上角色设定好，造型好，一个手持长剑的动态图，让慕歌火遍了全网。

但慕歌现在没出演那部电影，反而跟傅寒舟一个剧组。

现在傅寒舟病情加重，女主角的出道作品又发生了这么大的变化。苏云景不知道是不是小说世界又开始强行修正剧情，冥冥之中，在撮合傅寒舟爱上慕歌。

慕歌身上有个设定，只要她在傅寒舟身边，傅寒舟的那些乱七八糟的幻觉就会消失。

苏云景有些头疼，因为他的存在，剧情发生了天翻地覆的改变，但好像不管怎么变化，有些剧情还是要发生。

跟傅寒舟进入剧组的第一天，他们就在剧组租下的酒店电梯里，遇见了慕歌。

除了苏云景外，江初年又给傅寒舟派了两个助理。

电梯里一共五人，慕歌站在角落里，从光可鉴人的轿厢壁上偷偷打量着苏云景。他穿着衬衫，五官清正俊雅，气质干净，单论长相不亚于任何一个当红的偶像。

慕歌总觉得苏云景有点儿眼熟，难道是因为之前闻姨让自己看过闻辞的照片，所以看见苏云景才觉得在哪里见过？

正在她胡思乱想时，一道阴冷的视线瞥了过来。

慕歌被这恶意满满的眼神吓得一哆嗦,连忙收回了视线。

高大的男人长着一双极其漂亮的凤眸,肤色冷白如玉,颜色浅淡的唇抿着,看起来薄情冷漠,不好相处。

慕歌住的楼层到了之后,电梯一打开,她连忙离开了。

苏云景看着慕歌仓皇的背影,不由得看了一眼旁边的傅寒舟。

傅寒舟早就辨别不出苏云景的神情,看不懂苏云景脸上的询问。他垂眸看着苏云景,神情倦怠。

苏云景抿了抿嘴唇,有点儿难受。

像傅寒舟这种"咖位"的演员,剧组给他订的是套房,傅寒舟自己加钱升级成了总统套房。

把行李箱送到房间门口,两个助理就回自己的房间了,让苏云景有什么事微信联系他们。

傅寒舟像是疲惫至极,进了酒店房间就坐到沙发上。

苏云景不知道傅寒舟在想什么,人也不像往日那么鲜活。苏云景的不安到达了顶点:"寒舟,你能跟我说说话吗?"

"好。"

"你是哪里不舒服吗?"

"没有。"

"那你怎么吃得越来越少了?要不要去医院检查一下?"

"我没事,只是不饿。"

傅寒舟的食欲很差,这段时间他一直睡不好,感知力也越来越差。

苏云景隐约感觉到了什么,心里的不安越来越强烈。他强行压下内心的焦虑,用一种温和的声音笑着说:"等你拍完这部戏,咱们还去那个小岛度假吧?"

傅寒舟点了点头:"好。"

苏云景本以为到了剧组,傅寒舟的情绪和食欲都会转好,但他跟在家的时候没什么区别。

电影里的太子被废后，处境越来越差，整个人完全失控。

为了让傅寒舟演出那种偏执乖戾的样子，导演甚至要求傅寒舟节食减肥，想要达到要瘦骨嶙峋、精神极尽崩溃的状态。

拍戏的时候，傅寒舟就像一头被逼进绝路的困兽，暴戾疯狂。离开镜头后，他又恢复到那个疲惫虚弱的状态，总是病恹恹的，不愿交谈，不愿说话，一点儿精神都没有。

苏云景很担心傅寒舟的心理状态，他不知道镜头前那个癫狂的傅寒舟，是不是就是他的内心写照，他更想让他去看心理医生了。

导演让傅寒舟节食，他本身的食欲也不好，所以瘦得非常快。

在跟慕歌演第一场对手戏时，傅寒舟竟然晕了过去，好在对面的慕歌手疾眼快地扶住了他。

慕歌力气小，傅寒舟全身的重量压在她身上，她扶得非常吃力。

苏云景一个箭步冲上去，从慕歌的手上接过了傅寒舟。

傅寒舟突然晕了过去，把剧组的所有人都吓到了，包括导演在内。

苏云景没让别人碰傅寒舟，他背着傅寒舟上了车，去最近的医院。

傅寒舟已经连着好几天没有休息过，大脑一直处于极其疲劳的状态。这次意外昏迷，他在病房里一直睡到第二天早上。

怕打扰到傅寒舟休息，这段时间剧组的人倒是没来探望，只有苏云景守在病房。傅寒舟的司机等在医院停车场，帮苏云景跑跑腿什么的。

睡了十几个小时，傅寒舟醒过来时依然有些疲倦，眉宇间透着病态。

苏云景打电话让司机帮忙买一碗粥跟两盘清口的菜送到病房。挂了电话，他起身把窗帘拉开。

今天的阳光非常好，透过窗户，病房里洒进来大片金色的光线。

苏云景融在这片金色的光芒中，强光虚化了他的眉眼，他几近半透明。

傅寒舟漆黑的瞳孔震了震，这样的苏云景，让他有种苏云景会随光消失的错觉。他很害怕苏云景会消失,去一个他再也见不到的地方。

感觉到傅寒舟的情绪不对,苏云景轻声安慰:"我在呢,我没离开。你听到我说话了吗?"

阳光暖烘烘地照在他们的身上,傅寒舟却一点儿都感觉不到温暖。

他假装笑了起来,轻声说:"听到了。"

江初年听说傅寒舟在片场昏倒后,第一时间坐飞机从京城赶了过来。

怕粉丝听到消息来医院打扰傅寒舟休息,剧组专门派了人守在傅寒舟的病房门口。知道江初年是傅寒舟的经纪人,他们才放他进去。

江初年刚推开病房的门,就看见苏云景在监督傅寒舟喝粥。他坐在傅寒舟病床前,眼角微微发红,垂眸看着傅寒舟包扎好的手背,神情是极力压抑的难过。

苏云景很担心傅寒舟,内心也很恐慌害怕,但他不能崩溃。至少不能在傅寒舟面前表现出来,否则对方感受到他的情绪后情况只会更差,所以他只能强撑着。

傅寒舟的食欲还是很差,勉强喝了半碗。苏云景也没说什么,默默把傅寒舟剩下的那半碗粥喝了。他收拾餐盒时,江初年看见他指尖都是抖的。

江初年能理解苏云景的心情,这么多年他就是这么过来的,一直担心傅寒舟的情绪会彻底崩溃。但他不理解,为什么苏云景会对傅寒舟有这么深的感情。

看着那张跟闻辞极其相似的脸,江初年握着病房门把手的手悄然收紧了。

他最终没有进病房,转身离开了住院部。他在医院找了一个安静的地方,给林列打了一通电话。

今天是休息日,林列不用上班,难得清闲地在唐卫的车行消磨时间。接到江初年的电话时,他意外地挑了一下眉头。

接通电话后，江初年客气的声音传了过来："林先生，能耽误您一点儿时间吗？"

"可以。"林列起身远离了闹哄哄的吧台。

江初年知道林列跟苏云景和傅寒舟一块儿吃过饭，所以想询问一下他对苏云景的印象。

林列笑了，突然觉得这通电话在情理之中。

"怎么说呢……"林列想了一下措辞，"我觉得他人不错，跟傅哥感情很好，好得出乎我的意料。"

这句话从林列嘴里说出来，显得意味深长。

江初年沉默了很长时间没说话，林列也不催促，静静地等着他。

"我知道了，谢谢。"江初年跟林列客气了一句，然后挂了电话。

见林列拿着手机，看向窗外不知道在想什么，唐卫拎着台球杆，从身后杵了杵林列的后膝："看什么呢？"

车行二楼被唐卫改成了娱乐室，不忙的时候大家就在这里打球聊天。

林列收回思绪，回头淡淡地瞥了一眼唐卫："你过来我就告诉你。"

唐卫眼皮不自觉地抽了一下，抡起台球杆敲了敲林列的屁股："你想得美，哥哥不想知道。"

敲完林列，唐卫扔下台球杆就往楼下跑。

林列也不着急追，把唐卫放在桌子上的车钥匙收走了，等他回来算账。

傅寒舟这次晕倒掀起了轩然大波，粉丝对慕歌进行了大规模的"屠戮"。

网上先是流传出一段慕歌抱着傅寒舟的视频，营销号取了个非常有噱头的名字——傅寒舟疑似曝光恋情。

傅寒舟的工作室第一时间发表了声明，说傅寒舟在拍戏时因为身体原因昏迷，当时正好跟慕歌演对手戏，对方扶住了傅寒舟。工作室还对慕歌表达了感谢。

但事情并没有结束,粉丝逐帧分析了这段流传出来的视频。

慕歌在扶着傅寒舟的时候,怕他滑下去,只好抓着他的腰。其实是抓了他的衣服,但傅寒舟的粉丝认定慕歌趁机吃傅寒舟的豆腐。

之前慕歌曾经在社交平台上转发过傅寒舟演的两部电影,说很喜欢他的演技,电影票的钱完全值票价,而且慕歌还点赞过影评人夸奖傅寒舟演技的文章。因为这些行为,慕歌被说成是傅寒舟的"私生饭"。

一群粉丝冲到慕歌社交账号的评论区,开始疯狂谩骂她。甚至还有人阴谋论地觉得,傅寒舟的昏迷可能是慕歌下了药,要不然怎么会偏偏这么巧,就倒在她怀里?

粉丝强烈要求剧组换人,他们坚决抵制"私生饭"跟他们的"爱豆"拍戏。

一时间,"慕歌'私生饭'""慕歌滚出娱乐圈"的话题,纷纷登顶热搜。

傅寒舟的粉丝是出了名的战斗力惊人。但实际上,傅寒舟连他粉丝团叫什么都不知道,他从来没跟粉丝互动过,这些事都是交给工作室来处理。

这几天,江初年被这群粉丝搞得头疼。连苏云景这个娱乐圈的边缘人士,在病房陪床时都知道慕歌被大规模网络暴力的事。

慕歌社交账号的最新动态下面有七八万条留言,都是"问候"她全家的谩骂。

看见这群人往慕歌身上泼脏水,苏云景一时不知道该说什么好。

是粉丝群体的戾气太大,还是慕歌的"女主角体质"作祟?

原剧情里,慕歌也遭受过傅寒舟粉丝的网络暴力,因为这件事,还促使她跟小说男主角的关系更进了一步。

《星光璀璨》的男主角叫李随安,"人设"是那种"百花丛中过,片叶不沾身"的浪荡公子。

慕歌第一次见李随安,就留下了极其不好的印象,觉得他是一个

脚踏两条船的"渣男"。她一天之内见他两次，中午见他跟一个长发女人亲昵地吃午饭，晚上又撞见他和另一个女孩儿逛商场。尤其是第二次见面，她误以为他在摸自己屁股，于是两个人吵了一架。

那时慕歌母亲的病情越来越严重，吃的都是很贵的进口抗癌药。为了赚钱，她只能咬牙接下一份为女主角裸替的通告。

李随安正好看见慕歌跟朋友打电话，断断续续地听她说什么"缺钱""虽然裸露，但来钱快"，李随安还以为她是要拍带颜色的片子。后来两个人又因为误会吵起来的时候，李随安还拿这事说了她几句。

其实慕歌接的是一位知名导演的大制作电影，里面有几个需要裸背的镜头。为了防止曝光，她前面贴着胸贴，人也裹在被褥里，但在大庭广众之下，还是觉得羞耻难堪。可她没办法，她需要钱给妈妈治病买药，需要钱生活，还需要钱还家里的欠债。

被李随安说起这件事的那一刻，慕歌的心头涌上许多委屈和难堪。

见慕歌哭了，李随安也觉得自己有点儿过分了，也是从那个时候他开始关注起慕歌。但慕歌更加厌恶李随安了。

有他作为对比，很少传绯闻的傅寒舟就显得优秀多了，再加上高颜值。慕歌对他萌生了好感。

两人偷偷约了两次饭，不小心被记者拍到了，于是慕歌就受到了傅寒舟粉丝大规模地攻击。

当时傅寒舟正在国外拍广告，李随安帮慕歌解决了这次危机。

两个人的感情因此慢慢升温，慕歌心里的天平开始倾向李随安。

等傅寒舟从国外回来，慕歌在潜移默化中已经对李随安改观了，而她跟傅寒舟在某些事上开始显得格格不入。

苏云景捋了一遍小说的剧情，敏锐地察觉到了关键所在。虽然傅寒舟没有喜欢上慕歌，但剧情绕了一圈，网络暴力还是发生了。李随安估计会出手帮慕歌解决这件事，然后慕歌改变了对他的偏见。现在的傅寒舟不再是深情男二号，可他的粉丝还是助攻了男、女主角的感情线。

这样的剧情发展倒是出乎了苏云景的意料。

不过这是不是说明，傅寒舟不一定要喜欢上慕歌？只要他该助攻的时候助攻，该帮慕歌增加知名度的时候，贡献一下自己的名气，是不是就可以巧妙地规避小说里的一些情节？

这段时间，苏云景除了担心傅寒舟的病情，就是怕小说世界会强行更正剧情线。现在压在他心里的一块大石头，总算可以放下了。

李随安那边的动作果然很快，他迅速为慕歌注册了一个工作账号，然后发律师函，警告那些造谣的粉丝。

小说里网络暴力发生之后，傅寒舟因为在国外不知道国内的事，工作室没及时制止粉丝的行为。

其实依照傅寒舟的性格，他要是真喜欢上一个人，就算在月球上也会想方设法地每天跟对方联系。

作者弱化了傅寒舟的存在，让他强行下线了一段时间，然后发展女主角和男主角的感情。

现在江初年是傅寒舟的经纪人，他倒没像原著经纪人那样毫无作为。他也发了一份声明，先是向慕歌道歉，又开始约束粉丝，让他们停止这种极端的行为。

在医院里住了两天，傅寒舟的身体没事后就回到剧组继续拍戏。他的精神状况还是不好，江初年跟导演沟通之后，想先把他体重正常的戏份拍出来。等过段时间他调整好了状态，再开始节食，将体重减到导演想要的效果。

演员的档期非常不好调整，但现在这种情况也没其他办法，导演只好同意江初年的提议。

看着傅寒舟的情绪持续低迷，苏云景的内心焦虑不安。他把所有能用的手段都用了，也没安抚下傅寒舟，倒是闻燕来又来找自己了。

闻燕来名义上是来探慕歌的班，实际上是因为听说苏云景也在剧组，所以来看看。

傅寒舟这一病耽误不少进度，他的戏份被密集的安排在这几天，

因为有个跟他演对手戏的老戏骨家里有急事，想早点儿拍完回家。

导演讲戏的时候片场都是演员，助理是不允许出现的，苏云景也不好赖在这里。他和傅寒舟说了一声，就在外面等着。

为了跟苏云景谈谈，闻燕来一整天都待在剧组，见苏云景终于落单了她才找过来。

自从上次傅寒舟在茶社门口把苏云景带走，闻燕来就在一直联系苏云景。但苏云景手机关机，微信发消息也不回。

虽然苏云景跟她没有血缘关系，可对方毕竟救过她，而且还和自己的儿子长得这么像。再加上她对于傅寒舟一向没什么好印象，毕竟傅寒舟在她婚礼上做的事让她这辈子都难忘。所以，她觉得自己有必要提醒一下苏云景。

片场外有不少工作人员，闻燕来不好说明来意："你是傅寒舟的助理吧？能帮我一个忙吗？"

当着这么多人的面，苏云景不好拒绝她，只能跟着闻燕来离开。

怕傅寒舟从片场出来见不到自己会担心，苏云景没敢跟闻燕来走得太远。他选了一个既能看见傅寒舟，又不会被人听见谈话的地方停了下来。

他客气地说："有什么事，您就在这里说吧。"

闻燕来低声说："谢谢你上次帮我。"顿了一下，她又说，"我知道我那天情绪太激动，给你留下不太好的印象，但有些事我还是想告诉你。"

苏云景猜到了闻燕来要说什么："如果您是想说寒舟，他的情况我都知道。"

闻燕来轻笑了一下："你知道的事情都是傅寒舟告诉你的吧？他说的话就一定是真的？他这个人心思很深的。"

闻燕来像个苦口婆心劝诫年轻人不要选错路的长辈，苏云景听得异常难受。

"他没伤害过我。"苏云景极力维持着自己的声音，但仍旧带了一丝颤音。想到自己明明就是闻辞，却还眼睁睁地看着闻燕来因为丧子之痛伤心，他内心充满了愧疚感。

"对不起，对不起……"他不断重复着这三个字，声音轻得近乎飘忽，只有一点儿微弱的气音。

闻燕来不知道他为什么要说"对不起"，看着努力控制自己情绪但眼睛已经泛红的苏云景，她的心里有些不是滋味。

苏云景的情绪涌了上来，他喉咙又酸又涩，嘴唇微抖，又说了一声"对不起"，脚步却向后退。

苏云景一点点拉远了和闻燕来的距离，最后什么也没说，转身离开了。

看着渐行渐远的苏云景，闻燕来怔怔地想叫住他，话却说不出口。

苏云景一直以来压抑的情绪被撕出一个口子全部爆发了。再加上现在傅寒舟的情况很糟糕，苏云景已经不知道怎么办了。

看着傅寒舟一天比一天沉默，生命力也像在慢慢消失似的，苏云景心里很难受。

在外人眼里情绪即将崩溃的傅寒舟，就是个应该被送进精神疗养院的疯子。事实上，傅寒舟在某些事上确实疯狂，苏云景真怕傅寒舟这次失控了。但他又不敢在傅寒舟面前表现出来，也不知道该跟谁去说，只能压在自己心里。

苏云景不断做着深呼吸，想尽快平复自己的心情。他还得回去，他不能让傅寒舟发现自己不见了。但负面情绪不断扩大，他几乎控制不住。

这时，苏云景身后突然响起一个很轻微的声音。他身体微僵，慢慢转过身，看见一棵粗大的树后面隐约有个人影。

现在在拍围场狩猎的戏，剧组特意找了一片树林实地拍摄，这里到处都是树。

见苏云景似乎发现了自己，慕歌拿着剧本走了出来。她满脸忐忑不安："对不起，我看这里清静，所以来这里背台词。"

苏云景微微地别过头："没事。"

慕歌低头看着手里的剧本，手却默默地递过来一包纸巾。

苏云景："……"

"谢谢。"苏云景接过那包纸巾。

"不客气。"慕歌依然低头看着剧本，像是怕苏云景尴尬似的，不去看他。

慕歌翻了一页剧本，语气不自然地问："那个……傅先生没事吧？"

知道她是在缓解气氛，苏云景回了句"没事"，然后又替傅寒舟的粉丝跟慕歌道了一句歉。

慕歌倒是很乐观："因祸得福吧。虽然被骂了，但我也涨粉了。"

刚开始被骂的时候，慕歌的确觉得很委屈，后来有个人告诉她，"黑红"也是红，只要红了就有钱挣了。

一想到钱，慕歌立刻觉得值了。

慕歌不好意思在这里打扰别人，赶忙找了个借口："我得回去补妆了，快要轮到我的戏份了。"

"好。"

临走的时候，慕歌给了苏云景一瓶东西。苏云景低头一看，是一瓶喷雾，很多演员拍完哭戏都会用喷它让眼睛尽快消肿。

苏云景："……"

果然是"真善美"的女主角，体贴起来是挺要命的。

这个小插曲倒是让苏云景的心情平复了不少。他回去时傅寒舟还在导演那儿跟其他演员研读剧本。

下面的戏是男主角跟太子对质的重头戏，也是太子被废的一场戏，主要演员都在总导演的房间里。B组导演也没闲着，拍摄着其他人的镜头。

慕歌又找了个角落研究剧本，她在这部"大男主"的电影里戏份不太多，除了跟男主角的感情戏外，还有一条复仇的支线任务。第一次演这么重要的角色，她非常认真地揣摩人物内心。

慕歌正看剧本时，上方投下一道阴影，她一抬头就看见了苏云景。

"谢谢。"苏云景把那瓶喷雾还给了慕歌。

见他情绪没之前那么差了，慕歌笑着接了过来。

苏云景没跟她继续交谈下去，把东西还给她后，回身发现傅寒舟已经从导演房间出来了，正站在门口看他。

怕傅寒舟多想，苏云景走过去跟他解释了一句："我刚才只是还她东西。"

傅寒舟很轻地"嗯"了一声。傅寒舟这个平静的反应让苏云景蹙了下眉头，这太不符合傅寒舟的性格。

苏云景想晚上跟傅寒舟好好谈谈，没想到江初年又突然回来了。

之前傅寒舟生病住院，江初年从京城来过一趟，后来有紧急的事需要他回京城处理。刚忙完京城的事，他没顾得上休息，坐飞机又过来了。

在酒店订了一间房间补了一觉后，江初年跟苏云景他们一块儿吃了晚饭。

苏云景刚和傅寒舟回房间，江初年就给他发了条微信，说有重要的事要谈，是跟傅寒舟有关的，希望单独见面说。

这些年江初年一直陪着傅寒舟，他对傅寒舟的病情应该有一定的了解，苏云景正想找个机会问问他。

晚上趁着傅寒舟洗澡，苏云景在浴室门口说："我现在要去江初年的房间一趟。"

听到苏云景这话，浴室立刻没了水声。没一会儿，浴室的门被傅寒舟打开了一条缝隙。

傅寒舟浑身是水地看着他，表情是显而易见的紧张。

苏云景安抚他："我不下楼，只是去他房间说点儿事，马上就回来，等你洗完了可以来找我。"

江初年既然说要单独见自己，那肯定是不能当着傅寒舟的面说。苏云景想了想，给江初年打了个电话，让他来傅寒舟的房间一趟。

总统套房有九十多平方米，相当于一个两居室，空间十分大，可以单独跟江初年谈事。

等江初年来了，苏云景对浴室的傅寒舟说："你去洗澡吧，我不出去，我们俩在这里谈。"

见傅寒舟乖乖进了浴室，江初年抿了抿嘴唇，沉默地跟着苏云景去了书房。

苏云景正在想措辞，怎么合理地询问傅寒舟这些年的病情时，江初年语出惊人。

"你是闻辞吗？"

书架投下的阴影落在江初年的脸上，让他的神情看起来晦涩难懂。

"你是闻辞吗？"江初年直视着苏云景。

苏云景的心脏狂跳了起来，过快的心率让脑子一片空白。面对这么直白的问题，他大脑做出的第一个反应就是回避。

"啊？"苏云景假装没听清，耳朵侧了一下，"什么？"

江初年看着苏云景脸上的每一个反应，目光不是尖锐的质问，而是深沉凝重。

"是你回来了吗？"江初年浅淡的嗓音里有几分悲切的心酸。

在这样的目光下，苏云景的喉咙顿时灼烧了起来。但碍于穿书系统三番两次的提醒，苏云景只能压下心头涌起的情绪，挤出一个轻松的笑容。

"你怎么会突然问这种问题？"苏云景轻笑着，"你该不会真的相信这世上有借尸还魂的事吧？"

江初年的目光仍旧落在苏云景脸上，眼睛里有细碎的光在闪，声音极轻："我不信，但傅哥信，他也一直在等闻辞回来。我有的时候都觉得他疯了。"江初年的眼底有雾气缭绕，"但我也只能继续骗他。"

苏云景唇角的笑容僵住了。他连忙垂下眼睑，掩饰自己的情绪。

这些年傅寒舟的病情反反复复，他仍然坚信闻辞会回来。

江初年也只能配合傅寒舟演这出戏，演了这么多年，江初年都快要相信闻辞会回来了,也不敢不相信,因为他承担不了后果。

"他过得很不好。"江初年眼里的雾气更浓了,说话的声音带着很浓的鼻音,"对他好一点儿。"

没人比他更清楚傅寒舟这几年的状态。

傅寒舟不会轻易信任任何人,要不然这么多年就不会一直自我折磨,这也是江初年怀疑苏云景是闻辞的最大理由。

他不相信世界上有这么玄幻的事,但他比任何一个人都希望有这样的事发生。他想让傅寒舟开心一点儿。

苏云景没有说话,他不知道要说什么,听到这些话他只觉得哪儿哪儿都难受。想到傅寒舟这些年的经历,他的心就像被一只大手搅弄着,五脏六腑都跟着痛。

苏云景没有回复江初年,对方也没再问。

书房陷入诡异的沉默时,洗完澡的傅寒舟推开了房门。

苏云景怕他看出什么,避开了视线,不动声色地抹了一下眼角。

傅寒舟站在门口,灯光映照在他身上,投下似明似暗的光影。他无声地凝望着苏云景,眉宇间带有病态的疲惫。

"洗好了?"苏云景没看傅寒舟,低头说,"我去找吹风机,给你吹吹头发。"

说完,苏云景出了书房,背影有点儿仓皇。他需要一点儿时间平复心情,不能让傅寒舟看出他心情不好,不然依照傅寒舟的性格,肯定会再次被刺激到。

傅寒舟跟在苏云景身后,离开了书房。

江初年看见这一幕,拧了一下眉头。他跟傅寒舟认识这么多年,太了解傅寒舟了,今天吃晚饭的时候他就看出了傅寒舟的状态不对劲儿。这也是他要找苏云景谈谈的原因,他以为苏云景和傅寒舟在闹别扭。但他忽然发现,事情跟他想象的似乎不一样。

原本江初年觉得苏云景来了之后,他可以松一口气,能好好去度个假了。但目前看来,情况跟他预想的有很大出入。他暂缓了休假的

打算，留了下来。

江初年走后，苏云景拿着吹风机给傅寒舟吹头发。

苏云景挑起潮湿的黑发，风速开得不大，细致地给他吹着。

把头发吹干后，看着傅寒舟那张精致出众的五官，苏云景低下头问："你是以为我会走，所以最近心情才不好的吗？"

傅寒舟仰头望着苏云景，喉结上下滚动："没有。"

苏云景感到困惑："那你为什么最近总是心情不好？"

"我没有心情不好。"傅寒舟扬唇笑了起来，"我心情很好。"

他的目光纯粹干净，像是真的愉快，至少苏云景看不出有什么不对的地方。

苏云景有一瞬间的茫然，他不知道傅寒舟怎么态度突然就变了，总感觉哪里怪怪的。但好久没见傅寒舟这样笑了，或许傅寒舟的情绪真的平复下来了？

江初年续订了酒店的房间，他不太放心傅寒舟，也留到了剧组。傅寒舟身边除了苏云景，还有两个助理，所以江初年不插手傅寒舟的事，只是观察他们俩的相处方式。

傅寒舟晚上仍旧睡不好，食欲也不太好，但不像之前那么沉默了，在苏云景面前变得开朗了一些。

江初年却没这么乐观。他观察了两天，在吃午饭的时候，他不经意似的踢了一脚苏云景。

江初年装着机械义肢，撞上苏云景容易受伤的踝骨时，疼得苏云景眉头紧拧。

"对不起。"江初年跟他道歉。

苏云景自然不会多想，摆了摆手："没事。"

傅寒舟看着苏云景，他什么表情也看不出来，所以对他们的谈话内容有点儿茫然。

江初年瞥了一眼傅寒舟。

吃完饭，第一场戏就是傅寒舟跟男主角演的对手戏。

苏云景在影棚拿着保温杯看傅寒舟拍戏,突然收到了江初年的微信。

聊一聊?

苏云景下意识去找江初年,见他就在影棚外面。

这么近的距离,他却给他发微信。苏云景抿了下嘴唇,回了一条"好"。

你不觉得傅哥有点儿不对劲儿吗?

苏云景没想到江初年是问傅寒舟的事,还想着他要是继续问自己是不是闻辞,该怎么回答他。

苏云景回了一句"他最近心情不好"。

不仅仅是心情不好,你没发现他好像看不出你的表情吗?

苏云景愣了,这话什么意思?

上次江初年跟苏云景在书房里谈话时,听到他说傅寒舟这几年过得不好,苏云景明显很难过,傅寒舟进门后,却没有看出苏云景的表情。

苏云景是当局者迷,书房那天他极力在掩饰自己的情绪不想让傅寒舟发现,所以没往这方面想。

江初年是旁观者清,他隐隐地觉得傅寒舟有点儿问题,但一时没想起究竟是什么地方不对劲儿。直到刚才他才终于琢磨过来哪儿不对,傅寒舟好像不关心苏云景的情绪了。或许不是不关心了,是他好像看不出来苏云景的表情了。

刚才吃饭的时候,江初年故意踢了苏云景一脚,对方明显露出痛的表情,傅寒舟还是没反应。要是以前他们读高中的时候,傅寒舟估计会冷冷地瞪他一眼。

江初年是个心思细腻的人,因为失去双腿,所以对别人的情绪总是很敏感。这也是当初傅寒舟找他当经纪人的原因。

江初年不说,苏云景是真的没有察觉出来。他这样一说,倒是点醒了苏云景。最近傅寒舟在某些事上,的确是迟钝了很多。

自从自己去见闻燕来差点儿被许淮开车撞了，傅寒舟的情绪就一直很低落。

闻辞当初就是出车祸离开的，现在要再发生一次，傅寒舟肯定会疯。

但傅寒舟为什么会看不到他的表情？

苏云景有点儿蒙，傅寒舟拍戏的时候，明明能正常和其他演员对戏，看样子不像是眼睛出问题了。

拍完今天的戏份，回到酒店房间，苏云景什么也不做，凝视着傅寒舟。

在傅寒舟看来，苏云景那双眼睛就是两个黑漆漆的洞，正一眨不眨地望向他。

知道苏云景喜欢看他笑，傅寒舟忍下心中的恐惧，一如既往地表现乖巧。

苏云景看见了傅寒舟的笑容，心里有说不出来的难受。他抬起手，在傅寒舟的面前晃了晃。

傅寒舟抓住了那只修长的手，眼眸里还挂着笑。突然一滴温热的水滴，砸到了傅寒舟手背上。

傅寒舟反应了一会儿，苍白的唇不自然地颤抖了一下："怎么了？"

他看不见苏云景的表情，不知道苏云景怎么了，心里一片慌乱。

这下苏云景终于确认了江初年的猜测。他声音沙哑地反问："你怎么了，寒舟？"苏云景担心地问他，"你为什么看不出我的表情，是又出现幻觉了吗？"

傅寒舟疲倦地闭上眼睛："没有。"

苏云景不信，继续追问他："你先告诉我，你是不是看不清我的五官了？"

不等傅寒舟回答，电光石火间，苏云景突然想到一种可能性。

苏云景小心翼翼地求证："你是在我身上又看见那些虫子了？"

傅寒舟紧张地看着苏云景，说话的尾音微颤："是疼了吗？"

这话问得没头没尾，苏云景却听懂了。

傅寒舟又出现幻觉了，看见那些虫子钻进他的身体里，所以当他问傅寒舟的时候，傅寒舟还以为他是被虫子咬疼了。

在穿书系统的帮助下，苏云景进入过傅寒舟的精神世界，看到了那些面目可憎的虫子，也知道他眼里的自己会是什么样的样子。

苏云景的喉咙如被火烤，声音沙哑至极："你从什么时候开始看见的？"

苏云景没想到傅寒舟的精神状况这么差，竟然出现了这样的幻觉。

如果是从自己上次差点儿被许淮撞了开始他就在自己身上看见虫子，苏云景都没办法想象这半个多月他是怎么熬过来的。那些虫子对傅寒舟来说是真实存在的，咬在身上会真真切切地感受到痛苦。

傅寒舟没回答苏云景的问题，他疲惫不堪地说："我习惯了。"

听到傅寒舟这话，苏云景的心立刻绞痛了起来。他怎么到现在才发现傅寒舟不对劲儿，让他一个人痛苦了这么久。

苏云景缓慢地吐了一口气，把那些负面的情绪强行压下去，说："我身上没虫子。"他极力安抚傅寒舟，"不信你看看我，我身上什么都没有。"

"我好累，也好疼。"傅寒舟的睫毛被泪沾湿了。

"我也好累，我也好疼。"苏云景努力维持平稳的声音，"傅寒舟，你能清醒一点儿吗？"

傅寒舟的嘴唇抖了抖。

"你清醒一点儿，不要被幻觉骗到。"苏云景眼泪像决堤一样从眼眶流出来，"寒舟，我也好疼，你别让我这么疼，好不好？"

傅寒舟浑身发抖："好。"

江初年很久之前就知道傅寒舟的精神状况，苏云景怕出什么意外，把傅寒舟病情加重的消息也告诉了他。万一以后露出什么马脚，江初年现在做好防范，到时候就能第一时间控制好舆情。

听说傅寒舟的情况，江初年十分担心，他跟导演商量了一下，想为傅寒舟争取一段休息时间。

《水逆》第一部讲的是男主角被太子逼上梁山，知道了权势的重要性，决定争夺皇位；第二部讲的是男主角崛起，先是扳倒了太子，后又获得父皇的重用，被立为太子，最后黄袍加身，成为名垂千古的贤君。所以傅寒舟的戏份其实并不多，只占了剧本五分之一的内容。

戏份虽然不多，但角色的心路历程十分复杂。

在江初年耐心的沟通下，导演最终同意让傅寒舟休息几天，再拍太子做困兽犹斗的那几场重头戏。傅寒舟拍完目前的戏份，可以回去调整状态。

但这个导演是出了名的慢工出细活儿，一场戏愣是拍了一个多星期。

好在苏云景终于弄清了傅寒舟现在的情况，不再像前几天那么迷茫无措了。他决定先按照自己的办法试试看，如果还是安抚不了傅寒舟，就去国外找专业的心理医生治疗。

江初年彻底放弃休假的打算，留在剧组帮忙。

有江初年在，傅寒舟不拍戏的时候，他就会把另外两个助理支开，省得他们发现傅寒舟的异常。

主演的盒饭跟其他演员的盒饭是分开的，用网友的话来说就是加了鸡腿的套餐。也有一些大牌演员不吃剧组餐，让自己的营养师配餐送过来。傅寒舟就属于大牌且有钱那类的。

到了吃午饭的时间，酒店把苏云景订的餐送了过来，他和傅寒舟两人在房车里吃。

上了车，苏云景拿丝带蒙上了傅寒舟的眼睛。他还穿着戏服，眉眼被化妆师化得很长，眼尾处有一抹暗色的红痕，看起来十分阴鸷。

苏云景拿着丝带过来时，傅寒舟倾下身子，长睫半垂，看起来很乖巧。

只要苏云景和傅寒舟单独相处，他就会蒙上傅寒舟的眼睛，因为不想让傅寒舟看见他身上的虫子。

苏云景放下房车里的餐桌，拉着傅寒舟坐下，打开饭盒，把米饭和勺子递给了傅寒舟。

丝带很薄，被苏云景叠了两层裹在傅寒舟眼上，模模糊糊能看见饭菜的影子。

苏云景夹起一块鱼问傅寒舟："今天有鱼，要吃鱼吗？"

傅寒舟点了一下头。

苏云景挑走里面的刺放到了傅寒舟的汤勺里："没刺，放心吃吧。"

傅寒舟低头吃饭，吃相一如既往的斯文。

排骨炖得软烂，苏云景轻松地剔除了上面的骨头，把肉放到了傅寒舟碗里。

看着等着投喂的傅寒舟，苏云景忍不住想起了以前："你还记得吗？咱们俩在'南中'读书的时候，有段时间我从家里带饭，不管我给你夹什么菜，你都要扔出去。"

傅寒舟停下动作去看苏云景，隔着两层纱他只能看见苏云景的轮廓。

那个时候他不确定苏云景是陆家明，所以才总是跟他闹脾气。

苏云景很轻地笑了一下，后来傅寒舟来衡林找他，他才发现傅寒舟矫情的表层下面，还是过去那个软乎乎的"船船"，怕冷，爱撒娇，还喜欢黏着他。

吃了饭，苏云景特意把房车空调的温度调低了，他试探性地摸一下傅寒舟的手背："冷吗？"

傅寒舟摇了摇头。

苏云景叫他："寒舟。"

傅寒舟的眼睛上还蒙着丝带，侧耳去听苏云景的声音。

"你多想想我以前的样子，想想我好看的时候。你要是听话，我就再给你买一只玩偶熊。"

听到这话，傅寒舟弯了弯唇。

这两天傅寒舟总抱着一瓶绿油油的、看起来很黏稠的东西喝。苏云景不知道那是什么玩意儿，还是江初年告诉他，那是一种粗纤维的营养糊。

上次傅寒舟昏迷住院，检查结果不仅贫血、食欲差、吃得少，还维生素严重缺失。傅寒舟的营养师根据他的情况，给他配了一种营养糊，补充身体能量。

苏云景一转头，发现傅寒舟已经不喝那瓶绿油油的液体，含着吸管在喝葡萄糖水。

苏云景："……"

傅寒舟之所以这么拼，是因为昨天洗澡的时候因为低血糖险些昏过去，幸亏被苏云景及时发现。

苏云景调侃他是"病西施"，大概是感到有点儿丢人，傅寒舟才这么发愤图强，补充营养。

不过傅寒舟总算肯好好吃饭了，一日三餐都是营养师特配的。

虽然在苏云景眼里，傅寒舟就是个"娇娇"，但实际他的底子不错，缺失的营养很快补了回来。

午休结束后，苏云景解开了傅寒舟眼睛上的纱，一前一后地跟他出了房车。

慕歌坐在阴凉处看剧本，听见不远处房车开门的声音，她下意识地抬头看了一眼。

傅寒舟走在前面，凤眸微垂，眼尾有睡觉的压痕，他像是没睡醒似的神情恹恹。身后的苏云景拿着一个保温杯，拧开盖子递了过去，傅寒舟喝了一口。

看到这一幕，慕歌不由得想起一件事。昨天她路过傅寒舟的化妆间时，化妆师正好从里面出来。从虚掩的门缝里，她看见里面的苏云景正在喝奶茶。

今天傅寒舟请全剧组的人喝奶茶，但此时苏云景手里的那杯明显跟他们喝的不是一种口味。他那杯加着珍珠，还是大杯。他喝了一口奶茶，然后随手给了傅寒舟。

她总觉得这两个人的气氛怪怪的，不像老板和助理，反而像爸爸和儿子。

慕歌没有签经纪公司，以她现在的经济水平也雇不起助理，能参演这部戏还是靠了闻燕来的帮忙。

前段时间，慕歌被傅寒舟的粉丝攻击，李随安给她弄了个工作室，还给她派了一个女助理。用李随安的话来说，他打算进军文娱产业，看她资质不错，想要签下她。

一码归一码，慕歌虽然感谢李随安上次的帮忙，可没打算稀里糊涂地把自己签给一个不靠谱儿的花花公子，也不敢随意指使他给自己请的助理。

慕歌委婉地劝助理走，对方哭着说自己可以不要工钱，但一定要留在剧组，因为她是傅寒舟的粉丝，这次来是见偶像的。

李随安可能是吃定她拿这种性格的人没办法，才派了这样一个刚出学校门的单纯大学生。

穷人家的孩子早当家，慕歌很早就出来跑剧组，见惯了人情冷暖。

新助理一看就是蜜罐里长大的孩子，还有点儿"雏鸟情节"，见慕歌对自己不错，又转头开始喜欢慕歌。

相处了几天，慕歌还挺喜欢这个胆大心细、可爱又泼辣的小助理。

看着苏云景和傅寒舟走远的背影，慕歌收回了目光。

拍完今天的戏份，慕歌卸了妆，换上自己的衣服，打算回酒店时接到了李随安的电话。

慕歌正好想跟他谈谈签约的事，走出片就看见一辆明黄色跑车。

穿着印花衬衫的李随安倚在车门前。他身形修长，五官俊美，随意一站就足够吸引眼球。

看到李随安花花公子的做派，慕歌默默地翻了一个白眼，但还是硬着头皮走过去。

李随安绅士地要给她开车门，被慕歌直接拒绝了："谢谢，我自己

有手。"

李随安也不生气,笑着打开了驾驶座的门,然后坐进驾驶座。

慕歌系安全带时,李随安问她:"怎么就你一个人,佳宝呢?"

佳宝是李随安给慕歌安排的助理。

"她发烧,现在在酒店休息。"

"那去什么地方吃饭?"

慕歌没反应过来:"什么?"

李随安修长的手指敲着方向盘:"你不是要请我吃麻辣烫,总得给我个地址吧?"

因为上次的帮忙,李随安非要让慕歌请他吃饭。慕歌随口说要请他吃麻辣烫,没想到他还真从京城大老远过来吃麻辣烫。

慕歌想跟他谈谈正经事,麻辣烫店这种嘈杂的地方显然不适合谈事,于是她临时改主意,请他吃日料。上次她和佳宝一块儿去了一家日料店,人均一百五十元,味道还不错。慕歌把地址报给了李随安。

路上慕歌用手机给佳宝订了一份外卖,之后便一直保持着沉默。

李随安多情的桃花眼微挑:"你想什么呢?"

"没什么。"慕歌口气虽然冷淡,但眉头拧着,一副心事重重的样子。

刚说完没事,慕歌忍不住问李随安:"我问你一个问题。"

"嗯?"李随安尾音上挑。

慕歌攥着安全带,纠结地看着李随安:"你说,如果有一个人对你很好,但你做了对不起她的事,你会告诉她吗?"

"那要看什么事了。"李随安难得这么正经,"又做到什么程度了。"

慕歌憋了半天才吐出三个字:"很复杂。"

李随安没追问,等着她想措辞。

慕歌皱着一张脸,不知道怎么说:"她对你很好,但有一次,也不能说一次,就是你明明有机会救她的家人,但你没有救下,造成了他的死亡。但你不是故意不救的,情况很复杂。可……如果你当时没犹豫，或许能救下来。"

慕歌说得有点儿混乱，李随安却听明白了："你的意思是说，几年前你有机会救闻燕来的家人，但你没有救下，让他在车祸里死亡了？"

慕歌惊呆了，猛地转头去看李随安，眼珠子都要瞪出来了。

"你……"慕歌话都说不利索了，"你怎么知道的？"

李随安眉梢微扬："放眼娱乐圈对你好的人除了我，那就是闻燕来。十年前，她家人出车祸，媒体报道了好几天，所以猜出来很难吗？"

慕歌的肩膀塌了下来，情绪有点儿低落："那你说，我到底要不要告诉闻姨？"

昨天有一场夜戏，苏云景路过慕歌身边，剧组探照灯打在他的身上。光影交替的那一瞬间，慕歌突然想起自己为什么觉得苏云景眼熟了。

因为这件事她昨天晚上都没睡好，佳宝一直陪着她，自己却不小心发烧了。

十年前，慕歌的妈妈还没查出癌症，家里也没欠下这么多外债。那年五一假期她跟同学一块儿去旅游，没想到就遇见了那场车祸。

慕歌把昏迷中的少年救出来后，正打算跟其他人救被困的闻辞，汽车却突然着火了。

大家都不敢上前，怕油箱泄漏会爆炸。慕歌于心不忍，但被同伴拉着，再加上她本身的确害怕，犹豫之间，火势更大了。

火势越大，大家越是不敢去救。

后来那个漂亮的少年从昏迷中醒了，他硬生生把人从车里拖了出来。但闻辞烧伤严重，肺部进了浓烟，已经窒息死亡。

慕歌只看了一眼，就吓得别开了视线。

那个少年却不愿相信这个事实，不停给他做心肺复苏。

看见少年这样，慕歌很难受，也很后悔自己刚才的犹豫。对她来说，那只是一个陌生人意外离世，但对他的家人来说是灭顶之灾。

那件事后，慕歌受到不小的惊吓，连着做了一个月的噩梦，她妈

妈甚至还带她看了几次心理医生。她本来就在良心上过意不去,现在又知道了那个去世的少年是闻辞,更难受了。

李随安开口:"我不建议你说。"

慕歌看向他:"为什么?"

虽然李随安很不靠谱儿,但上次的事发生后,慕歌发现他正经起来人还不错,甚至还会给她一些启发。

"那个时候你才多大?就算你在车祸现场,你救不了人也很正常。"李随安先是开导慕歌,之后条理清晰地给她分析,"但人性是复杂的,有些事一旦掺杂了感情,人就容易情绪化。你们关系好的时候,她可能不在乎,一旦有分歧,她就会想起这件事,你们的隔阂可能会加深。从法律层面来讲,车祸不是你造成的,你也没有主动害过人;从道德层面说,你试图救过他。"

李随安觉得于情于理都不是慕歌的责任,说了反而会影响她跟闻燕来的关系。

慕歌叹了口气,好像是这个道理,可她总觉得过不了心里这关,毕竟闻燕来对她这么好。

见慕歌不说话了,李随安从内视镜看了一眼。她靠在车窗上,小小的一团影子,神情落寞,看起来格外可怜。

李随安的视线顿了下,开口说:"这样吧,你给自己三天冷静的时间。如果三天之后你还想告诉她真相,那就别违心。"

慕歌鼻翼小小地翕动了一下,嗓音干干的:"那万一她要是因为这件事怪我呢?"

"那就让她怪,但凡一个正常人就不会责怪到你身上。既然她都不正常了,你还搭理她干什么?"前面正好是红灯,李随安停了下来,温柔地摸了一下慕歌的脑袋,"放心,以后哥哥会罩着你的。"

慕歌被他这声"哥哥"弄得浑身起鸡皮疙瘩。她搓着胳膊:"你能不能做个正常人?"

李随安被她生动的嫌弃逗笑了。他唇角微翘,桃花眼里似乎深情款款，又似乎是一贯的浪荡："怕是不能。"

慕歌："……"

围场狩猎的戏份是《水逆》的一个大高潮，导演很重视，反反复复地拍了一遍又一遍，总觉得不满意。

导演这么抠细节，搞得演员怨声载道。但第一部就是在这种精益求精的打磨下，才票房、口碑双丰收，一举斩获无数大奖。主演只好劝自己保持平常心。

就连一向能经受各类导演磋磨的傅寒舟，都喝着苏云景给他的凉茶，在房车里气得直磨牙。他一心想着回京城，但导演还在这里磨洋工。

因为是实实在在地上火了，苏云景最近才给他喝凉茶败火。

苏云景哄他："好了，好了，还剩下最后一点儿戏份，拍完这点儿就能回去了。"

虽说是只剩一点儿戏份，但导演已经拍了好几天了。不怪傅寒舟暴躁，苏云景也觉得拍戏这活儿太磨人心性了，傅寒舟能参演这么多佳片也真是不容易。

对于苏云景的宽慰，傅寒舟的心情不仅没有好，反而越发暴躁。

又拍了两天，导演总算满意了，大手笔地给傅寒舟放了五天假，调整身体。

不知道剧组的哪个工作人员曝光了傅寒舟的行程。本来他们打算当天晚上就坐飞机回京城，但江初年收到消息，怕粉丝会在机场堵截，于是他跟两个助理先回去了，苏云景和傅寒舟又在酒店住了一晚。

最近这几天，傅寒舟的情绪起起伏伏，苏云景脾气这么好都要被他弄得焦虑了。

洗完澡，苏云景正收拾东西的时候，原本站在他身后的傅寒舟不知道去哪儿了。

苏云景起初没太在意，头发吹一半突然觉得不对劲儿，他放下手

里的吹风机去浴室外找人。

为了采光好,酒店套房的会客厅设计了一个天窗。

傅寒舟打开了那个天窗。苏云景找过去时,就见他站在天窗旁。

苏云景一愣:"寒舟?"

傅寒舟回过头,神情寡淡:"刚才有人在叫我。"

苏云景知道他又出现幻觉了,耐心地问他:"什么人在叫你?"

"你。"

"我?"

"嗯。"傅寒舟点了一下头,"你的声音在叫我,说现在的你是假的。"

傅寒舟说得很平静,听在苏云景的耳朵里却惊心动魄:"别信他,他才是假的。"

傅寒舟看着苏云景说:"我没信。"

苏云景这才松了一口气,走上前将傅寒舟拉了下来。

导演给傅寒舟放了五天假,隔天一早苏云景跟他坐车去了机场。

为了不影响机场的秩序,傅寒舟从机场二楼的贵宾通道过了安检。

苏云景看见楼下的免税店里卖玩偶熊,于是让傅寒舟等他一下,他下楼买了一只玩偶熊。

前几天苏云景一直打趣傅寒舟,说他要是乖的话就给他买只玩偶熊。但是苏云景整天待在剧组,根本没时间逛商场。

"给你。"苏云景将半人高的玩偶熊塞给了傅寒舟。

傅寒舟双手抱着玩偶熊,纤长的睫毛被阳光染成了淡金色,唇角带着浅浅的笑意。但没一会儿,他的唇角就抿了起来,似乎有点儿不高兴。

傅寒舟从玩偶熊后背的拉链边缘,抽出了一张名片。

苏云景:"?"

看见名片上面印着一个女生的口红印，苏云景立刻尴尬了。

难怪刚才礼品店那个女孩儿问他，这只玩偶熊是不是给女朋友买的。当时苏云景没多想，摇头说不是。没想到对方会给他塞一张名片，上面似乎还写着微信号。

傅寒舟将名片递给苏云景："给你的微信。"

苏云景看也没看，斩钉截铁地说："工作要紧，谈什么恋爱？"

傅寒舟没有说话，抱着那只玩偶熊进了飞机的头等舱。

虽然傅寒舟武装严实，墨镜、口罩一样都不少，但一米八七的修长身高还是足够引人注目。其他乘客陆陆续续走进商务舱，一些女性乘客下意识地打量他们俩。

怕被人认出来，苏云景赶紧拉过毛毯给他盖上。

两小时后，飞机稳稳地停到了京城国际机场。

从飞机安全通道出来时，苏云景和傅寒舟受到了关注，主要是因为傅寒舟怀里的大玩偶熊太吸睛。

不过正是有这只玩偶熊挡住了傅寒舟的大半脸，再加上跟他荧幕形象不搭，所以没有粉丝认出他。

司机已经在机场门口等着他们。苏云景先坐了进去，身后的傅寒舟迈着大长腿也跨进了车厢。

苏云景总算松了口气，自从上次被粉丝堵在机场公厕，他就对公众场合有了心理阴影。

傅寒舟在外面是大明星，回家之后是娇气包大厨。

他跟郭秀慧学了一手的好厨艺，这让苏云景有了口福，他们俩在私人小岛度假时都是傅寒舟做饭。

做好饭，傅寒舟把饭菜端了上来。摆好碗筷后，他自觉地拿丝带将自己的眼睛蒙上，等着苏云景给他夹菜。

傅寒舟特别喜欢现在这种相处模式，仿佛回到了小时候。

苏云景给他夹了一块竹笋，还不忘提醒他："你最近要减肥，得控制食量。"

《水逆》还没拍完,听导演的意思是要傅寒舟至少减下十斤的体重。

本来傅寒舟就不胖,还要再减十斤。虽然苏云景心疼他,但演员就是这样,每个经典的荧幕形象都少不了幕后的打磨。

傅寒舟倒是没闹,点了一下头。

吃了半碗饭,傅寒舟忽然说:"哥,我想吃鱼。"

苏云景夹了一大块鱼肉,认真挑完里面的刺后,才放进他的碗里。

傅寒舟咬了一口,低头笑了起来。

苏云景不明所以:"怎么了?"

傅寒舟弯了弯嘴角:"想起小时候你给我夹鱼吃。"

苏云景"哼"了一声:"所以你故意买了鲤鱼想折腾我?"

鲤鱼的刺比一般鱼多,口感还不太好。

傅寒舟否认:"没有,买鲤鱼是因为我喜欢吃。"

苏云景不太相信地说:"你喜欢吃鲤鱼?"

"嗯。"

苏云景心想:行吧。

之后苏云景没再说话,任劳任怨地给傅寒舟挑鱼刺。

下午傅寒舟把他的那些玩偶熊都拿了出来,一个一个洗完晒干,然后又给它们套上新的衣服。

苏云景本来想帮忙,但被傅寒舟拒绝了。他只好坐在一旁看着"傅船船"忙活。

说实话这画面很喜感,他忍不住问:"这些年它们都是你亲手洗的?"

傅寒舟轻声"嗯"了一下:"我和它们都在等你回来。"

苏云景心里顿时不是滋味。他忍下心头的酸涩说:"我缺席你二十年的人生,放心,哥哥以后都会补回来的。"

傅寒舟的动作一顿,回头看向他,声音轻浅:"好。"

苏云景怕他看到的还是幻觉,连忙捂住他的双眼。

傅寒舟没说什么,默默地闭上了眼睛。

Chapter 17

退圈

"你想得美!"
"我不仅想得美,我长得也美。"

　　五天假期结束,他们又坐飞机返回了剧组。
　　傅寒舟虽然不想去剧组,但他知道苏云景是个很有责任心的人,所以还是压下万般的不情愿,继续拍摄。
　　围场狩猎的戏份已经拍完了,剧组回到拍摄基地开始宫廷的戏份。
　　太子的罪行在猎场被揭露,皇上震怒之下起了废黜储君的心思。他命人将太子押解回京,幽禁在东宫里等待旨意。
　　废黜储君是一件大事,不少朝臣上书希望皇上三思。
　　其实这件事还有转圜的余地,只要找个替罪羊,太子再在东宫韬光养晦一段时间。等皇上的气平息了,再办几件漂亮的差事,他就有可能东山再起。毕竟祖训自古是立嫡立长,皇上即便是在震怒之下,也没让太子搬出东宫。
　　但太子生性乖戾阴毒,并没有听谋臣的意见,反而起了谋反之心,把皇上对他的最后那点儿父子之情作没了。
　　傅寒舟为了符合人物被逼入绝境后的暴戾阴狠性格,以及杯弓蛇影的癫狂偏执形象,进入剧组后开始疯狂减肥。想要短时间内减下体重,最快速的办法就是节食。
　　中午吃饭时,苏云景看营养师给傅寒舟的配餐量少,口味又淡,

还没有主食，他叹了一口气。

苏云景不忍心自己吃大鱼大肉，让傅寒舟看着眼馋，于是自发地陪傅寒舟吃减肥餐。昨天他已经陪傅寒舟吃了一顿，菜就跟在水里煮了一遍似的，没油水就算了，也没多少咸味儿。

苏云景在摆饭菜，傅寒舟去房车浴室洗手，等他回来后手里多拎了一个餐盒。

"怎么又有一盒饭？"苏云景纳闷儿地问他，"谁给的？"

傅寒舟没说话，把饭盒放到餐桌上，打开了第一层。

苏云景一看，好家伙，是他最爱吃的麻婆豆腐，拌米饭吃特别香。

苏云景咽了咽口水，但还是坚定地抵制"傅船船"偷吃的行为："这不好吧？虽然豆腐营养高，但你现在在减肥，不能功亏一篑。"

傅寒舟还是没说话，打开了第二层。

苏云景一激灵，好家伙，豆腐热量不高，"傅船船"想吃就算了，居然还有油爆香菇。

第三层打开，是奶白色的鲫鱼汤。

"你不用跟我减肥。"傅寒舟将一碗米饭和餐盒推到苏云景面前。

苏云景还是于心不忍："我没陪你减肥，只是吃一样的东西，但我吃的量比你多。"

因为家庭条件好，再加上比较挑剔，傅寒舟日常使用的东西都是最好的。但实际上，他并不是一个娇生惯养的人，在特殊情况下很能吃苦。

以前为了拍戏而减体重时，他也不会禁止身边的工作人员在他面前吃油水大的食物。他不重口腹之欲，尤其是看见苏云景吃饭，他会感到心情愉悦，仿佛吃进了自己肚子里。

"你吃。"傅寒舟看着苏云景说，"我不会眼馋的。"

说完他就用丝巾把自己的眼睛蒙上了。

苏云景出于私心，偷偷把豆腐夹碎在水里刷了又刷，然后放到傅寒舟的勺子里。他不敢给傅寒舟喝鲫鱼汤，但会让他吃一点儿汤里的鱼肉。

吃完午饭，傅寒舟病恹恹地窝在苏云景身边。看他这样，苏云景不免有些心疼："没吃饱？"

傅寒舟摇摇头说："嘴里没味儿。"

他的嗓音软绵绵的，给人一种可怜巴巴的感觉。

苏云景蹙了蹙眉："是不是能吃点儿水果？"

昨天他看见餐食里有水果，怎么今天都是水煮菜和水煮鸡胸肉了？

苏云景想给营养师打个电话问问，但还没拨出去就被傅寒舟拦住了："算了，忍一忍就过去了。"

傅寒舟嘴上说着忍一忍就过去了，但他窝在苏云景身边的模样看起来可怜兮兮的。

苏云景剥了一颗奶糖，悄摸摸地塞进了傅寒舟的嘴里。

奶糖在舌尖上滚了一圈，傅寒舟品出一股奶香的甜味儿，忍不住笑了。

苏云景从外面一回来，就满脸兴奋地问傅寒舟："你知道我刚才看见谁了吗？"

即便傅寒舟看不见苏云景的表情，也能从他的声音中听出他的亢奋。隐藏在丝带下的凤眼眯了眯，傅寒舟压下心头的猜忌，平静地问："谁？"

苏云景含笑地吐出几个字："你的小媳妇。"

这个出乎意料的答案，让傅寒舟的眉头不由得拧了起来。

"你不记得了？"苏云景揶揄他，"你不是差点儿有个小媳妇吗？只不过她还没出生，你就被你爸接回去了。"

苏云景第一次穿进小说世界时，身份是一个普通却温馨的家庭里的小孩儿。他的妈妈叫宋文倩，在他生病去世前，她已经怀有几个月的身孕。当时她还开玩笑说，如果肚里是个小女孩儿，就把她嫁给傅寒舟。

苏云景病逝后，宋文倩真的生下一个女孩儿，名字叫陆佳宝。

非常巧合，陆佳宝就是慕歌的助理。

小说里有陆佳宝的戏份，她起初高举慕歌和傅寒舟的"CP大旗"。后来慢慢被李随安策反，最终支持"官方CP"。

苏云景总算知道，为什么穿书系统保不住他第一次的身份，让他按照原主的死亡期限，强行结束了那次的任务。

按理说，陆家明是一个不起眼的"炮灰"，系统应该能帮他更改命运，毕竟他现在的身份就是穿书系统自己创造的。

小说里的确没有陆家明的剧情，但陆佳宝跟女主角提及过过世的哥哥。

陆佳宝上初中的时候，觉得自己的名字特别土气，所以非常嫌弃。

她长着一张可爱的娃娃脸，身形肉肉的，看起来可爱软萌，同学因为她的外貌和名字给她起了个外号——包子女孩儿。她气得一度想让爸妈给她换个名字，后来宋文倩夫妇才告诉了她名字的由来。

她有一个从未谋面的哥哥，早产两个月。因为先天不足，所以从小体弱多病，九岁那年就去世了。

"佳宝"就是"家里宝贝"的意思，他们已经失去一个宝贝，不想再失去第二个了。他们对她的要求不高，只希望她以后能够健健康康。

听到自己名字的来历之后，陆佳宝才放弃了改名的想法。

苏云景之前就觉得陆佳宝有点儿眼熟，但又说不出来像谁。直到刚才他无意中捡到陆佳宝的身份证，看见她的出生日期以及户口所在城市，才意识到这是他的妹妹。

苏云景在这里碰见陆佳宝，乍一看是意外之喜，仔细一想又在情理之中。只能说作者笔下的世界是个圈，人物跟人物之间有微妙的联系。

陆佳宝和傅寒舟居然曾经待过一个城市，苏云景合理怀疑作者是懒得想城市名，所以把他们俩安排到一块儿了。如果陆佳宝早出生几年，或许就是另一个言情故事了。

苏云景越想越觉得奇妙，继续逗傅寒舟："你对你的小媳妇还有印象吗？"

当然有，而且印象极其深，傅寒舟当年甚至忌妒过她。

苏云景还给陆佳宝身份证时,对方委婉地表达自己是傅寒舟的粉丝,特别想要偶像的签名。

知道傅寒舟不喜欢跟人打交道,苏云景本来想等他签了名,自己给陆佳宝拿过去。没想到傅寒舟竟然拿着签名笔,主动去找陆佳宝,在对方的要求下把名字签到了她的手机壳上。

傅寒舟是娱乐圈有名的高冷人物,从来不跟粉丝合照,也不爱签名,甚至不参加商业活动。除了拍戏能听见他的消息,其余时间傅寒舟就像个失踪人口。

这让陆佳宝这种"铁粉",只能哭唧唧地、一遍又一遍地去看影视剪辑。当傅寒舟本人出现在她面前时,陆佳宝万万没想到真人比电视上还要好看,而且一点儿都不高冷,还特别绅士。

原本陆佳宝想让傅寒舟把名字签在自己的T恤衫上,却被对方婉拒了。T恤衫是贴身穿的,傅寒舟不签在这类物品上。

偶像近在咫尺,还在自己的手机上留下了名字,陆佳宝内心兴奋地尖叫。

傅寒舟签好名字后,把手机还给了陆佳宝。

陆佳宝双手接过,仿佛在接一道圣旨,说话都磕磕绊绊的:"谢谢……哥哥。"

粉丝称呼自己的偶像大多是"哥哥""老公"什么的,当着傅寒舟的面,陆佳宝有些底气不足。

差一点儿就真成她哥哥的傅寒舟扣上了笔帽,说了一声"不客气"。

苏云景刚想说什么,傅寒舟就淡淡地说:"要开工了。"

行吧。苏云景没闲聊的心思,跟傅寒舟一起离开了。

看着他们俩的背影,陆佳宝双眼放光,狂咽口水。

傅寒舟走了,慕歌才敢上前。因为前段时间他们俩的绯闻,最近慕歌有意无意地跟傅寒舟避嫌。

陆佳宝生动形象地诠释了什么叫望眼欲穿。

慕歌在陆佳宝眼前晃了晃手:"再看眼珠子都要出来了。"

陆佳宝抱着手机壳，仿佛是自己的生命般珍视。她吸溜着口水，鼻尖耸动，在空气中闻一通。

"你有没有闻到？"陆佳宝神经兮兮地问。

"闻到什么？"慕歌感到纳闷儿。

陆佳宝深吸了一口气，仿佛《中华小当家》中吃到美食的客人一样满脸幸福："偶像的味道。"

慕歌："……"

傅寒舟在化妆间补妆，苏云景坐在他旁边跟江初年聊工作。

傅寒舟的情况暂时稳定后，江初年请了两天假回老家。虽然在休息，但江初年的手机二十四小时开机待命，偶尔会处理一些工作，或者是教苏云景一些东西。

现在的江初年正在教苏云景如何做好一个经纪人，俨然一副要放大权的样子。

傅寒舟突然问："你在跟谁聊天？"

"跟小江聊工作。"苏云景抬头看他，"怎么了？"

傅寒舟"嗯"了一声。这声"嗯"不轻不重，含含糊糊，是苏云景熟悉的"傅氏嗯法"。

苏云景不明所以，但碍于化妆师在，他并没有深问，低头琢磨了一会儿。

等化妆师给傅寒舟上完妆离开后，苏云景看着化妆镜里的人开玩笑："怎么了，看见你的小媳妇不高兴了？"

傅寒舟抿了一下嘴唇说："她不是。"

听出傅寒舟话里的排斥，苏云景哭笑不得："你怎么对佳宝有这么大的敌意？"

"因为她乱叫别人'哥哥'。"

"啊？"虽然没搞懂"傅船船"的逻辑，但苏云景没再深究下去，只是说，"虽然我跟宋妈妈没什么血缘关系，但她对我们俩都很好，我只是想跟陆佳宝打听一下她的情况。"

傅寒舟没说话。

苏云景撞了撞他的肩膀："'船船'？"

傅寒舟抬头看着苏云景："你想知道陆家的情况，我可以帮你查。"

苏云景不想跟他在这种事上计较："好，好，好，你帮我查。"

《水逆》的导演太磨人了，最后那点儿戏份反反复复地拍，有强迫症似的一定要拍到他满意。对这种尊重观众的敬业精神，苏云景虽然给予肯定，但还是忍不住内心的暴躁，想骂人。

戏没拍完，傅寒舟就得继续节食。他每天在片场跟"咆哮帝"上身似的，这几场戏非常激烈，嗓子都喊哑了。

就在苏云景每天盼着傅寒舟赶紧杀青时，突然接到了江初年的电话。

有苏云景在傅寒舟身边，江初年总算舒舒服服地在家休息了几天。昨天他刚回京城上班，就发生了一件令他头疼的事。

不知道是谁在网上爆料说傅寒舟的新助理原本是他的"黑粉"，这个人应该是《水逆》的演员或者是工作人员，上传的照片背景都是片场的画面。

爆料的人在社交平台上发了一篇上千字的文章，根据苏云景在社交账号的留言，断定苏云景是傅寒舟的"黑粉"。

工作人员是"黑粉"本来就犯了娱乐圈的忌讳，而更让粉丝无法接受的是，苏云景欺骗了傅寒舟，以至于他们俩在片场的关系看起来非常好。

傅寒舟在娱乐圈一直走"高冷路线"，他的社交账号没跟圈内任何一个人互关，不拍戏时生活很低调。所以傅寒舟在大众心中的口碑很好，哪怕性子冷了一点儿，但为人很敬业，从来没有传出过乱七八糟的绯闻。

爆料者上传的很多照片颠覆了所有人对傅寒舟的看法。不知道是

不是拍摄角度的问题，傅寒舟在跟苏云景同框的照片中大多是在笑，两个人的关系看起来很好。苏云景不像傅寒舟的助理，更像是他认识多年的老朋友，两个人在一起，气氛和谐又轻松。哪怕是傅寒舟老粉丝，都没见过傅寒舟有过这种放松愉快的状态。

这本来是一件好事，但问题在于苏云景曾在社交平台上多次暗讽傅寒舟靠家世抢资源。

所以这事一经曝光，"苏云景双面人"的话题立刻冲上热搜。

原主的确不喜欢傅寒舟，忌妒傅寒舟的家世长相，以及火爆的星途，因此发表过很多不好的言论。

苏云景没混过娱乐圈，不知道粉丝会这么神通广大，几年前的言论都会扒出来。

江初年很自责："怪我没有提醒你删除社交账号。"

苏云景叹息着说："不能怪你，谁知道会发生这种事？"

江初年还是觉得难受，因为苏云景可能会遭受一段时间的网络暴力。

苏云景："我知道了，你按照自己的节奏处理这件事，不用顾忌我。"

事情已然发生了，苏云景只能接受现在的局面，好在他从头到尾都没想过进娱乐圈，名声不好就名声不好，对他来说没太大损失。

挂了江初年的电话，苏云景看见傅寒舟在看网上的讨论，前十的热搜，他们俩就占了四条——"傅寒舟的新助理""苏云景""被身边人的背叛""傅寒舟的助理说傅寒舟靠爹"。

傅寒舟粉丝如蝗虫过境一般的能力不是说说而已的，他们第一时间开始"围剿"苏云景的社交账号。

你想红想疯了吧？

好家伙，"黑粉"就在身边，编剧都编不出的剧情。

姓苏的，您可真行，潜伏在傅哥身边想干什么？

…………

傅寒舟身上集齐了言情偶像剧的要素，颜值高，家世好，业务能力强，还不传绯闻，因此吸引了一大批"女友粉"和"老婆粉"。扒出苏云景的社交账号后，她们认定苏云景是为了红才会接近傅寒舟，纷纷跑到他的社交账号下面骂他。

傅寒舟的粉丝在娱乐圈是出了名的，平时大家看看脸、刷刷剧，看起来岁月静好。一旦傅寒舟一有什么风吹草动，这群人就跟疯了似的。

但这次他们真是"拍马蹄子"上了，傅寒舟在乎的东西不多，这次粉丝骂的全是他在乎的人。看着评论区里的谩骂和诅咒，傅寒舟的眼睛逐渐幽邃，里面翻滚着狂暴的戾气。

苏云景拿走了傅寒舟手里的手机："别看了，交给小江吧，他一定能解决好。"

傅寒舟忍下那些狠戾："等结束了手里的工作，我就不拍戏了。"

傅寒舟的决定让苏云景深感意外："你不做演员了？"

"嗯。"

"是因为这件事？"

虽然一部分粉丝给傅寒舟招了黑，但他在圈内的口碑很不错，深受大导演的喜爱。

苏云景看过傅寒舟的所有片子，演技没的说。苏云景觉得他不当演员很可惜。但"高处不胜寒"，现在急流勇退未必不是一件好事，更别说傅寒舟的身体状况本就不太好。

苏云景笑着说："只要你想好了，无论做什么我都支持。"

傅寒舟轻声"嗯"了一句。

感受到傅寒舟低迷的情绪，苏云景赶忙安抚他。

陆佳宝突然"垂死病中惊坐起"，骂了几句难听的话。

正在吹头发的慕歌被她吓了一跳："怎么了？"

陆佳宝咬着牙说："小苏同学以前居然是我偶像的'黑粉'。"

陆佳宝之前因为身份证的事和苏云景有过接触，对他印象很好，又因为两个人年纪相仿，所以私下会亲切地称呼苏云景为"小苏同学"。

慕歌听完也没心情吹头发了，挤到陆佳宝的身边看热搜。

傅寒舟的团队反应十分快，加班加点发布了一份声明。

希望粉丝能冷静下来，不要网络暴力任何人。苏云景是傅寒舟的助理，工作期间勤勤恳恳，并没有做不利于团队的事。

苏云景把自己的社交账号给了江初年。

江初年登上苏云景的账号，把他过往的发言都删了，签名从"尚艺娱乐公司练习生"改成"傅寒舟私人助理"，然后转发了工作室的声明。

为了尽可能降低伤害，江初年要了苏云景所有社交平台账号，开始清理他过去的发言。

工作室这份声明只劝住了理智的粉丝，仍旧有大批粉丝跑到苏云景和工作室的账号下面谩骂，整个评论区里乱成了一锅粥。

傅哥好骗，我们可不好骗！自己辞职还是等着被举报，你自己选！

工作室真是气死我了！有哪个"黑粉"会承认自己是"黑粉"？现在勤勤恳恳工作，当然是为了争取你们的信任，然后搞一拨儿大事。

这种人不开除天理难容，工作室还给他洗白，你们干什么吃的？

清白的话删什么留言？姓苏的，有本事你就别删留言，咱们一条条对线。

江初年，你会不会当经纪人？不会当赶紧让贤！真是什么人都能到傅哥身边工作！

我脑溢血都快被气出来了。傅哥要知道姓苏的是这种人，肯定会很失望。

我不听，我不听！赶紧开除苏云景，然后追究他的法律责任。

苏云景这种人在古代就是细作，要被五马分尸的。

…………

苏云景把电话关机了，用傅寒舟的手机跟江初年联系。

用傅寒舟的手机，一是怕网友查出他的号码，给他打骚扰电话；

二是防止傅寒舟上网看到粉丝骂他的话影响拍戏的心情。

苏云景现在这个身份没有家人,这就意味着少了很多羁绊。他最大的软肋就是傅寒舟,那些粉丝再疯狂,顶多就是"脱粉回踩",不会对傅寒舟造成什么实质性的伤害。

傅寒舟是一个演员,有奖杯、有作品的优秀演员,商务、代言都是顶奢产品。奢侈品内部也有"鄙视链",真正的顶奢产品有自己的受众群,不需要粉丝冲业绩。

傅寒舟的形象气质本来就受奢侈品牌的青睐,再加上名校出身为他背书,傅寒舟的商业价值要比其他明星高好了几个档次。

傅寒舟是靠实力和作品说话的,并不是靠着粉丝"氪金"养活他,这是他跟"爱豆"最大的不同。所以他不需要"媚粉",也从来不"媚粉",更不会立什么"宠粉"的"人设"。

只要傅寒舟不受到影响,苏云景不上网看那些辱骂他的评论,网络暴力就不会影响到他。

苏云景的事闹这么大,《水逆》剧组的工作人员也知道了这件事,他免不了被人偷偷打量。

苏云景假装什么都不知道,平时怎么样现在还是怎么样,越是回避显得越是心虚。

江初年的动作很快,联系营销号,让他们删除不实的爆料。媒体这边暂时控制住了,但事情还在持续发酵。

苏云景曾经在娱乐公司做练习生的事被网友扒了出来。有知情人爆料说公司原定苏云景参加《花样少年团》,但不知道什么原因他跟尚艺娱乐公司解了约,成了傅寒舟的贴身助理。爆料的人还说,苏云景在尚艺娱乐公司里很受重视,如果参加了《花样少年团》,很有可能会成团出道。

这人明里暗里说苏云景是个"资源咖",而且后台来头不小。

去年《花样少年团》大爆成为现象级的综艺节目,开启了国内"偶像爱豆"的时代。苏云景放着好好的"爱豆"不去当,怎么会成为

傅寒舟的私人助理？

这个爆料帖一出，再一次煽动了傅寒舟粉丝的情绪。

怒火值满点的粉丝们跑到工作室的账号下面，写了一篇《十问无良工作室》的文章，怒批江初年。

一问江初年：为什么苏云景这个预备"爱豆"会成为傅寒舟的助理？更别说他还是傅寒舟的"黑粉"。

二问江初年：以苏云景的身家背景以及在娱乐圈的资历，怎么跟傅寒舟成了好朋友？

三问江初年：为什么这次控制舆情的速度这么快？简直像是工作室和诋毁傅寒舟的营销号已经商量好了似的。

四问江初年：作为傅寒舟的经纪人，闹出这种丑闻之后，为什么删除了有关苏云景的帖子，却不处理傅寒舟黑料的讨论帖？

…………

因为这件事不少人给苏云景起了一个外号——豪上加豪。傅寒舟是娱乐圈第一豪门少爷，苏云景比他还厉害，只能说是"豪上加豪"。前者是"土豪"的"豪"，后者是"豪横"的"豪"。

傅寒舟的粉丝怀疑这次的热搜就是江初年一手策划，目的是想利用傅寒舟的名气，营销这位后台强大的"豪上加豪"。

粉丝的十问，每个问题都指向江初年要捧苏云景这个新人。

真是"活久见"，经纪人不管自家的艺人，给别人擦屁股擦得倒是勤快，呵呵。

有哪位大神能查一下这位"豪上加豪"的后台是谁吗？我倒是想看看，谁能比我家哥哥还有牌面？

难怪"黑粉"会成为傅哥的助理，原来是想蹭傅哥的名气出道，真是厉害了！

出道的新型方式被苏哥哥解锁。苏哥哥好样的。

…………

一大群粉丝集结起来要求工作室把苏云景开除，让他哪儿来的滚哪儿去,别死皮赖脸地扒着傅寒舟给自己涨热度。因为傅寒舟粉丝的抵制,苏云景的热度居高不下。

陆佳宝一直觉得跟苏云景很投缘,她不相信苏云景是这种人,拿着手机跟慕歌大吐苦水。

慕歌也觉得这事很离谱儿,看评论区里傅寒舟的那些疯狂粉丝简直快把苏云景的祖坟扒了,心里不免同情起他来。前段时间她也遭受过这样的网络暴力,知道被网络暴力是什么滋味。

见她们俩旁若无人地交头接耳,李随安敲了敲桌子:"你们俩能尊重一下我吗?"

取景地离京城不远,李随安三天两头来找慕歌。

陆佳宝是个很识相的"吃货",一般她蹭吃蹭喝完就会赶紧闪人,给他们俩单独相处的机会。但最近出现这么大的事,陆佳宝的心情被波及,也就没这么自觉了。

被李随安这么一提醒,陆佳宝才发现自己耽误人家恋爱了,赶紧拎上包准备离开。

陆佳宝拿着甜点说:"我先回去了,你们好好约会。"

李随安都没捅破的窗户纸被陆佳宝差点儿捅破,慕歌脸上立刻充了血。

她在桌子下掐了一把陆佳宝,把声音压得很低:"别胡说。"

陆佳宝一脸"我不仅看破了,我还要说破"的表情,凑过去跟慕歌"咬耳朵":"你拿下他,咱们以后的路星光璀璨,还白得一个帅哥。你放过他,不仅便宜外面那些'小妖精',你自己也亏,毕竟他这么帅,仅次于傅寒舟,上哪儿找这样的好事?"

一旁的李随安含笑说:"嗯,说得很有道理,我投一票支持。"

陆佳宝本质是一个"厌货",见李随安听见她的话了,她"嘻嘻"一声,然后赶紧闪人了。

慕歌:"……"

这两天苏云景跟傅寒舟都没有上网，压根儿不知道外面发生了什么。

苏云景不关心粉丝的网络暴力，真正把他搞暴躁的是《水逆》的强迫症导演。他这么好的脾气，能把他搞生气的人屈指可数，而且还是多次搞生气，目前除了导演也没其他人了。

今晚这场戏从前天就开始拍，到现在导演还是不满意。

为了让影片画面显得更有质感，导演要用傍晚的余晖，不想用灯光师打出来的光，嫌不自然。他是个非常苛刻的人，对光影的要求很高，总NG也不全是因为演员状态不好，还有一部分是觉得光影效果不和谐。

这场戏运用了长镜头，不仅考验导演的调度以及大场面的控制力，还很考验灯光师跟摄影师的功力。剧组所有人都快要被导演折磨疯了，包括苏云景在内，毕竟傅寒舟还饿着呢。

其他演员不用节食减肥，但傅寒舟还天天吃着没滋没味的减肥餐。

好不容易结束了拍摄，苏云景牵着饱受身体和精神摧残的傅寒舟回了酒店。

电梯从停车场的负二层一层层攀升，最后停到了一层。电梯门一打开，陆佳宝那张婴儿肥的包子脸映入苏云景眼帘。

见苏云景一直盯着陆佳宝，傅寒舟不轻不重地咳了一声。苏云景赶紧收回放在陆佳宝身上的视线。

陆佳宝一眨不眨地看着他们俩，一脸没反应过来的模样。

苏云景顶着压力提醒她："不上来吗？"

陆佳宝满脸都是"我是谁，我在哪儿，我要做什么"的表情，她傻愣愣地进了电梯。见她不按楼层，苏云景只好代劳，替她按了房间楼层。

陆佳宝没察觉出不对劲儿，鹌鹑似的窝在电梯角落，看起来怯生生的。

慕歌和陆佳宝住的是标准间，楼层比总统套房低。电梯到了之后，陆佳宝满脸含羞地从电梯里出来，还没来得及为这次的同框庆祝，她的手机突然响了。

电梯关上的那一刻,苏云景听见她接通电话后喊了一句"妈",隔着即将关上的门缝,苏云景没忍住看了一眼陆佳宝。

陆佳宝的嗓门很大,电梯都升上去两层了,苏云景还能听见她的尖叫声。

"妈,我告诉你,我刚才跟两个好看的小哥哥坐一个电梯,其中一个就是傅寒舟,你知道他吗?上次我带你跟我爸去电影院……"

那句"妈"让苏云景的太阳穴"突突"跳了两下。他很久没见过陆妈妈了,心里十分想念。

电梯平稳上升,傅寒舟突然问:"你怎么知道她房间楼层的?"

苏云景:"……"他竟然这样会抓重点吗?

"上次咱们俩在电梯遇见慕歌,我记得她按了这个楼层,后来听说她跟助理住在一块儿。"

慕歌是小说女主角,每次跟她见面,出于谨慎苏云景都会留心一些。知道陆佳宝的身份后,苏云景虽然不会打扰她们,但是会关注一下。

苏云景刚说完,电梯门就开了。

"好了,好了。"苏云景把傅寒舟拉出电梯,"严格说起来,佳宝是咱们俩的小妹妹。"

傅寒舟跟在苏云景身后不说话。

刚才听见陆佳宝跟宋文倩打电话,勾起了苏云景过去的回忆。他用房卡打开了门,走进去感叹了句:"好久没见宋妈妈了,现在突然好想她,也想她做的小笼包了。"

那是苏云景吃过的最好吃的小笼包。

傅寒舟消瘦了很多,五官的线条越发凌厉,苏云景看见他这样,顿时觉得小笼包不香了。

苏云景叹息着问他:"饿不饿?"

傅寒舟病恹恹地"嗯"了一声。

苏云景几番犹豫之下，说："看现在的情况也不知道要拍到什么时候，要不……偷偷加一点儿餐？"

总这么饿着也不是办法，苏云景想在原定的减肥餐里多加几片鱼肉，跟一些脂肪含量少的豆制品。少吃多餐，再加上拍戏体能的耗费，应该不会长多少肉的。

傅寒舟的心情忽然变得很好。苏云景见状偏过头看他，无声地询问怎么了。

傅寒舟说："还是你心疼我。"

苏云景故意地说："那必须的，我还靠你挣钱呢。"

"伸手。"

苏云景不明所以，不过还是乖乖地伸出右手。

傅寒舟在他掌心不轻不重地拍了一下："给你钱。"

苏云景"哼"了一声："你知道你这种行为叫什么吗？"

傅寒舟看着他。

苏云景回敬他一个巴掌，狠狠地说："叫你吃白食。"

虽然话这么说，但他还是打电话给傅寒舟订了几样吃的。

最后那场戏导演连拍了一个多星期，在大家的精神即将崩溃时他大手一挥，总算通过了。

减肥餐是营养师搭配的，短短半个月之内，傅寒舟瘦了将近十公斤，体能消耗严重。

回到京城后，苏云景严格按照营养师的意见，开启养胖傅寒舟的征程。

苏云景不太会做饭，做饭之前会拿平板电脑看一下教程。这个时候傅寒舟也会杵在厨房，寸步不离地守在苏云景旁边。

苏云景打扫家里卫生，他就拽着苏云景的衣角。苏云景去哪儿，他就跟着去哪儿。

因为眼睛蒙着丝巾看不见苏云景，傅寒舟以手代眼，想知道他现在是什么表情。

苏云景左右闪避："哎哎，别闹，打扫卫生呢！"

傅寒舟不满地说："不要干了。"

苏云景无奈："你有事？"

"陪我说说话。"

"我这样也可以陪你。"

傅寒舟不理他，非要拽着苏云景去沙发。傅寒舟还生着病，苏云景只好顺着他的意。

苏云景："这就是你所谓的陪你说话？"

傅寒舟弯了弯唇角："你可以说，我听着呢。"

苏云景挑眉："那我给你讲一段单口相声助眠？"

"好。"

"你想得美！"

"我不仅想得美，我长得也美。"

苏云景对着傅寒舟的脸，还真说不出他脸皮厚，因为他长得确实好看。心里虽然承认，但苏云景嘴上却说："大老爷们儿比美算什么本事？"

傅寒舟认真问："那比什么？"

苏云景故作沉思："比……挠痒痒肉谁不躲。"

听到这话，傅寒舟意识到情况不对，正要逃，被苏云景按回到沙发上。

傅寒舟能屈能伸："我错了。"

苏云景得意地说："这还差不多。"

虽然江初年的行动力很强，但因为粉丝太能闹了，事态不断扩大升级。他们集体抗议苏云景做傅寒舟的助理。

现在的苏云景热度不低于任何一位"流量爱豆"。见他现在这么火，前舍友袁明出来蹭关注度。

袁明跟原主都是尚艺娱乐公司的练习生，之前苏云景还曾经借他

手机给经纪人严伟打电话。

严伟原本打算送六个练习生参加《花样少年团》，其中就有袁明。《花样少年团》已经录制到总决赛了，袁明因为镜头少，又没有什么特别的才艺，第二轮就被淘汰了。

他在社交平台发了一条似是而非的动态，说世界上有些事早有预料，他根本不意外。

袁明这条动态被指内涵苏云景。借着苏云景前队友的身份，袁明被粉丝火速送到了热搜前十，一夜之间涨了二十多万粉丝。

尝到甜头的袁明又发了一条动态，说他不会爆什么猛料，毕竟曾跟苏云景一块儿奋斗过，哪怕分开也希望各自安好。

五分钟后袁明自己打自己的脸，在社交平台隔空喊话苏云景——兄弟，爷儿点儿，站出来给傅哥的粉丝一个交代。

袁明这番话成为苏云景居心不良的佐证，再次激起"毒唯"的怒火，他们对工作室以及苏云景的社交账号又进行了新一轮的谩骂：

我就知道这个苏云景居心不良，真不知道江初年在想什么呢，还不开除他？

你们说有没有一种可能，苏云景不姓苏，他其实姓江，是江初年失散多年的亲儿子，要不然怎么对他这么好？

我不管这个苏云景以前干什么的，但伤害我傅哥就是不行。

工作室到底能不能开除姓苏的，到底能不能，给一句痛快话！

…………

营销号不敢牵扯到傅寒舟，把矛头都指向了苏云景，苏云景"心机 boy（男孩儿）"的形象已经深入人心。

理智的粉丝给工作室写"小作文"，强烈要求工作室开除苏云景，让他离自家哥哥，有多远就滚多远。

苏云景不上网，手机也关机了，宅在家里对网上的事一无所知。晚上给傅寒舟吹头发时，苏云景接到了江初年的电话。

江初年开门见山："傅哥今天登录工作室的账号了？"

苏云景下意识地看了一眼傅寒舟。他坐在米灰色的休闲沙发上,难得地没戴眼罩,漆黑的目光望过来。

苏云景收回视线对江初年说:"应该没有吧,他手机我拿着呢,怎么了?"

"有人登录了工作室账号在评论区骂了一个粉丝,我让技术人员查了一下登录IP就是常德区。"

京城是按区划分的,苏云景他们现在就住在常德区。

如果是有人恶意登录工作室账号,应该不会只骂苏云景的粉丝,这事十有八九是傅寒舟干的。

能让江初年特意打电话来问,说明他心里已经有了答案。

苏云景抿了抿嘴唇:"说得很严重?"

江初年委婉地说:"不算太严重。"

不算太严重那也是严重,苏云景头疼地按了按太阳穴。

江初年需要确定是不是傅寒舟登录的账号,然后再想办法平息这件事。

"他说粉丝什么了?"

"也没什么,就是说了一些脏话。"

苏云景:"……"

苏云景的第一个反应是搞错了吧,因为他从来没有听傅寒舟说过脏话。江初年也不太信,他跟傅寒舟工作这么多年,确实没见他说过脏话。

两个人隔空沉默了一会儿,最后江初年把截图发到苏云景的微信上。挂了电话,苏云景点开微信看了一眼,总算明白江初年为什么特意打这通电话了。

被骂的是傅寒舟的一个老粉,还是一个坐拥几万关注人数的"站姐"。

傅寒舟的"站姐"不像其他艺人的"站姐"这么多,一是因为他行程少,除了拍戏几乎不参加其他活动;二是因为傅寒舟身边的工作

人员嘴紧，隐私保护得好，"站姐"很难蹲守到傅寒舟。

这个粉丝从傅寒舟在京城大学那次采访开始，就被他的颜值击中，一直喜欢傅寒舟。她在工作室账号的评论区下留言，情真意切地恳请他们把苏云景开除。

大多数粉丝都认定这次热搜是苏云景一手搞出来的，他是为了红才接近傅寒舟的。

这个粉丝好像认识《水逆》剧组的工作人员，知道傅寒舟为了拍戏节食瘦了一大圈。

这两天我眼睛都哭肿了，哥哥在剧组辛苦拍戏，他一直很敬业，是个优秀的演员。这就是我喜欢的偶像，我很骄傲。听说他最近为了拍戏吃了很多苦，还晕倒被送进医院，每次想到这些我就很心疼。

他都这么辛苦了，还要防着身边的人。他可能都不知道那个人对他怀着什么心思，还以为对方是好人，所以才有了这么多亲昵的互动。

他这么高冷的人，好不容易放下戒备，没想到却遇见这样的人。

我只要想想就好心疼，如果哥哥知道那个人接近他，只是为了利用他，蹭他的名气，他该多难过？

这么好的一个人应该被全世界温柔相待，至少在我们眼里他就是光、是信仰、是我们的灯塔与归途，现在却被伤害、被欺骗、被利用。

我好想哭，我好心疼他。真的求求你们了，让苏云景离开吧，我不会骂他，我只想他离开我的"光"。

底下一群人在跟风：

写得好好，写出了我的内心，看的时候全程都在流泪。

我也不会骂他，只想他离开我的"光"，离我世上最好的哥哥远一点儿。

好想哭，真的好难过，工作室能不能做个人？

…………

这条评论下都是"想哭""难过"之类的留言，只有一条留言很突兀，还是工作室账号留的，更准确地说是傅寒舟也就是他们的"光"

留言的。

苏云景很难形容这种感觉。如果这个粉丝不是在说自己,这么情真意切的小文章,苏云景都能代入进他们的感情。但因为写的是他,他在哭笑不得的同时,也能看出来这个粉丝真的很喜欢傅寒舟。

结果本人直接来了一句脏话,难怪粉丝们会闹翻天。

苏云景无语了好一会儿,转头问傅寒舟:"是你登录工作室账号回复粉丝了?"

他用的是疑问句,因为他还是不相信傅寒舟会干出这种事。

傅寒舟承认了:"我是骂了。"

从傅寒舟的语气中,苏云景愣是没听出一丝戾气,甚至还觉得挺悦耳的。

苏云景连忙摆正自己的心态,正经地说:"你怎么说脏话了?"

傅寒舟垂下眼睛不说话,一副老实听训的乖巧模样。

那双黑眸压着内心的狠戾,只不过被长睫挡着,苏云景没看见,还以为他是一时冲动。

为什么不能骂呢?他不是不会骂人,只是以前从来不在乎,更懒得浪费时间在这些人身上。她们口口声声说喜欢的人并不是他,而是她们臆想出来的傅寒舟。

苏云景叹了一口气:"我知道他们在网上骂我,你心里不好受,但咱们只要不搭理就行了。而且这个粉丝也没骂我呀,你这样说会引起很大的麻烦的。"

傅寒舟不以为然,这些粉丝对他来说就像来孤儿院的爱心人士。

当年他冷眼看着孤儿院的小朋友眼巴巴地盼着那些人回来,如今他又冷眼看着他的粉丝口口声声说喜欢他。她们的喜欢只源于她们内心的幻想,一旦幻想没有了,她们就会离开去找下一个人。所以傅寒舟看见粉丝的那段话,没有半分感动,只觉得可笑和讽刺。

里面的每个字都跟自己无关,是粉丝"脑补"出来的,所以他为什么要在乎这些人的喜欢?他们的难过和伤心,跟他又有什么关系?

但苏云景在乎，因此傅寒舟很乖地点了一下头，表示自己以后不会了。

苏云景走过去说："我不是想批评你，只是担心你给小江的工作造成负担。"

如果是说那些过激的粉丝还好，关键是傅寒舟骂了一个"老粉"，人家还这么真情实感，显得傅寒舟这人很忘恩负义。

粉丝最恶心的地方就是他不了解你，偏偏还打着为你好的旗号插手你的生活，你还不能反驳，只要反驳，就是你不识抬举。

傅寒舟不需要这种为他好、担心他受骗的人的存在。既然没有深入他的生活，就不要随意评价他的行为，他不需要别人教他怎么做事。

但傅寒舟不会反驳苏云景，他不会为了这些不相干的人跟苏云景起争执。

傅寒舟乖顺地说："我知道了。"

苏云景一语成谶，傅寒舟说粉丝的事引起了轩然大波。

粉丝被偶像的光环糊了眼，看不出这是傅寒舟骂的，也不相信这是傅寒舟骂的。相比起来，网友们就睿智很多：

这口气……不像是工作室的员工。哪家员工敢这么大的胆子说"老粉"？

我也觉得不是员工。但我作为一个路人，对傅寒舟的感观挺好的，虽然粉丝不少作妖，但本人挺敬业的，演技又好，真不敢相信他会骂人。

这也太败好感了吧？人家也没说什么，上来就骂人，素质呢？

…………

傅寒舟的工作室一直没表态，哪怕粉丝都快要掀了工作室，仍旧没有发声。

姓江的，你变哑巴了？不知道外面传成什么样了？赶紧让涉事的工作人员道歉，别把脏水泼到傅哥身上。

反正我是不信这是傅哥说的，坐等工作室解释。

气死我了！那段话都看哭我了，到底是谁骂粉丝的？出来挨打！

……………

傅寒舟的工作室还是没有任何回应，不回应就相当于承认是傅寒舟说的。

但凡有点儿脑子的工作室都会在第一时间推说是实习生做的，先平息粉丝的愤怒。可傅寒舟的工作室什么也没做，既不否认，也不澄清，任由舆论发酵，这个操作任谁都看不懂。

随后那个被骂的"站姐"洋洋洒洒地写了千字长文，正式宣布"脱粉"，还劝大家也"脱粉"，因为这种工作室根本不值得浪费感情。别有心机的人接近傅寒舟，想利用傅寒舟上位，工作室都不管。粉丝提出合理诉求，他们也不理会。不仅不理会还骂粉丝，不管是工作室骂的，还是傅寒舟本人骂的，她都不能接受。

本来就愤怒的粉丝现在更是怒火中烧，纷纷表示"脱粉"来抗议工作室的不作为，她们打着"不是我不想爱，是爱不起"的口号。

粉丝集体"脱粉"没多久，就有消息说傅寒舟疑似要退圈。

因为最近傅寒舟工作室的行为，本来就引起圈内人的敏感。毕竟这些年只要粉丝闹出什么风吹草动，江初年都会第一时间来平息或者引导粉丝。但这次粉丝都闹到要"脱粉"了，还进行了"回踩"的现象，江初年都没有任何反应。

在这个节骨眼儿上，傅寒舟团队这边又推了一个大牌的续约合作。

傅寒舟时尚资源从出道起就好得出奇，不是全球代言人，就是亚太地区代言人，吊打同年龄段的小生。傅寒舟"精专少高强"的商务和代言，一直是粉丝吹嘘的地方。

代言精、演戏专业、绯闻少、颜值高、背景强大，娱乐圈再也找不到第二个这样的艺人了。

傅寒舟和一个顶奢品牌合作了三年，品牌方想继续合作，现在传出工作室拒绝续约的消息。

他要退圈的新闻一经报道,瞬间轰炸了整个娱乐圈,让粉丝措手不及,包括那些闹着要"脱粉"的粉丝。

"傅寒舟疑似退圈"的话题短短一小时阅读量就破亿了。粉丝最开始是不相信的,毕竟傅寒舟一个星期前还在剧组拍戏,怎么突然就要退圈了?

但事情闹这么大,工作室一点儿动静也没有,连份澄清的声明都不发,任由舆论发酵。

江初年一点儿都不惊讶傅寒舟要退圈的决定,当初他是为了苏云景回来能看见他才进的娱乐圈。现在苏云景回来了,粉丝对苏云景又这么不友好,傅寒舟会离开很正常。

只不过江初年觉得事情应该有始有终,至少要发份声明告诉大众。

但傅寒舟显然没有这个打算,他不需要别人喜欢他,也不在乎别人的看法,所以为什么要给一些不相干的人做交代?

这也是最近面对这些争议,工作室始终没有做出回应的原因。

在这种时候不回应等同于默认,粉丝逐渐慌了,在工作室的账号下面疯狂评论。

求求你们说句话吧,傅哥不会退圈的,是吧?是吧?

啊!本来傅哥就很少露面,现在直接要退圈了,我要疯了!

不要退圈,我可什么都没有说过,更没骂过工作室,包括姓苏的。

…………

工作室越不回应,越是给了粉丝无限遐想的空间。

一个叫戚韵的自媒体人,特邀回答傅寒舟退圈的传闻。她的文章要比营销号更有说服力。

根据戚韵身为自媒体人的直觉,她觉得傅寒舟退圈的概率很大。

一是因为傅寒舟跟其他艺人不一样,他不靠演员的职业挣钱,他在家躺着钱都会大把大把地飞来。像傅寒舟这种豪门大少爷,进入娱乐圈本来就是玩玩,从他这些年接的戏就可以看出他没这么强的功利心,对成名也不太在乎。

二是因为傅寒舟工作室的态度。戚韵列举了好几个江初年之前处理危机公关的例子，从过往的经验可以看出来，江初年的行动力很强。但自"工作室骂老粉"的事件开始，再到傅寒舟退圈的传闻，工作室一点儿动静都没有，这太不符合江初年的行事风格。

再加上"顶奢"那边的确传出要换代言人的消息，所以傅寒舟很可能退圈。

戚韵还分析了江初年为了捧红苏云景而捆绑傅寒舟上热搜的争议。在她看来，这件事是不存在的。

如果傅寒舟打算退圈，江初年想再捧红一棵摇钱树，那在大众听到苏云景之前，他的各项资源早就铺好了。

当年傅寒舟能火起来，那纯属意外。现在时代早变了，一夜爆红的新秀大多是经纪公司在背后做推手，等火了之后，这个人会频繁出现在大众视野，维持热度。这就相当于一场大型晚会，观众看到的直播是歌手和舞蹈团队彩排了无数遍的结果。

江初年要真想推红苏云景，会在他这段时间让他频繁出现在大众的视线。依照他现在的热度，综艺节目都会抢着要他，毕竟傅寒舟的圈内朋友少，拿这个作为卖点，收视率和话题绝对差不了。但苏云景目前根本没有后续资源，他现在社交账号下面的介绍还是傅寒舟的私人助理。

而且不管粉丝怎么骂，甚至前队友都出来喊话了，苏云景愣是没做出任何回应。虽然他回应之后肯定会挨骂，但"黑红"也是一种红。现在的艺人，尤其是像他这种小艺人，最怕的就是查无此人。有多少艺人是从"黑红"变成大红大紫的？又有多少艺人"糊"着"糊"着就彻底没影儿了？

如果苏云景真的想出道，戚韵表示自己真的非常佩服苏云景，因为这人太能沉得住气了。

苏云景看似是受益者，热搜给他带来了热度，但人家从出事到现在，除了转发一条工作室的声明就没再发表过任何言论。

所以戚韵觉得，单纯冲这点来说，他就比那个蹭热度的前队友强很多。

戚韵有理有据的分析，得到了不少粉丝和路人的认可。

傅寒舟没有社交账号，工作室又一直不回应，粉丝纷纷急了。

我错了，我不该听信谣言，求求你让傅哥连个麦，跟大家吱个声吧。

对不起，对不起，对不起，对不起，对不起，跪求劝劝傅哥别退圈。

我知道做粉丝的卑微，但没想到有一天会卑微到"跪舔"利用自己哥哥的人？真是让人大跌眼镜。

虽然但是，作为纯路人看你们反复被"打脸"的感觉好好笑！

…………

但也有不少"毒唯"仍旧坚持自己的观点，以"脱粉站姐"为代表在网上肆意抹黑苏云景。

各大社交平台都是苏云景的爆料帖，辱骂帖已经盖到了上千楼。

这次傅寒舟工作室没有要求删帖，而是给包括"站姐"在内的十人发了律师函。

这十个人是辱骂苏云景的小头目，其中"站姐""脱粉回踩"得最严重，她不仅骂苏云景，还编派了很多傅寒舟的黑料。

工作室告"黑粉"的消息一出，粉丝感觉出傅寒舟跟苏云景的关系是真的很好。苏云景的口碑彻底"逆风翻盘"，先前粉丝叫嚣他是为了红不择手段，现在在粉丝眼里成了"我家哥哥的挚友"。

一群人跑过来道歉认错，希望苏云景能以好朋友的身份劝傅寒舟继续留在娱乐圈。

苏云景知道后哭笑不得，娱乐圈果然是个瞬息万变的地方，前一秒能把你骂成傻子，下一秒又能把你捧上天。但要是再触及他们的利益，他们还是会翻脸无情。这就是娱乐圈，一个对道德要求很高的地方，除了不会犯错的圣人，谁都会被口诛笔伐。

不管这些人是真心实意道歉，还是另有目的，傅寒舟退圈的事已经是板上钉钉了。

在苏云景的提议下，江初年可能会成为慕歌的经纪人，这样工作室就不会解散。

李随安之前只是在社交平台上给慕歌申请了一个工作室账号，还没有选好团队的人。

上次李随安找慕歌时，凭借三寸不烂之舌，将慕歌签到了自己公司。

以江初年现在在娱乐圈的人脉，他是可以为慕歌争取到更多的资源。

傅寒舟的团队已经很成熟了，而且公关能力绝对是一流的，李随安相当于挖过来一整支训练有素的团队。

江初年和李随安洽谈得很成功，没有意外的话，江初年会带着整个团队跳槽到李随安公司，为慕歌工作。

苏云景也算帮了小说女主角的忙，毕竟她要自己组建团队，需要磨合很长时间。

按照小说故事的进展，慕歌的事业线已经提上了日程，之后她会一步步达到巅峰，最后摘得桂冠。

而慕歌的另一个"金手指"也出现了，这个人就是戚韵。

小说里慕歌的经纪人就是戚韵，李随安见她的工作能力很强，就重金挖了过来。

戚韵能力强，江初年人脉广，有他们俩一块儿为慕歌保驾护航，她的星途可能比原小说还要顺利。

见网上对自己的戾气少了很多，苏云景把关了一个星期的手机打开了。他查看微信，发现除了闻燕来以外，就只有袁明给自己发了消息。

袁明一口气给他发了三十多条信息，最开始是惺惺作态让他站出来向傅寒舟的粉丝解释，后面剩下的全是谩骂。

姓苏的，你行，居然敢给老子这么下套！你别犯在我手里，到时候老子找人弄死你！

　　前几天袁明借着苏云景涨了不少粉丝，某直播平台见他身上有话题度，邀请他来直播间爆苏云景的料。

　　这么一场直播，袁明一个晚上净赚十万多块钱。

　　因为直播效果好，观看人数多，直播平台跟他签了合作推广的合同。

　　但就在袁明以为自己的事业红火起来时，多年前他酒驾被抓的视频被人发上了网，视频中的他满口脏话，形象十分差。因为这件事，各大平台纷纷和他解约，网友也开始口诛笔伐，就连公司都发表了解约声明。

　　袁明只做了半个月的明星梦，到现在事业全毁，没有人愿意用他这样的人。

　　隔着屏幕苏云景都能感觉到袁明的愤怒，但对于他说的算计，苏云景一头雾水。他也是刚知道袁明蹭自己的热度，难道这事是傅寒舟干的？

　　苏云景转头去看傅寒舟，他正坐在床上给玩偶熊穿衣服。

　　昨天傅寒舟网购的小衣服到了，洗干净后，他给玩偶熊们换上了新衣服。

　　敏锐地察觉到苏云景看自己，傅寒舟抬头望了过来，无声地询问他怎么了？

　　对上那双漆黑纯粹的眼睛，质问的话在舌尖滚了一圈，最后又被苏云景咽了回去。

　　现在的苏云景也没心情知道发生了什么，他直接把袁明的微信删了。

　　这几天宅在这里，大多时候傅寒舟都蒙着眼睛。

　　人的器官长时间不用是会衰退的，所以每天苏云景都会让他解开会儿丝带，用一用眼睛。

看着眉目平和的傅寒舟，苏云景动了动心思，问他："你现在看我是什么样子？"

他这话问得小心又满含期待。傅寒舟"嗯"了一声。

苏云景不知道他这个"嗯"是什么意思，见傅寒舟垂下了眼睫，他觉得自己知道答案了。

唉，看来还得再接再厉。

只失落了一瞬间，苏云景就调整好了自己的心态："你继续给玩偶熊穿衣服吧。"

苏云景别过身，不让傅寒舟看到他的脸。

傅寒舟看着苏云景的背影，目光越发幽邃晦涩。

晚上洗漱的时候，傅寒舟在洗手间看着镜中的自己。其实他前几天就能看见苏云景正常的样子了，只是他很喜欢现在的相处模式，所以打算过几天再告诉苏云景。

Chapter 18

送你一只熊

"我现在把这只玩偶熊送给你，他会像其他玩偶熊一样陪着你，永远都在你触手可及的地方。"

　　这周日是唐卫的生日，林列给苏云景发微信，约他和傅寒舟一块儿吃饭。

　　上次林列在饭桌上跟苏云景要了联系方式，还加了微信好友。

　　回来这么长时间，苏云景只见过林列还没见过唐卫，他在这个世界就认识这两个朋友，能继续这段友情他自然是高兴的。

　　但苏云景没立刻答应，看了一眼傅寒舟。苏云景跟他商量："唐卫要过生日了，林列问咱们要不要一块儿去吃饭，你想去吗？"

　　傅寒舟听到这话，蹙了一下眉头。

　　他比苏云景要敏锐，林列不问他直接找苏云景，这很有问题，而且以前唐卫过生日也没邀请过他，这次怎么会突然叫他们俩过去？

　　傅寒舟不想去，但知道苏云景想去，最终还是点了一下头。

　　等苏云景给林列回完消息，他忍不住抬头看了一眼傅寒舟。

　　他送傅寒舟的每只玩偶熊身上都穿着定制衣服，一套下来比人穿的衣服还要贵。傅寒舟唯一的爱好就是给这些玩偶熊买小衣服。

　　前几天苏云景又送了傅寒舟一只玩偶熊，当天晚上他就量了量玩偶熊的尺寸，然后设计了一件小衣服给店铺发了图稿。店铺的速度很快，昨天下午衣服就到了。

苏云景打开快递盒一看,是一件印着"衡林二中"的小校服。

看到这件小校服,苏云景电光石火间想明白了一件事。难怪他之前就觉得玩偶熊身上的小衣服很眼熟,原来都是他以前穿过的衣服样式。包括傅寒舟现在怀里抱着的这只玩偶熊,它身上的衣服也是苏云景少年时穿过的睡衣。

那一刻,苏云景内心说不出来的复杂,之后就生出一种"不愧是你"的想法。这种事也只有傅寒舟能做得出来了,真是把他的属性展露无遗。

电视上正在放一档综艺,傅寒舟对节目不感兴趣,懒洋洋地陪着苏云景一块儿看。

节目里嘉宾在开玩笑,气氛很热闹,一群人闹作一团。

傅寒舟怀里抱着玩偶熊,神情淡漠地看着。

苏云景和林列闲聊了一会儿,其间见傅寒舟不看综艺,开始解去玩偶的睡衣,还以为他又要给玩偶熊换衣服,于是没太在意,低头打着字。

跟林列商量好这周日去林列家为唐卫庆生后,苏云景没再打扰林列工作。

放下手机,苏云景对傅寒舟说:"已经说好了,这周日去林列家。"

傅寒舟已经摘下了眼罩,但这两天他的情绪起伏很明显,苏云景担心外出他会不适应,但又不想让他总闷在家里。

傅寒舟反应平淡:"嗯。"

苏云景挑眉:"就只有'嗯'?"

傅寒舟抬眸看着苏云景。

苏云景问:"我现在的模样怎么样?"

傅寒舟不吝惜地赞美说:"好看。"

苏云景踌躇片刻:"我脸上没虫子了吧?"

傅寒舟摇了摇头:"没虫子,但有花。"

苏云景无奈地说:"你认真点儿。"

傅寒舟本来想点头说"有"，但看到苏云景眸底的担忧，最终还是实话实说："没有了。"

苏云景长舒了一口气："那就好。"

傅寒舟垂下眼睫："有什么好的？是不用再照顾我了吗？"

察觉傅寒舟的情绪不对，苏云景故意说道："什么不用再照顾你？你这个娇气劲儿怎么可能不用人照顾？我只是不想继续丑下去，挨虫子咬。"

傅寒舟的眼眸动了一下，抬头认真地看着苏云景："我会好起来的，我不会再让它们咬你。"

苏云景的眼眶顿时有些酸涩："没事，我皮糙肉厚，不疼的。但你能好，我很开心，不是怕你生病会麻烦到我，我只是不想你难受。'船船'，我永远不怕被你麻烦，知道吗？"

傅寒舟点了点头。

苏云景不想说这些伤感的话题，打起精神说："走，去给你的玩偶熊洗衣服。"

"好。"

十年过去了，林列还住在那套两居室里。

唐卫生日那天，苏云景和傅寒舟坐车去了林列家。

之前林列过生日，他们俩送林列一张商场购物卡。现在他们都已经长大了，唐卫又不缺钱，苏云景就带了两瓶好酒过去。

苏云景按响了林列家的门铃，没一会儿，房门从里面打开了。

开门的男人梳着板寸，五官立体，神情倨傲。

唐卫叼着一根黄瓜，满脸豪横地开了门。他穿着银灰色工装潮服，身量匀称，隔着一层衣料隐约能看见肌肉的线条。

等看见苏云景那张脸，唐卫嘴里叼着的黄瓜掉了："你……"

前段时间苏云景和傅寒舟两个人的事闹得满天飞，唐卫也在热搜上看见了。但苏云景曝光的那几张照片很糊，很难分辨出五官。苏云景社交账号下面的自拍都是精修图，虽然是像闻辞，但没有林列说得这么夸张。现在猛地见到真人，唐卫的第一个感觉——我见鬼了？

苏云景主动跟唐卫介绍自己："你好，我叫苏云景。"

唐卫刚想说什么，就被嘴里的黄瓜呛了一口。他捂着自己的喉咙，咳嗽得惊天动地。

苏云景："……"

林列走了出来，对于唐卫的少见多怪已经习惯了，并没有给他什么反应。他上前接过傅寒舟手里的酒，招呼他们俩进来。

见苏云景坐到了沙发上，唐卫一屁股坐到他旁边。他上下打量着苏云景，越看越觉得稀奇，无论是神态气质还是给人的感觉，简直跟闻辞一个模子刻出来的。他一向大大咧咧，没忍住问苏云景："有没有人和你说过，你长得很像一个人？"

苏云景想笑。这么多年过去了，唐卫跟过去几乎没有任何变化，还是跟少年的时候一样没心没肺。

"我听寒舟提过。"毕竟是"第一次"见唐卫，苏云景不好表现得太熟。他客气地问，"你也认识他？"

唐卫挑了挑下巴："那是必须的，我们俩以前可是穿一条裤子的好哥们儿。"

傅寒舟扫了他一眼。

唐卫沉默了片刻，还是选择实事求是地给傅寒舟正名："当然，跟他关系最好的还是傅哥。"

苏云景干笑。

唐卫八卦地问："你跟傅哥是怎么认识的？"

苏云景半真半假地说："我本来打算当演员，但感觉不好出头，就转行做了助理，正好应聘到寒舟的工作室。"

用林列的话来说，唐卫的脑仁儿只有芝麻大小，苏云景这么说，他就这么信了。

"你们俩也太有缘了吧？"唐卫看着苏云景感叹，"之前老林跟我

说你像闻辞,我看了热搜,觉得也就那样吧,没想到啊,没想到!"

苏云景这次在小说世界里也见了不少老熟人,先是许淮,后来是江初年。除了闻燕来在见他第一眼时表现出了震惊外,其他人虽然也有反应,但不会表露得这么明显。大家都是聪明人,不会频繁地提及闻辞让苏云景尴尬,只有唐卫过分地坦率直白。

林列看了一眼唐卫,支使说:"你出去买瓶麻酱,没麻酱了。"

唐卫不满地说:"为什么让我去?"

林列:"因为你最闲!"

唐卫:"你才最闲!"

唐卫骂骂咧咧了半天,最后还是臭着张脸,出去买麻酱了。

对纯正的北方人来说,吃火锅没有麻酱那是没有灵魂的,尤其是唐卫这个火锅十级爱好者。

买回麻酱,唐卫又在厨房骂骂咧咧地拌着:"早知道要来你这里干活儿,我还不如跟车行的兄弟一块儿过。"

林列瞥了他一眼,嗓音微凉地说:"你看谁没干活儿?"

这套两居室的餐厅跟客厅是一体的,餐桌附近没有插座,苏云景和傅寒舟正在往客厅搬桌子,林列收拾涮菜,相比之下,拌麻酱反而是最不消耗体力的。

唐卫不占理,见说不过就没好气地强调了一遍:"今天可是我生日!"

唐卫哼哼唧唧的,不愿意干活儿。

林列:"行了,今天不让你刷碗。"

唐卫这次满意了:"还算你有点儿良心。"

没想到时隔十年,唐卫再次在饭桌上见到体弱多病的"傅妹妹"上线。

吃火锅的时候,傅寒舟窝在苏云景的旁边,胳膊都没伸一下,全程都是苏云景给他夹菜。

唐卫看了看傅寒舟健全的双手,又看了看自己的手,尤其是看到自己右手的疤时，内心有几分难以言喻的复杂。

闻辞的去世让本来大大咧咧的唐卫更加觉得，人嘛，就应该今朝有酒今朝醉。

唐卫还没等到肆意挥霍自己的人生的时候，就被林列死死地按在了叛逆期门外。

高中毕业的暑假，唐卫想要在身上文一条青龙的刺青，谁劝都不好使。

那条龙文下来能占满唐卫整个后背，林列让他先文个小一点儿的，看看刺青师的技术好不好。

唐卫一听有道理，脑回路清奇地在右臂上文了个小壁虎。

林列又说，只要他把壁虎刺青洗了，他就帮他说服爸妈，让他们同意他在后背文一条龙。

那条青龙很大，龙角会文到唐卫的后颈，除非他穿高领，否则很难遮住。要是让他父母知道他文身，免不了一顿暴打，唐卫想着他要是挨了打就在林列家躲几天，避避风头。没想到林列够义气，主动帮他"扛雷"。

他父母对林列比对他这个亲儿子还亲，唐卫相信了林列的话，当即就点头同意了。

结果洗文身的时候，唐卫差点儿没疼得当场痛哭，洗到一半他就受不了。在文身店杀猪似的叫了几声，他也觉得有点儿丢脸，臊眉耷眼地跟林列回去了。

唐卫在林列家琢磨了好半天才想明白一件事："你是不是给我下套，故意这么折腾我？"

林列冷眼看着唐卫："不然呢？等你在背后文了这么个玩意儿，以后后悔再去文身店像今天这样练嗓子？"

唐卫被林列说得有点儿气恼，开口回怼，让林列少管他，他愿意干什么就干什么。

林列那张嘴是唐卫见过最毒的，没有之一。

两个人你来我往地吵了好一会儿，在口头上唐卫从来占不到便宜。推推搡搡的时候，唐卫不小心撞倒了保温杯。

保温杯的性能很好，十几分钟前刚倒的开水，放到现在还滚烫。开水洒在了唐卫的手臂上和林列的脚上。

唐卫挨了烫，还被林列狠狠地教训了一通。他从来没见林列发过这么大的火，冷静下来也觉得自己不对，乖得像一只缩起来的鹌鹑。

右臂被烫得严重，唐卫也不敢像以往那么嚣张。每次吃饭时哪怕手臂再疼，他也只能一点儿一点儿往嘴里扒拉饭菜，要多可怜就有多可怜。

但那几天，林列始终没给他好脸色，那个壁虎刺青正好被烫疤盖住了。

看着傅寒舟所受的待遇，唐卫心理不平衡地瞪了一眼林列。

察觉到唐卫的目光，林列没搭理他。

傅寒舟吃得清淡，苏云景拿干净的筷子在清汤锅里涮了几片龙利鱼，夹到了他碗里。

看着柔弱不能自理的傅寒舟，唐卫嘴角抽了抽。

闻辞去世后，傅寒舟就很少跟他们见面，但偶尔也会聚一聚。

半年前他见傅寒舟的时候，还是那个"高冷"的傅哥，怎么现在看起来这么弱不禁风？

唐卫不由得想起十年前他们去滑雪场，那次简直颠覆了唐卫对傅寒舟的认知。

傅寒舟被火锅的热气熏出了几分烟火气。他垂着眸，吃相斯文，一口一口地咬着苏云景给他夹的香菇，活像个从古代穿越而来的大家闺秀。

在苏云景眼里傅寒舟又乖又好，但唐卫怎么看怎么觉得他做作。这样的傅寒舟让唐卫浑身起鸡皮疙瘩，他甚至怀疑傅寒舟是不是中邪了，明明上次见还不是这样。

看着他们俩的相处模式，唐卫总是忍不住想到年少时代的闻辞和傅寒舟。

这两个人不仅是长得像，脾气像，连说话方式也像，唐卫下意识把苏云景当作闻辞。

吃了饭，唐卫这个寿星有"免罪金牌"，可以舒舒服服地躺在沙发上看电视。苏云景帮林列在客厅收拾碗筷，傅寒舟黏在他身边一块儿帮忙。

等到两个人离开了，唐卫看着综艺节目笑得前仰后合时，他突然反应过来一件事——闻辞早就去世了，刚才那个人是苏云景。

唐卫忍不住浑身起鸡皮疙瘩："老林，老林。"

林列抬头淡淡地看向唐卫。

"你说这世上怎么会有这么相像的两个人？"

林列"嗯"了一声。

唐卫不解其意："你'嗯'什么，你是不是也觉得苏云景跟闻辞像得不得了？"

林列敲打键盘："嗯。"

唐卫继续发牢骚："我不是说模样，我是说方方面面，搞得我都以为今天是在跟闻辞吃饭了。你说闻辞要是活着该多好？"

林列头也不抬："嗯。"

唐卫又说："但这个苏云景也挺不错，相处起来很舒服。"

"嗯。"

唐卫总算发现不对劲儿："你老'嗯'什么？"

林列推了推眼镜，眉梢上扬："嗯？"

唐卫恼了，拿起一旁的抱枕朝他砸去："叫你敷衍我。"

林列拨开抱枕："别闹，我在忙。"

唐卫没好气地说："忙，忙，忙，整天都在忙。今天我过生日，你一点儿表示都没有，还敷衍我。"

林列捏了捏鼻梁，合上笔记本："说吧，我听着呢。"

唐卫更火了："不想说了。"

林列重新戴上眼镜，正准备工作，就听见唐卫吼道："你敢碰一下键盘试试。"

似乎早料到他会这么说，林列笑了："那你继续说吧。"

唐卫憋闷地发牢骚。

傅寒舟从那次之后就没开过车，原主又没驾照，他们俩是坐车过来的，司机在林列的车位上等着。

苏云景和傅寒舟坐电梯去地下二层，然后一前一后地上了车。

不远处探出一个黑色的相机，拍下了他们俩上车的全部过程。

慕歌找到闻燕来家时，她正趴在沙发上，脚下的羊毛地毯洇出血一样的颜色。

看见这一幕，慕歌的心脏漏跳了一拍。她赶忙跑过去才发现那是红酒，顿时松了口气。

刚才慕歌给闻燕来打电话，听出她声音不对劲儿，于是不太放心地打车过来。

慕歌在门口按了半天门铃也没人给她开门，打闻燕来的电话也不接，幸好慕歌知道门的密码。

闻燕来坐在白色的羊毛地毯上，头发凌乱，眼睛红肿，显然是哭过。

慕歌担忧地半蹲在她面前："闻姨？"

闻燕来已经醉得不省人事，慕歌叫了两遍，她都没什么反应。慕歌感到无奈，只好把她背回了卧室。

慕歌不是娇生惯养的女孩儿，以前在剧组跑龙套、给人做替身的时候，免不了干点儿体力活儿。她不放心把闻燕来一个人扔在家里，所以留下来照顾了她一晚。

第二天一早，慕歌醒了后，先是去厨房熬了米粥，然后开始收拾客厅。把客厅打扫干净了，她又炒了两个菜，给闻燕来端上去了。

慕歌刚走到闻燕来房间门口，就听见闻燕来打电话的声音。她脚步一顿，并没有直接进去。直到里面传出摔东西的巨响，她这才敲了敲房门："闻姨？"

闻燕来头疼欲裂，听见慕歌的声音，她恍惚了片刻。

"进来吧。"闻燕来用力按了按太阳穴。

慕歌推门走了进来。

"你什么时候来的？"闻燕来声音沙哑。昨天她喝得太多了，什么记忆也没有，更不记得慕歌来了。

看了一眼被闻燕来摔到地上、屏幕四分五裂的手机，慕歌抿了抿嘴唇。她端着饭菜走了过去："我昨晚十点过来的。喝点儿米粥吧，您有点儿感冒，喝完粥再吃两颗感冒胶囊。"

闻燕来精神不济，太阳穴一抽一抽地疼，低头喝着慕歌递过来的小米粥。

闻燕来见慕歌默默地把地上的手机捡了起来，目光一顿，脑子又开始疼了。她抬手按上了太阳穴。

刚才给闻燕来打电话的人是郭秀慧，也不知道她从哪儿看见了苏云景的照片，这几天一直跟闻燕来打听苏云景的消息。

苏云景和傅寒舟的事闹得沸沸扬扬，霸占了好几天热搜榜单。虽然老两口从来不上网，但现在网络这么发达，总会有街坊邻居告诉他们。

闻燕来不想让郭秀慧知道这件事，所以应付了过去。没想到郭秀慧还是不死心，一大早又打来电话，说想来京城看看。

闻燕来没敢答应郭秀慧，找借口说她现在有工作，晚一点儿再聊。

她挂了电话，想起最近的事，再加上宿醉，就把手机摔了。

慕歌把捡起来的手机放到了床头柜，坐到了闻燕来旁边："您没事吧，闻姨？"

闻燕来没回答慕歌的话，她低头喝了两口粥，强打起精神对慕歌说："下个月有个聚会，到时候你跟我一块儿去吧。"

闻燕来在这个圈子待了三十多年，人脉很广。她现在有意培养慕歌，把她带进自己的圈子。

慕歌垂下眼，闷声说："我做这些不是为了这个。"

听见慕歌这话，闻燕来难得地有了一些好心情："我又没说你是图我这些。"闻燕来将慕歌额前的碎发理了理，"你有这个天分，是块演戏的好料。我不知道你以后能走多远，但我希望你能比我走得远，也能比我幸福。在我能力范围之内，我会让你少走点儿弯路。"

闻燕来看着慕歌，目光像一个母亲那样温柔慈爱，她对慕歌也有着天下所有母亲的期许。

慕歌的眼圈红了，自从她妈妈去世后，她在这个世界上就没有亲人了，她是拿闻燕来当家人的，所以才没有把自己也在车祸现场的事告诉闻燕来。就像李随安说的，这件事很有可能会成为她和闻燕来的嫌隙，会让她们俩的关系渐渐疏远。她并不是想要闻燕来的那些资源，她只是希望身边能有一个长辈，有一个亲人。但闻燕来对她越好，在事业上越是尽心尽力地帮她，她越觉得愧疚。

慕歌受不了良心的谴责，她猛地抱住了闻燕来。

闻燕来僵了僵。她虽然曾经是个母亲，但从来没有尽过一个母亲的责任，她的孩子也不曾像慕歌这样，窝在她的怀里，哭着寻求关怀。

闻燕来颤抖着抬起手，像哄婴儿一样拍着慕歌的后背。她的动作很轻柔，像怕把梦拍碎似的。

慕歌难受至极，好一会儿，她才鼓起勇气离开了闻燕来温暖的怀抱。

"对不起，闻姨。"慕歌声音嘶哑，"我……"

见她不对劲儿，闻燕来关切地问："怎么了，哪里不舒服？"

慕歌摇了摇头，眼泪掉了下来："我十年前见过闻辞。"

闻燕来看着她，似乎没反应过来。

某娱乐公司旗下的营销号发布了苏云景和傅寒舟的最新动态，瞬间引爆了各大社交平台，一度让服务器瘫痪。

网友们原以为经历之前的事，傅寒舟会跟苏云景疏远，没想到两人关系仍旧这么好，这让本来就生气的粉丝更加愤怒。

工作室还不出来做事？非要把傅哥多年积累的好口碑跟路人缘都毁了，你们才甘心？

要不是姓苏的主动把消息卖给记者，记者能知道傅哥住什么地方？

有些人真是为了红脸都不要了！

本来对傅寒舟挺有好感的，没想到就是脸长得好看，一点儿脑子都没有，人家这么利用他，他居然还跟人家称兄道弟。

我只能说尊重祝福，人家愿意跟"心机boy"做朋友，愿意被坑，咱们还能说什么？

……

见事情发酵得越来越离谱儿，江初年又发了一条公告，大致内容是苏云景和傅寒舟早就是好朋友，苏云景并没有打算进入娱乐圈，更不存在利用傅寒舟的事。之前他在社交平台发布的暗讽傅寒舟的言论，其实就是朋友之间的互损，希望粉丝跟大众多关注傅寒舟的作品。

对于这个解释，粉丝自然不买账，反而骂得更厉害。

唐卫看见热搜后，见苏云景被辱骂，他顿时火了，然后撸起袖子加入了战斗。

因为苏云景跟闻辞太像了，以至于唐卫总会下意识地当他是闻辞。

唐卫是最早在网上"冲浪"的那批人，后来就丢在一边不管了，直到傅寒舟进入娱乐圈大火后，他非要让傅寒舟关注自己，给自己涨涨粉。

傅寒舟工作室关注的人很少，每次有新动态都会引起讨论。他和唐卫互关后，一天之内唐卫涨了五六十万的粉丝。

一开始唐卫还兴致勃勃地发自拍照，每次被粉丝吹了"彩虹屁"，他都会跟林列嘚瑟两句。只不过等新鲜劲儿过后，他又觉得没什么意思，半个月不发一次动态。

唐卫挂着傅寒舟好友的名义发布动态，很快就引起了关注。

粉丝本来就因为工作室为苏云景"洗白"的事受到了很大的刺激，唐卫在这个节骨眼儿上批评他们，让他们更加愤怒。

唐卫是傅寒舟官方认证的朋友，他的话就相当于傅寒舟的意思，所以有不少粉丝表示寒心。

葬爱家族一员：麻烦帮我转告傅寒舟，我六年的青春喂了狗！

唐卫不屑地说：你爱喂谁喂谁，谁知道你哪位？

傅哥"毒唯"不丢人：就这？还以为你真是傅哥的好朋友，原来跟姓苏的一样爱蹭热度。

唐卫暴躁地回复：滚！

想当少爷房间里的玩偶熊：求求你劝劝他，让他离那个"心机男"远一点儿吧，这明显是"心机男"买的热搜。

唐卫照说不误：关你屁事，吃饱撑的？

唐卫跟网友正骂得不亦乐乎时，林列给他打了一通电话，劈头盖脸就是一通教训。他的"嘴炮"在林列这里，往往还没开炮就被迫哑火了。不怪他弱，是敌人嘴太毒。

"你浪什么呢？"

唐卫脖子一梗，理直气壮地说："我是在打抱不平。"

林列冷笑说："你这是兴风作浪，而且承担后果的人是傅哥，你现在闹得越欢，舆论就越不可控，做事之前能不能先动动脑子？"

唐卫嘴犟："舆论怎么了？我一人做事一人当，我还能怕他们？"

林列没搭理唐卫的胡搅蛮缠，给他下最后通牒："别搅这趟浑水，给我'闭麦'。"

没给唐卫说话的机会，林列直接挂了电话。

憋屈的唐卫磨了磨后槽牙，最后还是忍气退出了社交账号。

林列一语成谶，唐卫这次的行为彻底惹怒了粉丝。虽然有一部分厌恶"粉圈"的路人觉得唐卫说得没错，现在的粉丝手越伸越长，还企图操控艺人的生活。

发展到现在,傅寒舟的粉丝开始集体"脱粉",甚至"血洗"了傅寒舟的工作室账号跟超话。

这是我见过最厉害的明星,让自己的好朋友把粉丝往外赶。我倒要看看没了粉丝,你是个什么东西!

"集美们",我给咱们史上最伟大的傅哥想到了一个爱称——鸽鸽。鸽鸽本人爱"鸽"粉丝,工作室也爱"鸽"粉丝。

有些人爱"割"粉丝,而有些人爱"鸽"粉丝,遛着我们很好玩?

我严重怀疑我被PUA(精神打压)了,以前他越是高冷我越爱,现在我突然想明白了,他说好听点儿叫明星,放古代不就是戏子吗?

您不是要退圈吗?赶紧的,我们还等着呢!

…………

大量粉丝"脱粉回踩",等着傅寒舟服软道歉。

傅寒舟的工作室任由事态发酵了一整天,在晚上八点终于发声了,但不是道歉声明,而是一份"千呼万唤始出来"的退圈声明,借用唐卫的话来说,你哪位?

傅寒舟根本不在乎这些人,他也没打算和这帮所谓的粉丝交代去向,哪怕现在被骂,傅寒舟也没什么起伏,倒是苏云景终于有了三分血性。

看见那些人不停往傅寒舟身上泼脏水,还把他说成戏子,这是哪个封建王朝穿越过来的人?

而且舆论发展到现在,傅寒舟和工作室有责任去引导粉丝,因为这件事已经给公众造成了一定的影响。

粉丝内部骂就骂吧,对傅寒舟不感兴趣的路人也不会特意跑来看骂战。但现在网上前十的热搜,他们就占了足足五条。不仅网民反感,还占用了不少公共资源,作为公众人物,傅寒舟应该站出来平息这场舆论。所以苏云景让傅寒舟发了退圈声明。

虽然之前就网传傅寒舟会离开娱乐圈,但现在坐实传闻,他明确表示将不会再继续表演事业,还是让一众人傻了眼,包括那些喊着让

傅寒舟退圈的粉丝，其实她们只是想要傅寒舟低头，跟她们服个软。谁都没想到，居然等来了傅寒舟退圈的消息。

一时间，沉默者占大多数，那些没发过声、没恶语相向的粉丝群体逐渐浮现了出来。原本乱七八糟的粉丝群被挽留声取代，观望的路人也开始表露出惋惜。

气死我了，气死我了！原本只是默默喜欢，不想打扰傅哥，结果傅哥被这群人气到要退圈。

脑子有病吧？他是演员，不是"爱豆"，关你们屁事？

口口声声说喜欢他，最后却把他逼退圈了，你们也配说"喜欢"？

真该管管"粉圈"了，有些人怕不是疯魔了。

....

不管网上掀起了多少风浪，傅寒舟的生活倒是平静美满。他拿着素描笔在给自己的玩偶熊设计衣服，苏云景坐他旁边学英语。

傅寒舟不缺钱，四舍五入等于苏云景也不缺钱。既然不用奔波生计，苏云景想着完成之前他对自己的规划——考大学。

苏云景想去国外读心理学，原来他打算去京城大学，但以傅寒舟在国内的名气，哪怕退圈了也会受到外界的关注。

苏云景咬了咬牙，决定去国外，反正傅寒舟会做饭，不会亏待自己的胃，当务之急是要好好学习英语。

见苏云景戴着耳机在写英语单词，傅寒舟用胳膊撞了他一下。苏云景笔下的字拉出好长一道。他没理捣乱的傅寒舟低头继续写。

这已经是傅寒舟惯用的套路了，只要苏云景超过二十分钟不跟他交流，傅寒舟就会做小动作引起苏云景的注意。

苏云景只好放下英语单词，先照顾"傅船船"的情绪。

午睡醒过来后，苏云景起床打算洗把脸，然后去书房继续学英语。

正要起床却被一旁的傅寒舟按住了。苏云景还以为对方单纯想赖着他，没想到傅寒舟却说："今天休息一下午，咱们一会儿出去。"

"嗯？"苏云景不可置信地挑眉，"出去？去哪儿？"

苏云景自认为是个很宅的人,但跟傅寒舟一比简直是"小巫见大巫"。

自从剧组拍戏回来,只有唐卫生日那天他们俩出去了一趟,其余时间都闷在家里。苏云景觉得如果他不主动要求出去溜达,傅寒舟应该一辈子都不会走出房门。

面对苏云景的疑惑,这个眉目俊美的男人说:"宋文倩来京城了,你不是想见她?"

苏云景先是一怔,接着又惊又喜:"是你接她过来的?"

傅寒舟:"嗯。"

宋文倩是昨天晚上坐飞机过来的,傅寒舟把她安排到名下的一套房子里。陆涛没来,家里还开着五金店,他需要留下来照看生意,而且宋文倩也不让他来。毕竟好多年没见傅寒舟了,她一个人蹭吃蹭喝就够了,来京城顺便再看看闺女。

宋文倩来京城之前给陆佳宝打了一通电话,傅寒舟的司机带着陆佳宝一块儿来机场接的宋文倩。接到人后,司机又把她们母女俩送到傅寒舟的房子里。

苏云景和傅寒舟坐车过去时已经下午三点半了,是陆佳宝给他们开的门。

看见自己的偶像出现在面前,陆佳宝怔在原地,一时不知道该作何反应。她消化了一个晚上,还是不敢相信世界上居然有这么巧的事。

"是寒舟过来了吗?"宋文倩从里面走了出来。

宋文倩一出来,苏云景不自觉地屏住了呼吸。

二十年过去了,宋文倩苍老了很多,她跟闻燕来岁数差不多,却不如闻燕来会保养,眼角有了不少的纹路。

能再次见到宋文倩,苏云景很激动。但对方已经不认识他,宋文倩只看了苏云景一眼,就将目光放在了傅寒舟身上。

自从陆家明病逝后,宋文倩就跟傅寒舟断了联系。直到傅寒舟出道做了演员,他的背景被扒了个干净,宋文倩才知道电视里炙手可热

的大明星,就是当年那个漂亮瘦小的男孩儿。

虽然经常在手机和电视里见到这张脸,但宋文倩还是认认真真打量了他一番。

"比小时候还好看。"宋文倩笑着,眼睛却有一点儿泛红。她既欣慰当年那个瘦小的孩子现在过得好,又想起自己病逝的儿子,如果他还活着,差不多也像傅寒舟这么大了。

傅寒舟微微一笑:"您也是,跟过去没什么变化。"

宋文倩感叹了一句:"老了,没想到一眨眼二十年过去了。"

见傅寒舟他们还站在外面,宋文倩收敛了心里那些悲秋伤春:"快,进来说话。"

等苏云景和傅寒舟随着宋文倩进了客厅,陆佳宝还站在门口。她忍不住掐了一下自己的胳膊。

刚进客厅,陆佳宝就听见宋文倩疑惑地问:"这位是?"

虽然宋文倩闲着没事的时候也会刷刷短视频,但并不关心网上的八卦新闻,更不知道这段时间网上有关他俩的事。

苏云景跟宋文倩介绍自己:"我是寒舟的朋友,我叫苏云景。"

宋文倩也没多想,跟傅寒舟唠起了家常。聊天的时候宋文倩突然想起什么,转过头问陆佳宝:"你看看厨房的面发得怎么样了。"

陆佳宝应了一声,进厨房瞅了瞅那块面:"妈,什么样算发好了?"

宋文倩无奈地起身去了厨房,还不忘数落陆佳宝:"就你这样,连面怎么样是发好都不知道,以后想吃馒头、包子了,我看你怎么办!"

陆佳宝不以为然地说:"花钱买呗,这年头谁还自己蒸馒头、擀面条?"

宋文倩瞪了她一眼:"那以后要是没有卖馒头的呢?"

陆佳宝笑了:"妈,你这算是抬杠。真要是外面没得卖,那我不吃了,行不行?吃多了这玩意儿还容易长胖。"

宋文倩没好气地说:"天天喊着要减肥,你哪儿胖了?"

陆佳宝撇撇嘴:"如果我这都不叫胖,在您眼里还有胖子吗?妈,你这是慈母多败女。"

宋文倩嫌她烦，揉着面团，赶苍蝇似的说："去，去，一边儿去！"

早上傅寒舟给宋文倩打电话，说他晚上要过去一块儿吃饭，想让宋文倩给他蒸点儿小笼包。见傅寒舟想吃小笼包，宋文倩一早就开始准备。

宋文倩包包子的时候，苏云景和傅寒舟都进厨房帮忙，傅寒舟还认真地跟宋文倩学了做小笼包的秘诀。

难得有人愿意学，宋文倩教得很认真："揉面的时候往面粉里加点儿猪油，这样和出来的面更加松软。"

宋文倩为了让小笼包的馅儿更加鲜美，一早就去菜市场买了一只鸡，用鸡汤和猪肉皮做了不少皮冻拌进肉馅儿里。这样蒸出来的小笼包，咬一口，汤汁就能滋出来。

光是听宋文倩口头描述，苏云景就忍不住流口水。这些年他一直很怀念宋文倩做的小笼包，只是没想到这么费工夫，还要熬鸡汤做皮冻。

陆佳宝叹了口气："妈，我总算知道我为什么这么胖了。"

宋文倩说："你是喝口水就能胖二斤的体质。你哥和寒舟也是这么过来的，我也没见人家两个像你这么胖。"

亲妈的吐槽最为致命。

陆佳宝不满地说："刚才你还说我不胖，怎么现在我又成喝口水就能胖二斤了？"

宋文倩上下扫了一眼自己的闺女："刚才我是不好打击你。"

陆佳宝据理力争："我这不叫胖，我这是婴儿肥！我这种脸型最显嫩，你不知道多少女明星羡慕我这种脸！"

宋文倩擀着面皮，头也不抬地说："能羡慕你的都是上岁数的女明星吧？"

陆佳宝："……"

听着母女俩斗嘴，苏云景觉得格外亲切，不由得笑了起来。

宋文倩这才把注意力放到了苏云景身上："小苏今年多大了，有女朋友了吗？"

宋文倩擀面皮的速度很快，一个人供苏云景他们三个人，还能游刃有余地聊天。

苏云景摇头："还没有。"

宋文倩："看着你还年轻，不用太着急，缘分这种事很难说，搞不好明天就会遇到。"

苏云景赶紧附和。

说起结婚、谈恋爱这个话题，宋文倩突然想起当年怀陆佳宝时她跟傅寒舟开的玩笑，说要把肚子里的孩子嫁给傅寒舟，于是笑起来了。

陆佳宝纳闷儿："妈，你笑什么呢，这么高兴？"

"想起以前的事。"宋文倩看着高大的傅寒舟感叹，"那个时候你才到我肋骨，没想到一眨眼长得比我还高。"

苏云景故意揶揄傅寒舟："他七岁的时候才到您的肋骨？那真是不高。"

最开始他比傅寒舟高一截，然而后来者居上。

傅寒舟捏着手里的小笼包，不紧不慢地说："那个时候还在发育，现在发育好了。"

苏云景踢了一脚傅寒舟。傅寒舟弯了一下眼角，嘴角染了一抹笑。

陆佳宝对傅寒舟小时候的事非常感兴趣，缠着宋文倩多说了一点儿。她简直不敢置信，傅寒舟这么"高冷"的一个人会在她哥哥面前这么乖巧。

昨天陆佳宝听宋文倩说傅寒舟在孤儿院住过一段时间，为什么会住孤儿院，宋文倩倒是没说。

宋文倩在京城住了好几天，苏云景和傅寒舟不方便带她出去玩儿。白天陆佳宝陪着宋文倩去逛名胜古迹，她一边喊着要减肥，一边带宋文倩去吃当地美食。晚上苏云景他们俩会来蹭饭。

宋文倩很会烧菜、煲汤，知道苏云景爱吃她做的饭，傅寒舟跟着宋文倩学了做饭。

家里还做着小生意,宋文倩不能一直留在这里。她离开的那天,苏云景和傅寒舟把她送到机场,怕别人认出来,他们俩没下车。

宋文倩像天下大部分母亲那样,喜欢唠唠叨叨地叮嘱一大堆。突然,她顿住了,好一会儿才开口:"这两年小区就要拆迁了,你住过的孤儿院早就拆了。你要是再晚来一年,可能就找不到咱们小区了。"

县城正在飞速发展,老城区都快要被拆光了。

年轻的时候,宋文倩是巴不得拆迁,但她在这里住了二十多年了,对这里有很多回忆,难免会伤感。

傅寒舟骨子里是个凉薄冷漠的人,拆掉过去的回忆他没什么感觉。倒是苏云景很是唏嘘,看着宋文倩离去的背景,心里很不是滋味。

傅寒舟开口安慰他:"以后还会再见的。"

苏云景一想也是这个道理,心情好了一点儿。

苏云景网购的包裹送了过来,见箱子十分大,傅寒舟正要上前帮忙,却被苏云景义正词严地拒绝了。

"站住!"苏云景用身体将箱子挡住了,"别过来!"

傅寒舟不明所以地看着苏云景。

苏云景神秘地冲他笑了一下:"这是给你买的礼物,现在不能让你看,晚上才可以。"

他说着找了一块布把箱子盖住,放在了客厅的角落。

傅寒舟好奇里面是什么,每次路过客厅都要看一眼箱子。但他一向守信,就算苏云景不在身边,他也不会掀开那块布。

吃了晚饭,苏云景留傅寒舟一个人收拾厨房,自己抱着箱子进了卧室。他让傅寒舟在门口等着,他说可以进的时候,傅寒舟才能进去。

对于苏云景这份神神秘秘的礼物,傅寒舟一开始还很期待。但二十分钟过去了,苏云景还没有让他进去的意思,他忍不住问:"好了吗?"

"没有,你再等等。"

傅寒舟只好继续在门口等着，直到里面传来苏云景的声音："进来吧。"

傅寒舟立刻推开了房门，等看清房间里的人，他怔住了。

苏云景穿着一身棕色的玩偶服，跟他给傅寒舟第一次买的那只玩偶熊很像。

玩偶熊对傅寒舟有着特殊的含义，在苏云景离开的这十年里，他送他的那些玩偶熊一直陪伴着傅寒舟。它们对傅寒舟来说，不像苏云景这么容易消失。

"我现在把这只玩偶熊送给你。他是不会再走了，他会像其他玩偶熊一样陪着你，永远都在你触手可及的地方。"

傅寒舟很好哄，但他的情绪总是会无缘无故地低迷。心理疾病就是会这样反反复复地发作，但傅寒舟之所以会这么严重，还是因为苏云景离开了他两次，让傅寒舟没有安全感。

听见苏云景的话，傅寒舟的嘴唇抖了一下。

傅寒舟将玩偶的头套摘了下来。这种衣服非常不好穿，傅寒舟一个人在外面等待的时候，其实苏云景心里也很着急，急得满头是汗。他额前的头发被汗打湿了，但那双温和的眼眸却含着笑意。

看着眉眼温柔的苏云景，傅寒舟眸里的雾气越来越浓，眼泪开始"吧嗒吧嗒"地往下掉。

苏云景被他的反应吓到了："怎么了，是不是又难受了？"

傅寒舟不说话，还是掉眼泪。

苏云景有些手足无措，虽然他不是第一次见傅寒舟哭，但之前那几次都是在他犯病的情况下。这次苏云景没看出他哪里不对劲儿，本以为他会很高兴的，没想到会这么难过。

"别哭，是哪里不舒服？"苏云景担忧地问他，"怎么了，寒舟？"

苏云景告诉傅寒舟："我在呢。"

他一直都在。

许淮懒散地靠在真皮沙发上，茶几上放的黑色手机一直在振动，任由它响了好一会儿，赶在第四遍来电铃声消失之前，他接通了电话。

电话一接通，那边就响起一个怒不可遏的声音："你到底想干什么？"

许淮轻笑着开了口："是我标题起得不好，还是内容写得不好？"

闻燕来攥紧了手机，指尖泛着青白，心底的戾气几乎喷薄而出。

许淮给她发了一篇文章，标题取得很有噱头——苏云景酷似闻燕来的侄子。

以苏云景现在的热度和流量，但凡能跟他沾点儿边的话题都会引起别人的关注。更别说许淮还在文章里暗示这个侄子很像闻燕来，一旦有人深扒起来，有些事未必能瞒得住。

"你要是再这么三番两次地逼我，到时候就别怪我不客气了。"闻燕来咬着牙说，"大不了咱们鱼死网破。"

许淮笑了："当初你破坏别人的家庭时，你怎么不知道什么叫客气？"

"许淮！"闻燕来恨不得把这个名字嚼碎了生吞。

隔着手机，许淮都能感受到闻燕来的恨意。他心里生出一种扭曲的畅快。

许淮开口："你说，我要是把这篇文章发出去，再给你父母单独发一份会怎么样？"

闻燕来越是狼狈愤怒，他越是开心。

不等闻燕来说话，许淮表情阴森地说："闻燕来，我不会让你好过的！"

听着手机断线的声音，闻燕来气得浑身发抖，抬手将手机摔了出去。

许淮以折磨闻燕来为乐，想她日夜都活在恐惧中。所以许淮不一定会真的把这篇文章发出去，他越是没动静，等着这颗炸弹的闻燕来越是煎熬。

闻燕来拿许准没办法，因为她不想曝光这件事。闻辞已经去世这么多年了，闻燕来不想让他死后背上"私生子"的名声，也不想郭秀慧他们被打扰。

但许准是个疯子，闻燕来也不知道他会做出什么事。闻燕来这些年被他逼得神经越来越紧绷，甚至需要靠药物或酒精才能入睡。

闻燕来的脑子又开始疼了，里面仿佛有一把斧头在乱砍。疼得她蜷缩在地上，脸色变得灰白。她下意识地想给慕歌打电话，刚摸到手机，手指顿了一下，又将手机甩远一些。

闻燕来从床头柜翻出药，吃了两颗，痛苦地在地上趴了好一会儿，头疼的症状才有所缓解。

闻燕来不联系慕歌，不是怨慕歌当年没有救人，只是她一时不能接受。

车祸发生后，闻怀山被弹出来的安全气囊砸晕了，他不知道后面发生了什么，甚至不记得自己是怎么获救的。

慕歌是第一个跑过去救援的人，最清楚当时的状况。

汽车撞到路墩，整个车子都翻了。苏云景被压在下面，当时还很清醒，见慕歌过来了，首先就是让她救傅寒舟。

慕歌记得很清楚，傅寒舟昏过去时死死攥着苏云景的手，他们拖都拖不动。还是苏云景强行掰开了傅寒舟的手，帮着他们把傅寒舟救了出来。

后来汽车着火了，谁都不敢去救苏云景，反而是傅寒舟不顾危险地从车里拖出了苏云景。

闻燕来听到这里时，她有些怀疑自己是否错怪了傅寒舟，但她不愿意承认，也不敢去深想当年的事。

苏云景的cosplay（角色扮演）取得了极大的成功，最近这两天，傅寒舟明显很高兴，他很喜欢苏云景穿着玩偶服的样子。

为了哄傅寒舟高兴，苏云景经常会套上玩偶服。但怕闷到苏云景，傅寒舟从来不会让他戴头套。

苏云景定做玩偶服的时候，工作人员说想要看起来毛茸茸的，就要在肚子里多填充一些工业棉。

苏云景很喜欢傅寒舟埋在玩偶熊堆里的样子，看起来可可爱爱的，所以加钱往里面填充不少棉花。

傅寒舟特别喜欢苏云景穿着玩偶服的样子，还喜欢设计一些乱七八糟的衣服。

看着傅寒舟定购回来的那堆衣服，苏云景的嘴角抽了抽，不由得想起他第一次给傅寒舟买玩偶熊的场景。

那个时候傅寒舟跟苏云景闹别扭，为了哄他高兴，苏云景带他去商场买了一只很大的玩偶熊。回来的时候苏云景还跟他开玩笑，说如果他每天给玩偶熊换一件衣服，就相当于每天都有一只新玩偶熊陪着他睡觉。

现在这话应验到苏云景身上了，傅寒舟会给穿着玩偶服的苏云景每天换一身衣服。

苏云景不知道是自己把路走窄了，当时只想着哄傅寒舟高兴，没想过人家玩偶熊愿不愿天天有这种新鲜感。别的玩偶熊他不知道，他这只"玩偶熊"是不愿意的。

这几天苏云景被傅寒舟折腾得够呛。有时候苏云景都不知道傅寒舟是怎么想的，会莫名其妙把他肚皮朝天地按地上。苏云景也没想到这年头还有这么实在的店家，玩偶服的肚皮填充得太多，看起来比皮卡丘的玩偶服还要臃肿。所以他倒下的时候，就像个四脚朝天的乌龟。

每当这个时候傅，寒舟就会滚着苏云景玩。他一手护着苏云景的脑袋，一手推着苏云景朝前滚。

"'船船'！"苏云景咬牙切齿，他被迫在铺着羊毛地毯的书房滚了两圈。

傅寒舟稍稍抬头，眼眸上染着笑意，眼尾向上勾着，显得少年气十足。

很久都没见过这样的傅寒舟了，苏云景不由得怔了怔。

回过神后，苏云景的脸上故意做出凶神恶煞的表情。他从牙缝里挤出了一句话："喜欢玩是吧？"

苏云景一手抱住傅寒舟的腰，一手挠他最怕痒的地方。苏云景身上还穿着玩偶服，臃肿的衣服让他行动不便，手也不灵活，但傅寒舟跟以往一样很乖，几乎不反抗。

傅寒舟眼里的笑意在扩散，缩得像一只煮熟的虾，在软乎乎的熊肚皮上来回摆动。

苏云景咬牙问："还滚不滚我了？"

傅寒舟黑眸里盛着细碎的光芒，眸底的愉悦几乎要从里面挣脱而出，他"嗯"了一声。

"'嗯'是什么意思？"苏云景继续挠着傅寒舟，"还这么闹？"

傅寒舟凝视着苏云景说："你要听我的话。"

突然听到傅寒舟这么说，苏云景一时没反应过来："什么？"

以往都是傅寒舟乖乖听他的话，这还是苏云景第一次听见他这么说。

傅寒舟神色格外认真地说："你是我的玩偶熊，你要听我的话。"

苏云景看着眼眸半垂的傅寒舟，身体放松地躺到了地上，轻轻拍着他的后背，像在哄一个孩子。

傅寒舟沉默了许久，久到苏云景以为他睡着了。

这身衣服仿佛是苏云景的枷锁，限制了他的自由。但枷锁是苏云景自己套上去的，因为他想给傅寒舟安全感。

傅寒舟很乖地说："你是我的哥哥。"

但我听你的话！

Chapter 19
出国留学

> 傅寒舟稍稍抬头,
> 金色的光在他眼底熠熠生辉,眼尾染着笑意。

十月七日是沈年蕴的生日,他让傅寒舟那天回来吃饭。

沈年蕴是在微信上跟苏云景说的,问他们那天有没有空回来住一晚,正好还能过个中秋。

现在的苏云景已经成傅寒舟的代言人了,身边的人有事要找傅寒舟都会通过苏云景,就连沈年蕴也是。

傅寒舟跟沈年蕴父子关系并没有普通家庭这么亲近。沈年蕴工作很忙,除了钱上面不会亏待傅寒舟,很难抽出时间陪伴他。傅寒舟是他的孩子,他不是不爱他,只是年轻的时候忙着拼事业,现在就算他没那么忙了,有些感情想弥补也晚了,更别说傅寒舟本身就是个感情淡漠、很难敞开心扉的人。

苏云景不仅是他们父子之间的润滑剂,更是傅寒舟和所有人之间的纽带,能平衡傅寒舟身边的任何一种关系。

他跟傅寒舟商量了一下,他们俩准备跟沈年蕴一块儿过中秋。

虽然沈年蕴不是一个合格的父亲,但他养育了傅寒舟,苏云景还是希望他们父子能好好的。哪怕不像其他家庭那样其乐融融,至少在沈年蕴想要弥补的时候,傅寒舟能慢慢接受。

他们父子俩其实没什么太大的心结,就是缺少沟通,再加上没有

太多时间相处。

以沈年蕴现在的身价,什么东西都不缺,但苏云景还是让傅寒舟买了套高尔夫球杆送给他。

收到高尔夫球杆时,沈年蕴试了试手感。

苏云景能看出来沈年蕴很高兴,对他来说,礼物是其次,重要的是心意。

沈年蕴将球杆放了回去,让家里的保姆把这套球杆放进他车的后备厢里。

吃了晚饭,苏云景在客厅跟沈年蕴有一搭没一搭地聊着天。只有他们俩在聊,傅寒舟窝在苏云景的旁边,全程保持沉默,偶尔喂苏云景一点儿饭后水果。

沈年蕴知道傅寒舟退圈了,沈年蕴还是很支持他这个决定的。世上最不可控,也最难控的就是舆论,早点儿从名利场中退出来,对傅寒舟和苏云景是件好事。

沈年蕴问了问他们以后的打算,既然不再当艺人了,两个人以后想要做点儿什么。

苏云景没跟沈年蕴隐瞒:"以前上学的时候没好好读书,现在非常后悔,所以我跟寒舟商量了一下,打算去国外读书。国内虽然好大学不少,但还是国外方便点儿。"

原主高中毕业,没考上大学,就出来打工了。这事早被网友扒了个底朝天,因为这事,苏云景被傅寒舟的粉丝嘲笑了好半天。

傅寒舟出身名校,所以粉丝一致觉得学渣不可能跟学霸有共同话题,绝对是苏云景蹭傅寒舟的名气炒作。

沈年蕴欣赏脚踏实地的人。虽然学历不代表什么,但学识很重要,苏云景在这个浮躁的社会能有这种意识已经不错了。

他又和颜悦色了几分:"你打算学什么,有没有想要去的学校?我在国外也认识一些朋友,可以让他们帮忙写推荐信。"

沈年蕴认识的人多,要是他能帮忙的话会更加顺利。

苏云景说:"我打算去'康福利'读心理学。"

一听心理学,沈年蕴蹙了下眉,下意识地看了一眼傅寒舟。

傅寒舟敛着眉目,对此什么反应也没有。

沈年蕴不知道苏云景读心理学是不是知道了傅寒舟的情况,所以才有了这个打算。他一时摸不准苏云景的想法,于是并没有深聊这个敏感的话题。

"我正好认识一个朋友,是'康福利'的教授,可以让他帮你写一封入学推荐信。"沈年蕴抿了一口茶,又问苏云景,"你打算什么时候去?"

像康福利大学这种学校,托福要拿一百分,雅思至少也要七分,以苏云景现在的英语水平,还到达不了这个成绩。依照他的学习进度,怎么也得一年左右。这还是在他底子不错的情况下,因为原主就是个学渣。

苏云景支吾了一下,把学习周期报长了:"一到两年吧,我英语不过关。"

沈年蕴安慰他:"不着急,语言可以慢慢学。"

苏云景跟沈年蕴一直聊到九点多,才各自上楼回房了。

傅寒舟已经很久没回来住了,沈年蕴提前一天就让人打扫了一遍他的房间。

好久没来沈家了,回傅寒舟卧室时看见对面那间房,苏云景忍不住拧开了房门。

以前住沈家的时候,他就住在这间房里。苏云景走进去,打开了灯。

看到家具上的防尘罩,傅寒舟想起当初苏云景被他赶走后,家里保姆打扫完卫生盖上了防尘罩的场景。虽然过去了十年,但那天的场景还清晰地刻在傅寒舟脑子里,苏云景差点儿就被他彻底赶走了。

似乎看出傅寒舟在想什么,苏云景打着哈欠说:"过去的事就让它过去吧,困了,睡觉。"

傅寒舟"嗯"了一声，跟在苏云景身后，走出了这间房。

沈年蕴认识的一个朋友非常爱吃螃蟹，专门买了一块稻田养了点儿螃蟹和鱼。现在这个季节正是吃蟹的时候，那个朋友送了沈年蕴不少，他分出一部分给苏云景他们送去了。

螃蟹养得特别肥美，苏云景和傅寒舟在家里闲着没事料理了那盒螃蟹，用蟹黄跟蟹肉熬了点儿蟹油，这次带了过来，打算做蟹汤包吃。

蟹汤包做起来有点儿麻烦，一大早他们俩就在厨房忙活。

因为两个人对沈家的厨房不熟，王嫂在一旁帮忙。

王嫂在沈家工作了十几年，苏云景以前跟闻燕来住在这里的时候，就是王嫂在做饭。可以说她是看着傅寒舟长大的。她难得见到这么接地气的傅寒舟，愣了好几次神。

别说她了，沈年蕴都没想到傅寒舟有一天会和面粉打交道。

沈年蕴站在厨房门口，看着有模有样地擀着面皮的傅寒舟。

苏云景和王嫂包蟹黄包，傅寒舟一个人擀面皮。他单手拿着擀面杖，一只手擀，另一只手移动面块，不一会儿，一个面皮就擀了出来。

苏云景真心实意地夸赞："你现在擀面皮的技术越来越好了。"

王嫂也很捧场："擀得是好，中间厚，边缘薄，这样包起来不容易破皮。"

听见苏云景夸自己，傅寒舟稍稍抬头，金色的光在他眼底熠熠生辉，眼尾染着笑意。

看到这幕，沈年蕴怔了怔。他没想到傅寒舟会这么信任苏云景。

傅寒舟蒸的蟹黄包皮薄馅儿大，咬开面皮，淡黄的汤汁流出来了，吸一口又烫又鲜。除了蟹油，馅儿里还加了鸡汤和猪肉皮熬的皮冻，所以汤汁才特别浓香。王嫂又配了几个清口开胃的小菜，所以苏云景午饭吃得很饱。

吃了饭一直歇到下午三点，苏云景和傅寒舟才起身离开了。

临走的时候，沈年蕴送了苏云景一支看起来就很贵的钢笔作见面礼："寒舟变成现在这样，我很开心。一直想对你表达谢意，我也不知道送你什么礼物。本来想你送你一块手表，但不知道你喜欢什么款式，想来想去，还是送你一支笔吧，希望你早日完成学业。"

昨晚沈年蕴才知道他要去读书，今天就送他一支笔，不得不说有心了。

苏云景心情复杂地接过笔："谢谢沈叔。"

这支笔是沈年蕴上午刚叫人买的，傅寒舟身边能有关系好的朋友，他其实很欣慰。

见苏云景拿着沈年蕴送自己的那支钢笔看了又看，傅寒舟抿了一下嘴唇："你很喜欢这支笔？"

苏云景把钢笔放回了盒子里："不是喜欢笔，是高兴你爸爸能喜欢我。"

自从跟沈年蕴一起过了中秋，对方明显拿他当家人，隔三岔五就会让人给他们送一些东西。偶尔他还会在微信跟苏云景闲聊，聊天内容不一定是傅寒舟，范围很广，方方面面的。

苏云景原本戒了好长一段时间的手机，现在养成时常看微信的习惯，偶尔还会刷刷朋友圈。

刷到唐卫的朋友圈时，苏云景见最新的视频是在国外拍的。苏云景纳闷儿地给他发了条微信，问他怎么还没回国。

半个多月前，唐卫在朋友圈发了一条生病的动态，苏云景看见后，给他打了个电话。

唐卫是个神经很大条的人，用林列的话来说就是个单细胞生物。林列虽然特别能损唐卫，但某些事上形容得很准确。唐卫心大，还真不是一般人能比的。

能让他在朋友圈抱怨的病，绝对不是什么小病小灾。

苏云景这通打电话打过去，发现竟然是国际漫游，细问之下才知道唐卫出国了。

苏云景还以为唐卫只是出国玩了，没想到半个多月都过去了还没回来。

微信发过去后，苏云景才后知后觉地想到有时差，唐卫那边应该都半夜一点了。

唐卫很快地回了一条：还没回去，在国外办点儿事。

苏云景：这个点了，你还没睡？

唐卫似乎嫌打字麻烦，直接发来一段语音："睡不着，失眠了。"

听着唐卫幽怨的声音，苏云景的眼皮抽了抽，因为他不敢相信唐卫竟然还有失眠的时候。

"病还没好呢？"

"不是。"唐卫口气很烦躁，"单纯失眠。"

不等苏云景把关心的话发过去，唐卫就丢过来一个重大消息："对了，我有对象了。"

苏云景愣了足足两秒，然后发过去四个字：恭喜脱单！

见苏云景只顾着聊天，感觉受到冷落的傅寒舟从身后凑了过来："你在跟谁聊天？"他的声音里透着不满。

苏云景赶紧把这个劲爆的消息分享给傅寒舟："跟唐卫聊天，他说他有对象了。"

傅寒舟并不关心，冷漠地"哦"了一声。

那边的唐卫继续跟苏云景汇报恋爱进展："我要跟她结婚了，过几天就回国让你们看看。"

苏云景惊了，唐卫谈恋爱很正常，这个结婚有点儿……怎么说呢，很突然！

苏云景好奇地问："你们认识多久了？怎么以前没听你说过有女朋友？"

唐卫先是说十天，后来又说一个月前认识的，他们俩是一见钟情。

他一条接一条地发来语音，每一句都能颠覆苏云景的三观。

直到唐卫发过来一句"她怀了我的孩子"，苏云景彻底震惊："你跟她结婚到底是喜欢她，还是因为她有了孩子？"

唐卫强调说："我们是一见钟情。"

那苏云景没问题了,毕竟唐卫是成年人了,既然他已经想好了,作为朋友的苏云景只能祝福。感情这种事只有当事人知道,外人不好掺和。而且依照唐卫的性格,结婚生子一步到位也不出奇。

苏云景:"所以你失眠是因为要结婚太兴奋了?"

唐卫:"是呀,特别兴奋。兴奋他妈给兴奋开门——兴奋到家了。"

苏云景心想:这是什么俏皮话?

不等苏云景再问细节,身后的傅寒舟彻底不耐烦了,不高兴地说:"要上课了,好好听课,不要交头接耳!"

苏云景:"……"

唐卫是周六上午坐飞机回来的,当天下午就迫不及待约人吃饭。苏云景是受邀人员之一,跟傅寒舟一块儿去了唐卫订的"湘西江"菜馆。

虽然傅寒舟退圈了,但网上到处都是他跟苏云景的消息,他们俩的热度依旧不减。所以每次出门,苏云景都会低调、低调、再低调。就连傅寒舟的穿衣风格都跟着大变,以前是低调奢华风,现在开始接地气。

苏云景给傅寒舟找了一件印着玩偶熊的卫衣,扣上卫衣帽子,脑袋上还支棱着两只熊耳朵。卫衣帽子一戴,谁都喜爱。看着这只眉眼精致、乖巧可爱的"熊宝宝",苏云景忍不住捏了捏他头顶的耳朵。

"走吧。"苏云景心情很好地拉着傅寒舟出门了。

这次唐卫没请其他朋友,只叫了苏云景、傅寒舟和林列。

林列正好在附近办事,顺带捎上了苏云景他们,三个人一起去"湘西江"菜馆。

车停在小区门口,苏云景观察了一下周围,见没记者跟踪,拉着傅寒舟快速上了车。

等他们坐稳后,林列掉转方向,驶了出去。

知道傅寒舟怕冷,车厢开着很足的暖气,即便是这样,他一上车也像个冬眠的动物,缩在苏云景旁边,找了个舒服的地方躺着不动。

傅寒舟的头上还戴着卫衣帽子,窝在角落,还真有点儿像爱吃蜂蜜的熊。

苏云景嚼着奶糖问开车的林列:"唐卫的女朋友,你知道他们是怎么认识吗?"

林列的嗓音淡淡的:"我不知道。"

苏云景愣了一下,唐卫跟林列的关系一向很好,林列几乎算唐卫的半个爹了,从读书的时候就一直管着他。结婚这么大的事,林列居然都没过问一下!

不过前段时间,林列带着团队从公司离职,自己创业,没空管唐卫也正常。

见林列什么都不知道,苏云景也就没再多问。

三个人到了"湘西江"菜馆,看见唐卫一改以往的吊儿郎当,拿着喜糖站在包厢门口等着他们。

见到苏云景他们,唐卫立刻笑着迎了上来。他抓了一把糖给苏云景:"沾沾喜气。"

苏云景哭笑不得地接下了喜糖。

虽然傅寒舟今天打扮很随意,但碍于他以往积累的威慑,唐卫犹豫着愣是没敢让他沾这份喜气。

在唐卫愣神的工夫,林列越过他进了包厢。唐卫手里还抓着一把糖尴尬地站在门口,最后只能沉默地又给了苏云景一次。

苏云景察觉到了一丝微妙,开口打破了僵局,问唐卫:"怎么就你一个人?"

前几天唐卫在微信上说要把他的未婚妻带回来,今天却没看到那位准新娘。

"她没来。"唐卫顿了一下,"她孕吐得厉害,所以我一个人先回来了。"

苏云景有点儿感到担心:"你把她一个人留国外不会有事吧?"

"没事。"唐卫用余光瞥了一眼林列,"我这次回来是想跟你们说一声,以后我可能会留在国外陪她了。"

苏云景惊了,下意识地看了一眼坐在包厢里的林列。他垂着眼眸,听见这话什么反应也没有,眉眼格外冷漠。

苏云景问:"你们俩不回来了,生孩子也在国外?"

唐卫支吾了一下:"这个……这个还没商量好,我们打算先领结婚证,等把孩子生下来再说。"

林列兜里的手机突然响了起来,他拿出手机,接通了电话。

"什么事?"林列起身走出了包厢,似乎在谈工作上面的事。

等林列走了,苏云景才问唐卫:"你们俩吵架了?"

唐卫盯着林列离开的方向,口气有些不好:"没有,我跟他能吵什么架?"

苏云景心想:这明明就是吵了的节奏。而且依照他对唐卫和林列的了解,他们俩不吵架才不正常。

读书的时候唐卫是个脾气暴躁的少年,十年过去了,暴躁少年变成了暴躁青年。

虽然唐卫不像其他"二世祖"那样整天惹是生非,但他大事不犯,小事不断,如果没有林列管着他,他就是一匹脱缰的野马,哪个撒欢的野马会喜欢拴着自己的绳子?所以吵架才是他们俩的常态。

唐卫对林列的怨念颇深,但也离不开林列,要不然两个人早闹掰了,不会这么多年还是朋友。

作为见证他们俩友谊的朋友,苏云景还是劝了唐卫一句:"你要是真在国外定居,以后跟林列还能有几次见面的机会?"

苏云景没逼唐卫,只是让他好好想想,这么多年的感情有什么事值得他在这个时候还跟林列生气?毕竟他马上就要出国了,以后会不会回来?什么时候回来?他自己都不确定。

唐卫动了动嘴唇,想说什么,但最后还是咽了回去。他有些烦躁地踢了一脚摆在走廊里的花盆。

"别在这里站着,先进去。"苏云景拍了拍唐卫的肩,"你坐下来冷

静一下。"

好半天唐卫才不情不愿地"嗯"了一声,然后跟苏云景一块儿进了包厢。备受冷落的傅寒舟默默地跟在苏云景身后。

苏云景今天也穿着卫衣,傅寒舟突然拎起他的卫衣帽子,盖住了苏云景的脑袋。

苏云景:"……"

见傅寒舟不高兴了,苏云景笑着往他手心里塞了一颗奶糖。

打完电话的林列从外面回来,口气冷淡地说:"突然有点儿事,我得先走了。"

林列进来拿走自己的外套,冲苏云景点了一下头:"你们聊吧。"说完,他看都没看唐卫,直接离开了。

唐卫"腾"地站了起来,脸色铁青。他双拳紧握,手背青筋凸起,一副隐忍到极致马上要爆发的样子。

苏云景见情况不对,怕他会说出伤感情的话,连忙按住了唐卫。

"你冷静一下,他要是不在乎你们的关系,今天就不会来了,可能是真有事。"苏云景劝住了唐卫,"我去送送他,有什么事回来再说。"

傅寒舟瘫着脸跟了出去。

苏云景快步追上林列:"出什么事了,公司遇到麻烦了?"

"嗯,有一项业务出了点儿问题。"林列停了下来,侧身看着苏云景,"你回去吧,我跟唐卫没事。"

见林列主动提起这件事,苏云景叹了口气:"我看唐卫就是个小孩儿脾气,你别跟他计较。"

"嗯。"

林列不愿多说,工作上又真出了事,苏云景也不好耽误他时间,就把他送到了门口。

看着林列的背影,苏云景百思不得其解,转头问一旁的傅寒舟:"你说他们俩闹什么矛盾了?"

以前他们虽然争执不断,但没有一次像这次这么严重的。

傅寒舟摇了摇头："不知道。"

他的注意力一向都是放在苏云景身上，没发现林列和唐卫之间的暗流涌动。

林列不愿意说也很正常，但唐卫这个心里藏不住事的人，竟然也咬死不说，这倒是让苏云景很惊奇。

原本苏云景想着让他们冷静一个晚上，等第二天他再两头劝劝。结果第二天下午苏云景联系唐卫，电话打不通，微信也不回。直到晚上苏云景都要睡觉了，唐卫才回了一条信息，但他人已经坐飞机回国外了。

唐卫这行动力快得像是在逃避什么似的，他们俩谁都不想说发生了什么，苏云景也无计可施。

唐卫一走也不知道什么时候才回来，怕林列会心情不好，苏云景经常邀请他来家里吃饭。

跟沈年蕴微信聊天时，苏云景还提了提林列的公司。现在这个社会讲究背景人脉，沈年蕴认识的朋友多，像他这种级别帮林列也就是说句话的事。毕竟有些生意给谁都是做，价钱合适的话还不如给熟人。

唐卫那边就没这么好沟通了，他对林列避而不谈，就连未来的打算也说不清楚，一天一个说法，好像临时想出来似的。苏云景都不知道他想干什么，还有七八个月就是要当爹的人了，怎么看都觉得不靠谱儿。问多了，他答不上来就强行转移话题。

苏云景现在都开始怀疑唐卫到底有没有女朋友了，因为他连自己女朋友怀孕多久都支支吾吾地说不出来。

苏云景忍不住感叹，真是难为林列了，管了唐卫这么多年到现在才撂摊子不干了。

苏云景为了他们俩能和好想尽了办法，但林列油盐不进，唐卫又脑回路清奇，这事一点儿进展都没有。

傅寒舟共情能力差，他理解不了苏云景为什么会为这种事着急上火，他只能共情苏云景的情绪。见苏云景情绪不佳，每天唉声叹气，

傅寒舟的心情也跟着烦躁。

晚上苏云景刷完牙没看见傅寒舟，不由得皱了皱眉，出去寻找。

苏云景先到客厅看了看，没发现傅寒舟的影子，又去了卧室旁边的房间。

这原本是间客房，苏云景之前还在这里睡过几个晚上。

后来这间房被改成了专门装玩偶熊房间，傅寒舟还特意定制了储物架来放苏云景给他买的玩偶熊。他现在最大的爱好就是给玩偶熊设计衣服，每天都在折腾那些玩偶熊，给它们量尺寸。

难得他有个自己的喜好，为了支持他的事业，这段时间苏云景陆陆续续又给他买了不少玩偶熊。

房间开着灯，原本规规整整摆在储物架上的玩偶熊散落了一地。

苏云景推开房门，看见这个场景，怔了一下。

不用问，这肯定是傅寒舟干的，但他没在房间。

怕他出什么事，苏云景转身正要出去时，突然一只骨节分明的手从玩偶熊堆中伸出来，扣住了苏云景的脚踝。

苏云景吓得浑身一颤，等他反应过来，顿时又好气又好笑。他深吸了口气，扒开那堆玩偶熊，里面露出一只软乎乎又黏人的"大熊"。

傅寒舟仰视着苏云景，金色的光线在他的黑眸里荡漾开，浓长的睫毛像凤凰翎羽一样漂亮。

苏云景笑了："你在这里干什么？"

傅寒舟不说话，凝望着苏云景。

苏云景："怎么了，心情不好吗？跟哥哥说说。"

听出苏云景话里的调侃，傅寒舟不为所动地看着他。

苏云景坐到傅寒舟旁边，笑着将玩偶熊堆到傅寒舟身上，重新将他埋了起来。苏云景刚埋好，他就抬手将那些玩偶熊拨开。

苏云景觉得很有意思，学傅寒舟躺进了玩偶熊堆里，感叹道："还是你会享受，这可比床上舒服多了。"

傅寒舟终于开口了："那就在这里陪着我吧。"

苏云景枕着自己的手臂说:"行啊。"

傅寒舟这才笑了。

苏云景是个对感情很迟钝的人,他直到现在也不清楚唐卫和林列之间有什么矛盾。但经过这段时间的撮合,苏云景才明白"解铃还须系铃人",有些事外人是帮不上忙的。

像唐卫这么神经大条的人,如果是一般的矛盾他肯定藏不住,会告诉苏云景他们俩到底发生了什么事。既然连他都不想多谈,那这件事就不是苏云景能解决的。

想通这点后,苏云景不像前几天那么着急,唐卫和林列这么多年的感情,等过段时间冷静下来了,他们俩肯定会好好谈一谈的。

中秋节前,苏云景以傅寒舟的名义给宋文倩邮寄了一箱水果。

宋文倩让休假回家的陆佳宝给他们带了不少土特产,知道傅寒舟什么都不缺,宋文倩自己卤了一些豆干和香菇,还带了一瓶牛肉酱。这些都是以前苏云景在宋家爱吃的,宋文倩很会做卤味儿,苏云景没想到自己还能再吃到。

陆佳宝在微信上联系苏云景,跟他说了土特产的事。虽然知道过去傅寒舟跟他们家关系很好,但陆佳宝还是不敢直接找傅寒舟,但她觉得自己跟苏云景很投缘。

苏云景确实是个好脾气,无论陆佳宝跟他说什么,他都笑呵呵的,也不生气。

苏云景跟陆佳宝在微信上闲聊,问了问她最近的工作情况,又打听了一下慕歌的事业进展。

慕歌是小说世界的女主角,苏云景也不希望剧情歪得太厉害,只希望慕歌的事业没受到影响。

一提到慕歌,陆佳宝的话就多了起来。她觉得自己太幸运了,一进娱乐圈就遇见了潜力股,关键是对方人还这么好。

戚韵已经正式加入了慕歌的团队,在原著中她就是慕歌的经纪人,现在又多了一个江初年,慕歌的事业最近顺风顺水。

事业顺遂，感情上她和李随安也擦出了小火花。经过这段时间的相处，慕歌逐渐放下了对李随安的偏见，两个人进入了暧昧期。

见剧情线并没有因为自己的介入改变太多，苏云景也就安心了。

聊完这些，陆佳宝给苏云景发了几个视频："傅哥有很多好看的视频剪辑。"

傅寒舟的古装扮相都很好看，再加上"人设"很带感，养活了不少视频博主。

陆佳宝没敢给苏云景发那些乱七八糟的剪辑，发的都是傅寒舟的个人混剪，是每个"颜粉"必收藏的视频。

苏云景对视频还是很有兴趣的，接收了陆佳宝发过来的所有视频。

见苏云景拿着手机跟别人聊个没完，傅寒舟不高兴地问："你在跟谁聊？"

苏云景本来想说跟陆佳宝，但转念一想，笑着调侃他："跟你的'小媳妇'在聊。"

傅寒舟看了一眼微信，凤眸低垂。

见他睫毛敛了下来，苏云景顿时有了几分警惕，伸手强行撑开了他的眼角。

"嗯？"傅寒舟看向苏云景。

苏云景眼神戒备："你每次耷拉眼皮，我就感觉你没琢磨什么好事。"

见苏云景一副我看穿了你的表情，傅寒舟笑了起来："我没有。"

苏云景翻了个白眼："你是没少有。"

虽然是这么说，但还是当着他的面把陆佳宝发过来的视频打开了。

配着令人舒服的古风歌曲，视频里的傅寒舟或孤高，或冷峻，或肃杀，每一帧画面的切换都踩着鼓点。

"这是你粉丝给你剪的视频。"苏云景忍不住感叹，"真好看！"

傅寒舟却拿过苏云景的手机关了视频，随手将手机屏扣到了桌面上。

苏云景"哎"了两声:"你拿我手机干什么?"

傅寒舟不太高兴地说:"那些只是角色,不是我,她们喜欢就让她们喜欢去,你凑什么热闹?"

苏云景觉得好气又好笑:"这你都要计较?"

傅寒舟别过头不说话。

看着生闷气的傅寒舟,苏云景只好哄他:"好了,好了,我以后都不看了,行不行?"

傅寒舟还是不理人。

苏云景:"……"行吧,不爱听他就不说了。

闻燕来之前为了给慕歌铺路,打算带她参加一个慈善晚宴,能参加的不是名流巨星,就是圈内手握资源的投资商。

慈善晚宴的邀请名单好几个月前就拟定出来了,负责人给闻燕来打电话确认时,她并没有取消慕歌的名字。

因为慕歌"咖位"小,没有品牌方愿意借给她晚礼服,还是李随安帮她解决了穿着问题。

李随安一早就为慕歌定制了两套礼服,衣服他没直接送慕歌,而是让陆佳宝转交的,这么做的原因一是这种衣服日常穿不到,二是依照慕歌的性格也不会收几十万元的礼服。他定制衣服只是为了以防万一,应对这种突发情况。

李随安是个很高调的人,但真遇见自己喜欢的人,他也会低调做事。

慕歌看着镜中的渐变色星空裙,衣摆是深蓝色,缀着许多蓝色亮片。在橘色的灯光下,亮片熠熠生辉,宛如星辰般璀璨,合身的剪裁衬出了慕歌姣好的身形。

陆佳宝一边整理慕歌裙摆的褶皱,一边喋喋不休地夸李随安:"还是老板有先见之明,之前他让我偷偷量你的身材尺寸,我差点儿误会他是变态。后来听说他要给你订礼服,我才给他的。"

"这件事你怎么没跟我说?"慕歌按着太阳穴发愁,这身衣服现在在她眼里都成了钱、钱、钱!这么大的人情,她怎么还得起?

"老板不让说,说不一定会用到礼服,但万一用得着,咱们也有不是?"陆佳宝突然小声吐槽,"我也没想到他这次这么靠谱儿。"

慕歌:"……"说实话,她也没想到。

平时李随安给她一点儿小恩小惠,恨不得拿着大喇叭告诉全世界。这次倒是一声不吭,还骗她说是找朋友借的,要不是陆佳宝这个大嘴巴不小心说漏嘴,她都不知道这件事。

慕歌扯着漂亮蓬松的裙摆,忍不住想,他正经的时候人还是可以的。

自从慕歌跟闻燕来坦白之后,她们俩就一直没再联络。慕歌很担心闻燕来的身体状态,可又怕对方不想见自己,发过几次消息石沉大海后,她心里非常难受。所以接到闻燕来助理邀请她参加慈善晚宴的电话,她非常高兴,还以为闻燕来原谅她了。

晚宴要走红毯,主办方虽然邀请了不少明星,但慕歌现在还没名气,是以闻燕来朋友的身份参加晚宴的。

慕歌主动和闻燕来搭话,但对方的态度冷淡,没有以往的亲昵,这让慕歌的心里很不是滋味。

虽然闻燕来没怎么跟她说话,但走红毯时还是主动地挽上了慕歌的手臂,为她争取新闻版面。

娱乐圈很现实,"咖位"不够就算挨冻走了红毯也不会给一点儿镜头。

闻燕来和慕歌是大轴。慕歌拿着签名笔正要在签名墙写上自己名字时,余光瞥见一个男人走了过来。

这个人穿着一身黑,戴着口罩和棒球帽。

慕歌愣了下神的工夫,男人抱着铁桶,拧开盖子,将里面的液体朝她们泼了过来。

慕歌瞳孔剧烈收缩,虽然不知道那是什么东西,但她还是下意识地挡在了闻燕来的面前。

　　冰冷的液体带着墨汁的臭味儿迎面泼了慕歌一身，被她护着的闻燕来也溅了不少黑色液体。

　　看见这一幕，记者疯了似的拍照。

　　泼墨的男人大骂："这就是你破坏别人家庭的报应！"

　　慈善晚会的安保人员迅速地赶过来，制服了男人，将他拖出了红毯。

　　男人还在骂："闻燕来，你这个破坏人家家庭的女人！"

　　闻燕来发抖着，神情有些不对劲儿。

　　慕歌也顾不上浑身狼狈的自己，担忧地问："闻姨，你没事吧？"

　　闻燕来的嘴唇发着颤，脸色苍白。

　　慕歌抱紧了闻燕来，用自己的身体挡住镜头，不让他们拍到闻燕来。她轻声安慰着闻燕来："没事了，闻姨没事了，那个人已经被保安拖走了。"

　　没过一小时，"闻燕来被泼墨""闻燕来破坏别人家庭"的话题就上了热搜。

　　苏云景看见手机推送时，心里"咯噔"了一下。

　　网上有闻燕来被泼墨的视频，视频只有十五秒，能清楚地听见一个黑衣男人喊她是破坏别人家庭的女人。

　　闻燕来隐退多年，但知名度很高，热点很快就变成爆点，稳稳挂在热搜榜的第一名。

　　能干出这种事的，十有八九是许淮那个疯子。

　　见苏云景脸色突然很差，傅寒舟问他："怎么了？"

　　苏云景将手机拿给他看。

　　傅寒舟对闻燕来没什么感情，但看见新闻的那一刻，他的神情阴鸷冰冷。正因为他不带任何感情，才能立刻看出隐藏在这件事下的另一个危机。哪怕现在苏云景不是闻燕来的儿子，但他跟闻辞长得这么像，网友扒出闻燕来的过往，很有可能会牵扯到苏云景。

闻燕来是国内第一个拿到大满贯影后的女演员，也是很多人的童年女神。

这件事曝出后，过往的"黑料"无论真假又被营销号挖了出来，网友都在好奇闻燕来到底破坏了谁的家庭。

舆论发酵了一整天，因为事情闹得太大了，警方审讯完泼闻燕来墨汁的男人后，发了一份通告。

经过警方调查，前段时间，这个男人的女朋友"劈腿"，分手后受到了很大的刺激，在家看电影缓解失恋的痛苦。他无意中看见一部老片子，闻燕来在里面饰演了一个破坏别人家庭的角色。因为闻燕来演得太过深入人心，他在看的时候认定闻燕来就是破坏了别人的家庭，所以才会在慈善晚宴上"替天行道"。

真相大白后，"吃瓜群众"都无语了。

这都什么年代了，居然还有人分不清影视角色跟演员。

就这？我还以为会有什么大爆料，没想到就是个精神病跑出来了。

女朋友"劈腿"是不对，但看这个男人干出来的事，"劈腿"不能没点儿原因吧？"阴谋论"一下，会不会人家想分手，这人不想分，还一直纠缠，反咬女朋友"劈腿"？

营销号简直令人无语，事情都没有调查清楚就开始带节奏。

…………

闻燕来生闻辞的时候还在上大学，当时只是个籍籍无名的学生。成名后她也没曝光这件事，以前的"黑料"都集中在她拉踩其他女艺人，跟富豪约会以及隐婚这种半真半假的消息。

闻燕来的社交账号始终没对这件事发表任何动态。

许淮接到了许姿的电话，回到家就看见坐在沙发上的许姿。

许姿比许淮大几岁，从小就十分优秀，十六岁出国读了生物学，现在自己带着一支科研团队，还被某所著名高校特聘为教授。

几年前，许姿把许妈妈接到国外定居，平时都是许淮有空的时候坐飞机去看望她们。许姿已经很久没回国了,这次一声不吭地突然回国,肯定是为了近期发生的事。

许淮朝她走了过去,淡淡叫了一声:"姐。"

许姿问他:"吃饭了吗?"

"嗯,跟朋友吃了。"许淮随手把眼镜摘了,"就你一个人回来了?妈还在国外?"

许姿没回他,反而开口问:"明天忙不忙?陪我去给爸扫墓。"

许淮抿了一下嘴唇,垂眸用领带擦着镜片,擦干净后,重新戴上眼镜:"我就不去了,公司还有事。"

许姿站了起来,抬手打了他一巴掌。她下手没留情,他的脸都被打偏了,接着她又打了许淮一巴掌。

"第一个巴掌是为妈打的,你这么大的人了,还让她操心;第二个巴掌是代爸打你的,不管他有多少错,他活着的时候一直很疼你。"

许淮动了动下颌,面色虽然阴郁,却也没说什么。

"你简直太不像话了!"许姿目光有雷霆之势,"你以为我们在国外就不知道你干了什么?跟那个女人闹对你有什么好处?"

许淮笑了,眼底却泛着狠戾:"怎么没好处?起码我痛快了。"

见他死不悔改,许姿手指动了动,还想打他,但看见他脸上清晰的巴掌印,她没忍心再下手。

许姿深吸一口气,把负面情绪压了下去。她口气缓和了下来:"都已经过去这么多年了,不要再闹了,你让妈安心点儿行吗?"

许姿这次回来,是因为前天闻燕来被人泼墨的事。依照她对许淮的了解,这件事很有可能是他搞出来的。

许淮这么做,不是真想曝光当年的事,只是想给闻燕来一个警告。他不是真的无所顾忌,要是他父亲的事被公之于众,不说父亲的名声会受到影响,就连他妈跟他姐的平静生活也会被打破,所以他不会真的在这事情上下死手。

最近许淮的事业不顺利,私生活也遇见了麻烦,总是有人故意找

他的麻烦。他想来想去只有闻燕来会这么对他，毕竟他之前曾故意开车去撞闻燕来。

许淮只是想借"泼墨事件"给闻燕来一个警告，让她尝一尝被舆论攻击的滋味。

许淮之所以能拿这件事一直要挟到闻燕来，是因为闻燕来比他更害怕揭开这个丑闻。以前闻辞活着，她不想让自己的儿子被骂私生子，现在闻辞死了，她就更不想了。

许姿看着许淮，目光流露出担忧："小淮，爸已经去世十年了，妈都已经放下这件事了，你能不能别再搭理那个女人了？"

她真怕许淮再这么钻牛角尖下去，有一天会闹出大事害了自己。

许姿这次回来就是想解决这个隐患，她知道许淮恨闻燕来，但没想到他至今都没有释然。

许淮神色寡淡，并不想和许姿多谈："我知道自己在做什么，这件事你就别管了。"

许姿拧紧了眉头："小淮！"

许淮不想再跟许姿深谈这件事，转移了话题："扫完墓你就回去？"

许姿不吃他这套："你现在这样我怎么放心回去？这事不解决我是不会回去的，要么你跟我一块儿在国外定居。"

姐弟俩一样倔，最后谁也没说服谁。

"泼墨事件"后，闻燕来沉寂了一个星期，突然在社交账号上曝出了一个惊天秘密。

慈善晚会那场闹剧的确是一次意外，但闻燕来承认自己曾经做过不太好的事。虽然那件事过去了很久，她还是想跟受到伤害的人道歉，并且表示以后不会再出席任何公开活动。

之后，闻燕来删除了社交平台的其他动态，只剩下这个道歉声明。

她的意思很明显，这次要彻底离开娱乐圈，连社交账号都不再使用了。

闻燕来的自爆简直就是平地雷,对她这个声明一部分网友买账,一部分网友接受不了。

出演的作品都是好作品,人品就……总而言之,希望多保重吧。

到底谁出轨了,有谁吃到"瓜"了,好抓心挠肝呀!

平生最反感的就是破坏别人家庭的人,恶心至极!

认错态度还是好的,既然大家都不是当事人,我觉得还是不要代入这么多,过好自己的生活得了。

破坏别人家庭的人就应该被钉在耻辱柱上,有些事不是道歉就可以的!

…………

圈内不少跟闻燕来合作过且已婚的男明星都被网友猜了个遍,搞得很多人不得不发声明证明清白。

闻燕来这副豁出去的架势,让暂时留在国内的许姿深感不妙。她通过关系要到了闻燕来的电话,打算约闻燕来出来谈一谈。

闻燕来不冷不淡地说:"我现在不方便出去,当然如果你希望咱们见面的事被媒体拍到,我也无所谓。"

她现在是真的无所谓了,经历了种种总算想通——其实没什么大不了的,只要豁得出去,就没什么能伤害到她。

这话还是慕歌告诉她的,不过原话不是这样的。

"泼墨事件"之后,闻燕来把自己关在家里,只有慕歌陪着她。

慕歌不知道怎么安慰闻燕来,就把她当初一个人背着巨债给妈妈挣医药费的事讲给闻燕来听。

那个时候的慕歌也不知道怎么办,债主催着还债,第二天又要交住院费,原本借住在朋友家,但朋友的男朋友还回来了,慕歌不能总当"电灯泡"。那天晚上,她睡在朋友家客厅的沙发上哭了一个晚上。

第二天早上洗干脸上的泪痕,慕歌还是咬牙熬了过去。

人在最低谷的时候,反而能催生出最大的韧性。

闻燕来缺的就是孤注一掷的勇气,她什么都拥有,财富、名气、

健在的父母,所以有不少顾虑。在最绝望的那个夜里,她突然想通。这没什么大不了的,又不是没经历过舆论的大肆讨伐。

闻燕来不想出来见面,许姿也不勉强:"你跟我父亲的事已经过去这么多年了,当年你没跟我母亲道歉,现在她也不需要你那句轻飘飘的'对不起'。"

她虽然觉得许淮做得不对,但对破坏自己家庭的闻燕来,说没有怨气那肯定是假的。没人能接受自己的父亲出轨,只是她比许淮更冷静一些。

许姿:"我会劝许淮,我希望咱们都能真正地放下。"

她给闻燕来打电话,说白一点儿是来止息干戈的。

闻燕来在娱乐圈混了这么多年,要说她没有手腕是不可能的,她的自爆不是妥协,而是要奋起反抗了。被许淮拿捏的弱点没了,她还有什么好怕的?

对于来休战的许姿,闻燕来平静至极:"你告诉许淮,一旦把我逼急了,我什么事都有可能做得出来。"说完就把电话挂了。

苏云景一直留心着舆论动态,他趴在床上刷着社交平台上的信息,傅寒舟突然戳了戳他。

"嗯?"苏云景转头看他。

傅寒舟说:"咱们这几天就办出国手续,我已经在康福利大学旁边租了一套房子。"

苏云景放下手机:"怎么突然这么着急出国?"

因为傅寒舟不想苏云景卷入那些乱七八糟的事,更不想苏云景和闻燕来再有什么瓜葛。小时候在孤儿院,他就知道苏云景很容易对弱小无助的生物心软。

苏云景是闻辞时,闻燕来对他一直不错,现在闻燕来被口诛笔伐,依他的性格肯定会心软。

傅寒舟对闻燕来没什么感觉,也谈不上恨,他只是从来不把心思放在其他人身上。

苏云景稍微想了一下就明白了傅寒舟的意思。他叹了口气:"你是担心记者顺藤摸瓜,挖出闻辞是私生子吧?"

其实这个时候出国对苏云景来说未尝不是一件好事。现在他已经是记者的重点关注对象,要是跟同样备受瞩目的闻燕来产生联系,他们就会一直处于旋涡中心。

闻燕来好不容易正视过去,苏云景再去打扰也不太好。

出国除了能避开一些麻烦,还能让傅寒舟开心。

现在是傅寒舟黏着苏云景,等出了国就会变成苏云景离不开傅寒舟了,因为语言不通。他现在的英语水平还是做不到跟人正常交流,或许到了国外,英语水平能被迫能提升。

苏云景琢磨了一下:"提前出国也不错,但这几天就走会不会太赶了?"

傅寒舟一点儿都不觉得赶。他没说话,慢慢地垂下了眼睛。

看见他这样,苏云景顿感不妙,立刻撑起傅寒舟的眼皮:"你有事就说事,不要想歪主意!"

"我什么都没有想。"傅寒舟声音乖巧,"也没有歪主意。"

被骗过好几次的苏云景挑了挑眉,充满了不信任:"你确定?"

"嗯。"

他刚才的确在想怎么让苏云景同意马上出国,不排除用一些特殊的办法让他答应,但肯定不能说出实话。

Chapter 20

我来带你回家

> 虽然傅寒舟的病不能完全治愈,
> 但没关系,他可以治他一辈子。

闻燕来这次的自爆并不是绝地反击,要跟许淮斗个鱼死网破。她在道歉声明里并没有提到许弘文,因为她想给双方留最后一点儿余地。

许弘文生前德高望重,跟妻子还是被媒体宣扬的模范夫妻,一旦真相曝光,他的形象会彻底崩塌。

闻燕来对许弘文早没了当年的爱慕,她不会到现在还傻乎乎维护他的名誉。她是用实际行动告诉许淮,她这次是豁出去了。如果许淮一而再,再而三地针对她,那她就把当年的事公之于众,让大家两败俱伤。

闻燕来已经看淡了名利,舆论怎么骂,她都无所谓,但她不想让闻辞的身份曝光,也不想牵连到苏云景。

她帮许淮保住他父亲的名声,对方也捂死闻辞是她儿子的事,这是一笔很公平的交易,彼此都有对方的把柄在手。

许淮不就是想看别人骂自己吗?闻燕来无所谓,她满足许淮这个愿望,把自己钉在道德败坏的耻辱柱上,这本来就是她该承受的。但她绝对不允许网友骂闻辞,这是她这个母亲最后能为儿子做的事了。

因为闻燕来没说出有妇之夫是谁,导致不少合作过的男演员被无端猜测。每个被怀疑的演员发表澄清声明都会上热搜,网友调侃这是今年最有意思的连续剧了。一天一个"瓜",出了"新瓜"之后又会马上被辟谣,不知道多少童年男神被拉下水。

随着事态滚雪球似的越滚越大,开始出现私生子的传闻。

原本这只是个别网友的随口调侃,说闻燕来那个车祸去世的侄子搞不好就是她儿子,毕竟已经介入别人家庭了,生个孩子也不足为奇。

虽然大家对闻燕来破坏别人的家庭的评价不一,但对这种凭空捏造的谣言还是非常反感的,更别说闻燕来的侄子十年前就出车祸去世了。

那个网友被追着骂了上千条,评论都是让他积点儿口德。

很快这个网友的评论被官方删除了,大家一致叫好,甚至希望闻燕来能出面维权,告这个人恶意造谣。

直到有人爆料苏云景和闻燕来的亲侄子长得非常像,营销号敏锐地察觉到这两件事的蹊跷,把这件事推上了热搜。

现在但凡是跟苏云景沾边的东西,都能迅速火起来。之前就看见有评论说苏云景长得特别像自己高中的一个同学,不过那个时候这件事没引起大家的关注,毕竟这世上长得相像的人太多了,但现在曝出来跟苏云景像的人是闻燕来的侄子。消息一出,迅速引起全网关注,闻辞往日的旧照也被扒了出来。

苏云景这次的身份设定是无父无母的孤儿,营销号有意引导,被带节奏的网友"脑补"了一场狗血的剧情。闻燕来生了双胞胎,一个放在自己哥哥那儿养着,另一个却流落在外,成了孤儿。

网友只"吃瓜"看热闹,傅寒舟的粉丝看见这个热搜迅速占领了评论区。

难怪某些人脸皮这么厚,感情是这么生出来的。

遗传基因果然强大,可惜"鸽鸽"还是把人家当宝,为了这种人把自家粉丝赶跑了。

半个月前我就说他们俩长得像,但没人搭理我,这个话题怎么突然火了?不过他们俩应该只是单纯的像吧,闻辞要是活着都快"奔三"了,苏云景才多大?

……………

苏云景的"站姐"到处辟谣,说两个人只是像,但年龄对不上。

苏哥今年二十一岁!二十一岁!二十一岁!跟闻辞不是兄弟,别造谣了,好吗!

这年头为了黑别人都给孤儿找亲妈了,就一个字——服!

……………

热搜只挂了一个多小时就被撤了,营销号也删除了文章。除了傅寒舟和苏云景的粉丝外,其他人都只是看个热闹。

热搜突然被撤了,反而有种欲盖弥彰的味道。

当事人苏云景和闻燕来没有一个人回应,但只要发表相关评论就会被封号。这波操作反而勾起了网友的兴趣,大家顺着闻辞这条线索开始深扒。

如果闻辞真是闻燕来的儿子,那闻燕来生下他时也才二十岁,也就是说她十九岁未婚先孕。她十九岁的时候还在电影学院读书,当年好像中途退学了。

闻燕来曾经在接受访谈的时候,被主持人问为什么会突然退学,她当时的回答说是家里发生了一些变故,不得已才退学的。现在看来,她那个时候退学很有可能是因为怀孕了。

从一些零零散散的信息中,网友顺藤摸瓜,挖出了许弘文,三十年前他正好是闻燕来的导师。

许弘文教出来两个"明星班"的学生,只有闻燕来从来没跟他互动过,其他艺人或多或少都在公众场合里感谢过许弘文,再加上闻辞跟许弘文的确有两三分的相像。而许弘文的儿子目前也在娱乐圈,还是金牌制作人,背景很厉害。

虽然不知道许弘文是谁,但我知道许淮,我还挺"吃"他的"颜",这……不得不说娱乐圈果然是个圈。

我搜了搜许弘文,媒体对他的评价是德艺双馨。啧啧,又是德艺双馨的"老艺术家"。

我以前吃到一个"瓜"，说闻燕来嫁给了互联网大佬，两个人是隐婚。但看傅寒舟跟闻燕来毫无互动，我以为这个"瓜"是假的。

…………

很快其他社交平台也沦陷了，很多热门回答被举报删除。

随着网友的深扒，这件事越来越扑朔迷离，各种爆料满天飞。

事情完全超出了闻燕来的预期，她还以为网友的视线会被转移，没想到却被扒了个底朝天。她现在冷静下来，才发觉自己的行为有多蠢，在风口浪尖上做得越多，错得越多。

闻燕来现在是停手了，但许淮那边为了降低这件事的影响，已经开始在社交平台之外动手脚了。

事态朝着不可控制的方向发展，被牵扯进来的人只有苏云景特别沉得住气，什么动作都没有。

看着网上那些风言风语，其实苏云景也头疼不已。

他这张脸原本是系统给他的"金手指"，目的是让傅寒舟尽快接受他。

苏云景知道穿书系统不靠谱儿，但不靠谱儿成这样是他万万没料到的。

这"金手指"还不如不给他，因为这张脸闹出了多少幺蛾子了？

苏云景抱着平板电脑发愁地苦着脸，要是被郭秀慧老两口看见，这可怎么办？

傅寒舟见不得他不高兴："不行我出面澄清。"

苏云景连忙劝傅寒舟打消这个念头："现在已经乱成一锅粥了，咱们俩还是老老实实当隐形人吧。"

傅寒舟没收了他手里的平板电脑："那就不要看网上的评论，都是一帮傻……闲得没事干的人。"

以前傅寒舟对这些所谓的粉丝一点儿感觉都没有，最近他们三番五次地闹事，甚至影响到苏云景的心情。他已经开始厌恶他们了。

傅寒舟知道这些人想得到自己的回应。当爱转为恨的时候，各种

谩骂讥讽其实不过是想要对方的态度。傅寒舟的冷处理只会让他们更加愤怒，觉得自己没被重视。

但他为什么浪费时间在这些人身上，甚至向他们解释自己和苏云景的关系呢？他不喜欢任何人打扰自己，更不会跟任何人分享自己的生活。而且就算解释了，他们也不会消停下来的。

傅寒舟很了解人性，这些人喜欢的不是他，而是幻想中的他。一旦他的行为脱离他们的幻想，他就会遭到他们的口诛笔伐。他们不想要真相，只想他照着她们的样子活着。

傅寒舟懒得跟他们解释，但他不会放过始作俑者。

"那干什么？"苏云景瞅了一眼满房间的纸箱子跟一地的玩偶熊，嘴角抽了抽，"你真要把这些玩偶熊带到国外？"

最终苏云景被傅寒舟说服了，同意提前去国外感受一下异国他乡的风情。但傅寒舟非要把这一屋子的玩偶熊都打包带走，苏云景多次劝解都无效。

"当然。"傅寒舟态度很坚决。

苏云景无奈地说："你要是喜欢玩偶熊，到时候我再给你买。"

傅寒舟摇了摇头："不能把它们放在房间太久，会返潮的，所以一定要带过去。"

这次他们出国，估计一年回来不了几趟，傅寒舟不会任由这些玩偶熊在房间里返潮。它们都是苏云景买的，每一只傅寒舟都喜欢。

苏云景无力地扶着额头："但这么多箱子，托运都不好弄。"

傅寒舟把每只玩偶熊都编了号，每个纸箱子放两只，封口还会贴上玩偶熊的编号。

傅寒舟不以为然地说："不用托运，咱们坐私人飞机过去。"

苏云景的嘴角抽了一下："不至于吧？"

当然至于！

傅寒舟不喜欢除苏云景以外的任何人碰他的玩偶熊，他在国外买的房子里还单独留了一间屋子来放他的这些玩偶熊。

对傅寒舟来说，赚钱就是为了这个时候花的，有什么毛病吗？

苏云景成功地被"洗脑"，因为他的确说不出哪里有毛病，如果硬要说，那就是有钱任性！

租房子之前傅寒舟特意打听了一下隔壁邻居的情况，左边住着一对老夫妇，右边那套房子空置了两年。见不会有人打扰他和苏云景，他才买下这套房子。但人算不如天算，苏云景他们搬过去没多久，那套空置的房子里就住进了一个女孩儿。

女孩儿叫珍妮弗，这套房子是她父亲过世后她分到的遗产之一。

珍妮弗对傅寒舟一见钟情，三天两头来苏云景家里借东西，试图约傅寒舟出去玩。见傅寒舟对她爱搭不理，她立刻把目标放到了苏云景身上。

珍妮弗晚上在派对上玩到半夜两点，一觉醒来已经中午了，吃了午饭珍妮弗打算出门透透气，打开门就看见隔壁的两个帅哥在院子里晒太阳。

清俊的男人坐在藤椅上，笔直修长的双腿随意地叠在一起，手里抱着一本很厚的硬皮书。他的旁边架着一张编织的吊床，上面躺着另一个长相同样帅气的亚裔男人。

难得能在院子里看见他们，珍妮弗眼前一亮。她转身回屋化了个淡妆，又换了一件很衬气色的长裙。在镜前检查了一遍自己的妆容，她脸上堆起甜美的笑容。

昨天下午她敲开这对邻居的房门，本来是想着以借果盘的名义，顺便邀请他们俩晚上过来一块儿参加派对。但对方只借给了她果盘，没接受派对邀请，这让她十分失望。

珍妮弗拿上昨晚从隔壁那儿借的果盘，正想借着还水果盘的理由和帅哥搭讪时，坐在藤椅上的男人突然看了过来。

他有着一双特别漂亮的眼睛，看过来的目光却很冷，仿佛一条吐着芯子的毒蛇。

那一刻，珍妮弗像是被毒蛇的尖牙抵住动脉似的，头皮一阵发

麻。她僵在原地,愣是没敢上前,犹豫了半晌,最后顶不住压力跑回了房间。

躺在吊床上的苏云景合着眼睛,耳朵里塞着一对白色的耳机,正在听英语广播。

今天的阳光太好了,照在身上暖烘烘的,以至于苏云景听着听着就开始犯困。

直到头顶投下一片浓重的阴影,苏云景迷迷糊糊地睁开眼,看了一眼正上方的傅寒舟。

苏云景挪了挪地儿,摘下耳机打着哈欠问傅寒舟:"怎么了?"

傅寒舟闭上眼睛,不让苏云景看见里面的阴翳:"以后别再搭理那个邻居。"

苏云景知道他说的是珍妮弗,无声地笑了一下:"她是看上你了,这两次找我说话也是打听你。"

傅寒舟冷冷地"哼"了一声:"那也不准跟她说话!"

苏云景哭笑不得:"好,那我以后找隔壁那对老夫妇聊天行吗?"

他提前出国就是考虑到在这边生活能尽快提升自己的英语水平。

傅寒舟闷声闷气地说:"最好不要。"

苏云景没好气地说:"你是不是就想找个无人的荒岛独自生活?"

傅寒舟闷笑了起来,过了一会儿乖巧地说:"我要跟你一块儿考'康福利'。"

苏云景有点儿惊讶,因为傅寒舟从来没说过要考"康福利"。

苏云景没拒绝,一口答应下来:"行。"

傅寒舟说出自己最在意的事:"在学校不许给我定规矩!"

苏云景犹豫了一下,耐心地跟傅寒舟商量:"学校是学习的地方,咱们还是以学习为重。你能接受咱们在高中一块儿读书的模式吗?"

傅寒舟想了想高中时的场景,然后点了点头。

在房子里琢磨了半天,珍妮弗还是拿起果盘想要做最后的尝试。

苏云景和傅寒舟在院子里睡了一觉,现在已经回屋了,珍妮弗站在门口敲了敲房门。

"苏,你在吗?我来还你们果盘。"珍妮弗用英语在门外说。

听见她的声音,傅寒舟的脸色阴郁了一瞬间。他按住了一旁要起身的苏云景,不太高兴地说:"我去。"

苏云景做了个请便的手势。

傅寒舟办事一向干脆利索,他打开房门拿过珍妮弗手里的果盘,不给对方说一句话的机会,直接开口说:"以后别打扰我们。"他说完关上房门,全程下来不到三秒。

关好门,傅寒舟一转身就从冷酷无情的"杀手"秒变乖顺小绵羊。

在苏云景略带责备的目光下,傅寒舟默默地用果盘挡住自己的脸,然后慢慢拉下,露出一双漂亮无辜的凤眸,企图蒙混过关。

苏云景顿时有点儿头疼,他走过去无奈地说:"你不用这么凶,人家也没死缠烂打。下次不要这样了,你不喜欢她拒绝就好,别这么没耐心。"

傅寒舟点了一下头,看起来温顺无害。其实他心里不觉得自己做错了,为什么他要对别人友善,给别人这么多耐心?

苏云景:"而且你要知道,一旦出了国门,咱们代表的还有国家的形象,基本礼貌还是要有的。"

"我知道了。"傅寒舟乖乖地认错,"以后不会了。"

康福利州气候清爽宜人,这也是苏云景选择康福利大学的原因之一,毕竟傅寒舟很怕冷。

唐卫也在国外,但跟苏云景不是一个州。他邀请了好几次让唐卫带他女朋友过来玩。对方每次都找借口拒绝他,搞得他特别无奈。

林列工作很忙,也没时间跟苏云景闲聊,看他的口风似乎没有主动联系唐卫。

认识他们俩这么多年,苏云景还没见他们闹过这么长时间的别扭,

也不知道到底发生什么事了。

江初年带来一个好消息，冲淡了苏云景因为林列和唐卫关系破裂的坏心情——许淮被查了。

原主虽然在娱乐圈待过一段时间，但从来没接触过高层，不知道里面的弯弯绕绕。江初年只告诉了他一点儿内幕消息，这就足以颠覆他的认知。

果然离钱最近的地方，也是最残酷且肮脏的。

这件事并没有公开，网上虽然有一些风言风语，但利益相关的人都不敢透露太多，敢透露的人只了解一点儿内幕。

见许淮总算不能再祸害闻燕来了，苏云景终于安心了。

没过多久，闻燕来破坏别人家庭的事件又曝出了新料，在国内社交平台掀起了风浪。

上次网友顺藤摸瓜，虽然挖出了许弘文，但并没有证据能证实他们的猜测。

现在突然冒出一个叫颜学敏的女人，她承认跟许弘文也有过一段感情，甚至为了许弘文到现在也没有结婚。

颜学敏也是电影学院的学生，比闻燕来小了五届，那时许弘文刚评上副教授。

颜学敏自爆说当年她考上电影学校时，闻燕来刚在娱乐圈崭露头角，获得了一个很有分量的新人奖。她和闻燕来有几分相像，后来随着闻燕来的大爆，她被电影学院的人称为"小闻燕来"，也是那一年她跟许弘文走到了一起。

当时颜学敏刚满二十岁，年少天真，不知人心险恶，因此听信了许弘文的甜言蜜语，以为他对妻子没有感情，而自己才是他精神上的知己。后来许弘文为了责任，并没有选择跟她在一起。

颜学敏表示这么多年自己一直很理解许弘文，甚至觉得他选择回归家庭是个很有担当的男人。直到闻燕来的事曝光，她才发现自己这么多年的痴情错付了，许弘文不仅三番两次出轨，还很有可能把自己当作闻燕来的替身。她这次选择爆料是因为想联系到闻燕来,希望对方能给她一个答案。

颜学敏在网络百科上的介绍的确是单身,而且还出版了两本诗集,挂着文艺女青年的头衔。她作品的字里行间也透着文艺气息,用现在的话来说就是"矫情文学",但代入感很强,再加上故事有噱头。很快颜学敏的文章就在朋友圈刷屏了,然后喜提热搜,标题名字也很吸睛——闻燕来,你能不能给我一个残忍的真相?

随着文章的爆火,不少人为颜学敏打抱不平,同时把"闻燕来给真相"这个话题带火了。

但很快电影学院的教授就出来解释,说颜学敏以前根本就没有"小闻燕来"的称号,让她不要再吃"人血馒头"。

紧接着又有人爆料说,她跟闻燕来长得像纯属是因为整容。闻燕来当时在圈内风头无两,所以颜学敏是照着闻燕来整的容,为了钱还参演了一部尺度很大的禁片。

随着颜学敏的大量"黑料"被挖出,舆论瞬间反转。

不会吧,不会吧!还真有人信她?标题就足够"茶里茶气"了,一看就是蹭热度。

我吐了,大妈,是您破坏了人家家庭,这么理直气壮闹哪样啊?

"阴谋论"一下,感觉颜学敏的"黑料"突然冒出来,搞不好是闻燕来弄出来的。

…………

闻燕来一直没出面,更没有给颜学敏什么残酷的真相。

因为这场闹剧,网友开始深扒许弘文,想要看看还有没有"猛料"。

许姿怕她妈看见网上这些乱七八糟的消息,注册了一个社交账号还点名了颜学敏,让她撤掉网上不实的消息,否则就要起诉她造谣。

许淮目前正在被有关部门调查,许姿只能自己解决这件事。她对娱乐圈不熟悉,因此联系了许弘文过往的朋友。

苏云景还以为许淮不作妖了,闻燕来的事会慢慢平息,然后被新

的热搜取代。谁知道冒出一个颜学敏，说了一堆无人证实的事，其中一个当事人还已经病逝十年。

苏云景在微信问了问江初年事态的进展，想从他这个圈内人这里得到一些内幕消息。

以江初年这么多年在娱乐圈的经验，颜学敏百分百是在炒作。许弘文有没有再次背叛家庭，目前只是颜学敏的一家之言。但闻燕来确实是找了颜学敏的一些黑料，还有许姿那边也在跟颜学敏博弈。

江初年不知道苏云景的真实身份，他还以为闻燕来是苏云景姑姑或者亲妈，所以劝他不用太担心。

颜学敏没什么门路，很快与她相关的报道就会消失，闻燕来不会让颜学敏蹭着她的名气上位。

苏云景现在特别庆幸傅寒舟退圈了，这也太乱了。

果然如江初年所言，事情慢慢平息了下来，颜学敏没了发声的渠道。

但经过这一遭，闻燕来跟许弘文算是彻底绑定在一块儿了，许弘文的形象也因此一落千丈。

不管这件事是真还是假，名誉一旦被损毁，想要修复就很难。

苏云景算了算时间，马上闻燕来就要过四十八岁的生日了，这么一闹估计也没心情过了。

闻燕来和傅寒舟的生日离得很近，说起来他的生日也快到了。

傅寒舟生日的前一天早上，他拱在被窝里，赖在床上不肯起。苏云景拿傅寒舟没办法，只能继续让他躺着。

京城已经是深秋了，康福利州没有冬天，也不会下雪，但每年这个时候也会降温。

傅寒舟一到冷的时候就很倦怠，只想一直待在被窝里，熬到天气暖和了再出去。

苏云景揉着傅寒舟的头发问："明天就是你的生日了，你有没有想要的礼物？"

"什么都好。"

傅寒舟长这么大只过了两次生日,这两次生日苏云景都在他身边。自从认识苏云景,他身边的朋友就只有苏云景一个人。如果没有苏云景,那很多东西对他来说都没有意义,包括他那一屋子的玩偶熊也是。

苏云景是他的光,是他的神祇,是他全部的信仰。

苏云景有些无奈,他不想傅寒舟的世界只有自己一个人,他担心自己万一哪天再离开了,傅寒舟的世界就会坍塌。

但现在已经成这样了,苏云景不想再改变了。

虽然只有他们俩,但生日那天苏云景还是订了一个生日蛋糕。他叠了一个生日帽给傅寒舟戴上,还像模像样地在蛋糕上插了九根蜡烛。

客厅里只开着橘色的小壁灯,烛光在傅寒舟的眼睛里摇曳,照亮了那双漆黑的眸,眸底的柔情似乎快要漾出来了。

"祝'船船'九岁生日快乐。"苏云景笑着调侃他,"吹蜡烛之前,你要不要先许个愿?"

傅寒舟眼眸里染着笑意,还真闭上眼睛许了个生日愿望,然后低头将蜡烛一口气吹灭。

苏云景不用问也知道傅寒舟许的愿望跟他脱不了关系。

拔下蛋糕上的蜡烛,苏云景切了一块蛋糕给傅寒舟,像小时候那样嘱咐他:"奶油不好消化,少吃一点儿。"

傅寒舟垂眸看着那块蛋糕,声音低哑地说:"我记得那天咱们吃了饭,你还给我洗了头。"

"你要是喜欢我给你洗头,一会儿吃完饭我再帮你洗。"

在这种小事上,苏云景从来都是顺着傅寒舟的。

傅寒舟点了一下头:"好。"

"寒舟。"苏云景看着他,认真地说,"我长大了,能做主了,所以不会再把你送回去了。"

苏云景第一次把傅寒舟带回家,他们一块儿过了生日,苏云景还帮他洗了澡,然后将他送回了孤儿院。

苏云景至今还记得，那天晚上傅寒舟扒着孤儿院大门的铁条，在门里望着自己的样子。

那个时候的苏云景还不太懂，以为傅寒舟只是觉得孤单，单纯舍不得跟他分开。

直到苏云景知道自己在傅寒舟心中的分量，苏云景才明白在那个寒冷的夜里，八岁的傅寒舟是想被自己带回家。他贪婪的不是那块生日蛋糕，而是苏云景给了他家的温暖。所以当他被送回孤儿院的时候，他渴望着苏云景能带他离开那里，渴望着跟苏云景回家。

傅寒舟怔怔地看着苏云景，眼睛逐渐蒸腾出一层又浓又厚的雾气。

苏云景用力地在傅寒舟手背上掐了一下，问："疼吗？"

傅寒舟只是看着他，没有说话。

苏云景轻声说："疼，说明这是现实，不是做梦。"

傅寒舟的嘴唇颤得更厉害了，他听到苏云景说："虽然隔了二十年，但是，寒舟，我现在可以带你回家了。你之前缺的生日，我都会帮你补回来的。"

苏云景每说一句，傅寒舟的睫毛就抖动一下。傅寒舟几乎卑微地祈求着："哥哥，不要再离开我了。"

苏云景："不会了，这次我不会再走了。"

苏云景的这个弟弟缺爱、缺安全感，但没关系，苏云景会一直陪着他，直到他相信为止。

因为勾起了过往的那些不好的回忆，傅寒舟的心情不太好，吃晚饭的时候也很沉默。

苏云景答应给傅寒舟洗头发，吃完饭后，他们俩一块儿进了浴室。

洗完澡，苏云景拿着一条吸水毛巾给傅寒舟擦头发。

苏云景看了眼郁郁寡欢的傅寒舟，手上的动作一顿："你还记得今天也算是我生日吗？"

傅寒舟撩起了眼皮，点了一下头。

"既然今天也是我生日，那我能不能跟你要一份礼物？"

傅寒舟喃喃地开口:"你想要什么?"

苏云景犹豫了一下,说:"以后不管发生什么事,你都要告诉我。"

持续两天降温,天终于放晴了,苏云景带着傅寒舟出去溜达了一圈。

奶茶这个东方的神秘饮品,现在已经火到了国外。不过国外的奶茶店并不像国内一样,大街小巷遍布都是,而且奶茶的味道还是经过改良的,更符合外国人的口味。

他们住的房子不远处就有一家奶茶店,能在异国他乡喝到奶茶,哪怕不是熟悉的味道,苏云景也能忍。

苏云景买了一杯奶茶,跟傅寒舟在林荫大道上散着步,朝家走。

傅寒舟不爱吃甜食,对奶茶也没兴趣,但苏云景要是买了,他也会喝几口。

珍妮弗坐在新男朋友的摩托车后座上,远远地看见了他们。她拍了拍男朋友的肩,让他减速开慢一点儿。

珍妮弗戴着黑色头盔,苏云景根本没认出她。他见她不遵守交通规则,在摩托车后座上嬉戏打闹,不由得回头看了一眼。

珍妮弗正好怒视着他。

苏云景:"……"

原来是那位女邻居,自从上次被傅寒舟冷漠地拒绝后,苏云景每次见到她,对方都会没好气地"哼"他一声。估计她是被傅寒舟伤了面子,所以每次看见他们俩就想找回场子。

苏云景正哭笑不得时,一只修长的手就挡住了他的视线。

傅寒舟面无表情地扳正了苏云景的脑袋。苏云景侧身看着旁边的傅寒舟,目光戏谑。

秋天康福利州的街道上,日光穿过层层叠叠的树叶洒下来,远远看去仿佛一幅无限延伸的油画。

在这个异国他乡,苏云景和傅寒舟并肩而行,他们踩着一地金色树叶,像被装裱进了画框里。

经历了一年多的努力，苏云景和傅寒舟终于考入了康福利大学。

最近傅寒舟对服装设计似乎产生了浓厚的兴趣，甚至还买了一台缝纫机，打算亲自给他的那些玩偶熊做衣服。

苏云景每次在家看专业书籍，耳边就会响起着缝纫机"哒哒哒"的声音，每一声都能砸进心里，让他感到有些无奈。倒不是缝纫机发出来的声音打扰他看书了，单纯是被傅寒舟搞得有点儿头大。

大一的理论知识偏多，偶尔也会做一些小实验，课程虽然不算太忙，但也分散了苏云景一半的精力。

自从入学后，苏云景身边接触的人变多，朋友不再只有傅寒舟一个，这肯定会让他很不习惯。但苏云景重新回到学校，选择这个专业也是为了给他治病，就算他再不太高兴也不会说什么。

傅寒舟不想跟苏云景无理取闹，所以他开始折腾那些玩偶熊了。

以前傅寒舟只是不喜欢别人碰他的玩偶熊，现在看见玩偶熊身上穿的衣服是别人做的，他也开始不爽了，因此自己动手，丰衣足食。

苏云景真怕这么发展下去，傅寒舟会在后院种一片棉花，自己织布做衣服。

幸好苏云景现在的课程还没那么忙，能让傅寒舟一点一点地适应自己变忙的节奏。

为了安抚傅寒舟，周五晚上吃饭的时候苏云景说："这周末我不看书了，你也别鼓捣你的缝纫机了。咱们俩出去转转，看看电影，吃吃饭。"

傅寒舟脸上没什么情绪："有什么好看的电影？"

苏云景察觉话锋不对，赶忙"表忠心"："我差点儿忘了，你拍的电影没在咱们这儿上映。"

傅寒舟的脸色这才有所缓和。

苏云景试探说："那你想怎么过周末？"

对于苏云景放下其他事陪着他，傅寒舟还是很高兴的。他仔细地想了一会儿，给了苏云景一个意料之内的答案："在家过周末。"

苏云景想笑，但忍住了，一本正经地说："嗯，挺好的，低碳环保,是当下倡导的绿色生活。"

傅寒舟说:"在家做大扫除。"

苏云景绷不住笑出了声,但嘴上还是继续吹捧:"热爱生活,热爱劳动,拒绝骄奢淫逸,从打扫卫生做起。"

傅寒舟又说:"先打扫卧室。"

苏云景顺着他:"行,明天吃了早饭,咱们一块儿做大扫除。"

周末,家里每个角落都被打扫了一遍,只不过干活儿的只有傅寒舟一个人,苏云景窝在床上躺了两天。

论傅寒舟的说话艺术,说在家大扫除,一点儿水分都没有。

周末过后,傅寒舟的心情终于好了许多,小缝纫机每天"哒哒哒",快乐地响着。

苏云景见证了傅寒舟亲手缝制的第一件小熊服,因为没上过专业的课程,做得有点儿一言难尽。但傅寒舟很喜欢,把之前定做的玩偶服都扒了下来,然后将自己做的小衣服给玩偶熊换上。

看着那件辣眼睛的玩偶服,苏云景的嘴角抽了抽。从精致的"小熊王子"变成"乞丐邋遢熊",往往只需要一个设计师。

不过见傅寒舟总算找到了自己的兴趣爱好,苏云景心里还是很高兴的,想利用课余时间陪他报个服装设计班。

苏云景忙着学业的时候,傅寒舟就守在他旁边,"哒哒哒"地给玩偶熊做衣服。等苏云景不忙了,傅寒舟会过去窝在他旁边。

两个人要么宅在家里做大扫除,要么租一辆自行车,像读高中时那样喝着奶茶,沿着僻静幽深的街道慢悠悠地闲逛着。

《水逆》第二部在国庆档上映了,虽然不如第一部口碑好,但这毕竟是傅寒舟的息影之作,噱头十足,所以票房依旧火爆,上映第一天就过亿了。

傅寒舟的演技一如既往的出彩,再加上为了角色肯牺牲形象,收获了一众好评。只是剧情后半段太仓促,与第一部留下来的悬念又没有契合好,导致影片有点儿高开低走。但导演拍摄的场景很有意境,

虽然剧情不太过关，却也算今年难得的佳片。

傅寒舟已经退圈两年了，《水逆》的上映让本来就意难平的粉丝更加怀念傅寒舟。即便之前傅寒舟不经常露面，可至少隔一段时间就能在荧幕上看见他。自从他宣布退圈以后，除了记者偶尔拍几张模糊的生活照，他没有在公开场合出现过。

近一年来，傅寒舟更是一点儿消息也没有，从互联网上彻底消失了，就连媒体都捕捉不到他的行踪。

直到一个在康福利大学读书的留学生，在国内的社交平台上发了几组苏云景和傅寒舟在校读书的照片，瞬间火爆了全网。

照片里，傅寒舟撑着一把黑伞，在雨幕里跟苏云景在学校里散步。还有几张照片是在公开课上，苏云景仰头认真听课，傅寒舟则窝在椅子上，像一只晒足了太阳的猫。

好久没看见哥哥的消息了，哭！

照片角度这么刁钻，明显是在营销。

开局一张图，剩下全靠编，只会遛我们这些"真爱粉"。

…………

苏云景的学业开始吃紧，作为被导师看中的好学生，他跟傅寒舟这个不把心思放在学习上的学渣不一样。

他们俩一个性格温和，一个对谁都爱搭不理。在没有必要的情况下，傅寒舟懒得理除苏云景以外的任何人。这是苏云景接触的大多数人对傅寒舟的评价，就连江初年居然也是这个评价。

苏云景忍不住瞅了一眼身旁的傅寒舟，缝纫机前"哒哒哒"地做衣服的男人察觉到苏云景的目光，抬头看了过来。

傅寒舟细长的眼睛里像洒了一把细碎的冰晶，他扬起嘴唇冲苏云景笑。

大洋彼岸的江初年收到了苏云景发过来的一段视频，视频里的人正在专注地缝制一件小衣服。

江初年表情复杂，拒绝跟苏云景讨论傅哥到底高冷不高冷的话题。

显然苏云景试图改变普罗大众对傅寒舟的刻板印象，但江初年觉得最应该改变的人是苏云景，因为他对傅寒舟的认知荒谬到无可救药的地步。

以江初年的性格，有些话永远也不会说，所以他又拉回到了主题："总之，如果你和傅哥下月初八有时间，就来参加我的婚礼。"

苏云景真正的朋友不多，江初年算是其中一个，结婚这么大的事，他当然会去了。

江初年和戚韵在工作中擦出了爱的火花，相恋一年后，准备喜结连理。

戚韵是慕歌的经纪人，在原著里是一个干练的女强人，倒是跟心思细腻、性格温和的江初年很配。

江初年结婚的前一天，苏云景和傅寒舟回了国。

不知道媒体从哪儿得来的消息，本来就是一场普通的婚礼，因为苏云景、傅寒舟这两个伴郎又掀起了讨论。

网上流传出两段婚礼视频，因为是偷录的，画面并不清晰。其中一个视频里傅寒舟帮苏云景在整理伴郎的礼花，另一个视频苏云景用胳膊开玩笑似的撞了傅寒舟的肩。视频没有声音，只有肢体动作，但仍旧能看出他们俩的关系很好。

看来两人真是好朋友，当年真是错怪苏云景了。

那些说苏哥炒兄弟情、蹭"流量"的，我就问你们脸疼吗？

我错了，我以后再也不骂苏云景了，求傅哥回来吧！

………

不管网上舆论如何，参加完江初年的婚礼，苏云景和傅寒舟就坐飞机回国外继续读书了。

怕会被粉丝认出来，苏云景订了最晚的航班。

空姐走过来挨个儿提醒乘客系好安全带，走到苏云景的位子时立刻认出了他和傅寒舟。

空姐盯着他们俩内心激动至极,但表面上还是职业性的甜美微笑。

"您好,需要帮您拿毛毯吗?"空姐温柔地询问。

怕傅寒舟会冷,苏云景客气地对空姐说:"麻烦你了。"

"请您稍等。"

等空姐把毛毯拿过来,苏云景盖在了傅寒舟身上。

傅寒舟拱进了毛毯里,看得空姐内心尖叫。她是傅寒舟的粉丝,追星虽然没这么狂热,但很喜欢傅寒舟的脸。

但现在毕竟在工作中,出于职业素养,空姐也不敢一直盯着他们看,连要签名都是公司禁止的。

苏云景这段时间一直忙于学业,有时候看着傅寒舟一个人孤零零地在做衣服,心里多少有些不太好受。

许久没有一点儿动静,苏云景还以为傅寒舟睡着了,忍不住掀起了毛毯的一角。

一双乌黑的眼睛从里面望着他,仿佛一直在等着苏云景,如同他们俩年少的时候。

不管别人是怎么看傅寒舟的,在苏云景这里,傅寒舟永远都能触及他心底最柔软的部分。

睡到半夜,苏云景突然感觉不对劲儿,睁开眼睛就看见傅寒舟坐在他旁边。

苏云景立刻清醒了:"我在呢。"

这十年,苏云景一直陪着傅寒舟,他的病从每个月复发一次,再到半年复发一次。直到现在一两年才会发作一次。

病情发作的时候,傅寒舟的心情会莫名变得不好。

苏云景学的是心理学,从业也好多年了,他清楚地知道傅寒舟这种情况是没办法完全治愈的,如今已经是最好的情况了。

毕业之后,苏云景上了几年班,后来在傅寒舟地强烈提议下,自己开了个心理咨询室。

最近苏云景要给咨询室换一个地方，于是在寸金寸土的商业街租了一间办公室。

苏云景现在一边要顾着咨询室，一边还要反复跟设计师沟通新办公室的装修方案，上下班都在忙。

他一忙，傅寒舟就很焦虑。

当个不缺钱的老板最大的好处就是可以随意旷工。

苏云景出来工作，只是不想跟社会脱节，傅寒舟被他拖着朝前走，如今也慢慢地接受了很多过去不能接受的事物。

第二天，苏云景在家休息，陪傅寒舟清点了一遍玩偶熊。

这十年间，苏云景又陆陆续续地送了傅寒舟不少玩偶熊，积累到现在，玩偶熊的数量已经十分可观了。

其实不是清点，而是傅寒舟又做了一批新衣服，需要把旧衣服换下来，工程量十分浩大。

因为玩偶熊太多，一开始傅寒舟做衣服的技术又不怎么样，十年间，他用坏了好几台缝纫机，堪称"缝纫机杀手"。

苏云景拎着漂亮的小衣服，对于自学成才的傅寒舟来说，能做成这样已经非常不错了。

苏云景至今还记得读大学时，导师像老父亲般地叮咛他，让他多跟益友结交，不要把时间浪费在损友身上。导师口中的损友，明确地指向了傅寒舟。

傅寒舟可以说是康福利大学心理系有史以来专业成绩最差的学生了，导师一度被他气到血压攀升。

不忍心自己的得意门生跟"朽木"整天混在一起，导师才有了这番肺腑之言。

国外大学是入学容易毕业难，傅寒舟到现在还没毕业，这都十年了。

傅寒舟无疑是聪明的，当年高考的时候基础那么差，但他只用了一年的时间就考上了京城大学，据说入学成绩还是前几名。只是他的

心思没用在学习上。

苏云景看着手里的小衣服,暗暗地吐槽这就是傅寒舟不务正业的证据。

上百只玩偶熊,每个傅寒舟都记得清清楚楚,还编了号。每次他做完小衣服,也会在衣服上贴上号码,这样批量给玩偶熊换衣服时就不会弄错了。

傅寒舟站在定制的柜架前,把上面的玩偶熊一只一只地往下拿。

看着轮廓深邃分明的傅寒舟怀里抱着毛茸茸的玩偶熊,不管他多少年岁,苏云景都觉得很可爱。

"寒舟。"苏云景突然叫他。

傅寒舟侧身看了过来:"嗯?"

苏云景笑着将傅寒舟拽到身边,然后把好几个架子上面的玩偶熊摇了下来。

因为有些玩偶熊已经年代久远,傅寒舟对这些玩偶熊从来都是轻拿轻放的。但苏云景这样粗鲁地把它们摇晃下来,他也不生气。

玩偶熊太多了,跟下了一场毛茸茸的雨似的,地板上积满了玩偶熊。

傅寒舟避开苏云景,他埋进了毛茸茸的玩偶熊堆里,用玩偶熊将自己藏了起来。

苏云景愣了一下,扒开两只玩偶熊才看见了藏在玩偶熊堆里的人。

最后,两个人也没给玩偶熊换成新衣服,傅寒舟一个人开启了给玩偶熊洗澡的大工程。

新的办公室已经装修好了,苏云景在原来的办公室的最后一天,只有一位客人来访。

苏云景搬走的原因纯属被逼无奈,因为怕粉丝再来打扰咨询室的正常营业。

无所不能的粉丝自从扒出苏云景的职业,每天都会借着咨询的名义找上门。

这些打电话的人,大部分是傅寒舟的粉丝,因为当年骂过苏云景想当面道个歉,顺便私心地想见见自己的偶像。

对挣钱没那么大兴趣的苏云景直接关闭了预约通道,只维持现在的客源。但粉丝天天往咨询室里寄礼物,搞得苏云景很无奈,只能让戚韵帮他发个声明。

戚韵是江初年的妻子,两个人结婚没多久就有了孩子,然后过起了女主外、男主内的生活。

现在的戚韵是娱乐圈著名的金牌经纪人,手下除了慕歌这种红到发紫的超一线巨星,还有许多一线"顶流"。

她以朋友的身份帮苏云景发了个声明,希望粉丝再不要打扰苏云景,给他更多的私人空间,心理咨询室也会搬地方,让大家不要再寄礼物了。

苏云景的这一轮操作收获了不少"路人粉",网友都觉得他是真的低调,而且还是一位很有职业操守的心理医生。

但粉丝还是执意让他们俩出来露脸,尤其是傅寒舟的粉丝,特别想让他继续拍戏。

不管粉丝怎么央求,苏云景和傅寒舟都没出面做任何回应。

苏云景搬到新租的写字楼,没过多久对面新开了一家奶茶店,因为价钱在寸金寸土的商业街店铺中十分公道,再加上口味好,所以生意十分火爆。

每到中午,奶茶老板就会亲自往对面的写字楼里送一杯奶茶。

傅寒舟嫌外面买的珍珠不干净,奶茶里的珍珠都是他自己做的。一般午饭之后,苏云景就会美滋滋地喝一杯他做的奶茶。

办公室的视野很好,天气好的时候,洒进来的阳光会铺满整个房间。

傅寒舟懒洋洋地待在苏云景身边,苏云景很喜欢这种宁静的午后。

虽然傅寒舟的病不能完全治愈,但没关系,他可以治他一辈子。

Extra 01
唐小爷和他的林小爹

> 林列是一个喜欢安静的人，
> 但他喜欢唐卫身上那股鲜活的气息，
> 有他在房子是一个烟火味儿十足的家。

　　林列接到唐卫的电话时已是深夜十一点，他开车赶到公安局交了一千元的罚款。
　　没多久，唐卫就从滞留室出来，身后还跟着一个年轻漂亮的女孩儿。
　　女孩儿看见林列瞬间慌了，缩着肩把头低了下来。
　　唐卫也有点儿惊讶，似乎没想到过来接他的人是林列。
　　一旁的民警批评道："刚被人举报，又在公安局门口打架。有什么事非要用拳头解决？以后长点儿教训吧，年轻人火气别这么大。好了，已经很晚了，你们早点儿回去休息。"
　　林列跟民警道了一声谢，然后领着两个心虚的人离开了。
　　京城的深秋夜很冷，刚走出公安局，林子欣就打了一个喷嚏。
　　唐卫脱下外套："穿上吧，别感冒。"
　　林子欣赶紧摇头："我没事。"
　　唐卫直接把衣服披到她肩上："跟我客气什么？"
　　林子欣偷偷地看了一眼前面的林列，凑过去小声地对唐卫说："谢谢唐哥。"
　　话音刚落，她一脚踩空，身子朝前栽去，口袋里的一包东西顺势滑了出去。

一旁的唐卫手疾眼快地拉住她，帮林子欣稳住了身体。

林子欣吓了一跳，惊魂未定地转头跟唐卫道谢。

前面的林列也停了下来，但他没有回头，而是低头捡起地上的东西。

林子欣看到林列手里的东西，反应过来那是什么时，想也不想地跑过去抢了过来。

见林列冷冷看着自己，林子欣心虚地咽了咽口水："哥，我……"

唐卫不明所以地说："怎么了？"

等他走过去，看到林子欣手里攥着一包打开的计生用品，他险些骂出一句脏话。

林子欣是林列同父异母的妹妹，两个人差了将近十岁，因为这层关系，唐卫一直拿她当亲妹妹。

比起性格冷淡的林列，林子欣反而更喜欢跟唐卫相处，所以他们俩私交非常不错。

今晚出事后，林子欣想到的第一个人就是唐卫，只是没想到最后还是被林列知道了。

见兄妹俩的气氛不对，唐卫反应很快，拿过林子欣手里的那盒东西，大大咧咧地说："这是我的，有什么大惊小怪的？"

林列看了一眼唐卫，什么都没说，转身走下台阶，神色冰冷。

林子欣用口型对唐卫说了一声"谢谢"，感谢他替自己背黑锅。

唐卫瞪着她，等林列走远，他才压低声音问："你刚才跟我可不是这么说的。"

唐卫今晚本来正在跟朋友聚会，突然接到公安局的电话。一听林子欣有事，唐卫火急火燎地赶了过去。

警方收到举报，赶到酒店房间的时候，林子欣跟一个男孩儿待在里面。

这个男孩儿是林子欣的高中同学，叫方子昂，是他们学校的学霸，

后来因为家里的原因中途退学。

考上大学的林子欣跟同学去酒吧玩,然后遇见了在里面工作的方子昂。

上学时,林子欣就对方子昂有好感,一直觉得他没继续读书很可惜。自从知道他在酒吧工作,林子欣就三天两头去酒吧,试图说服他继续读书,但方子昂一直不理她。

林子欣也不气馁,闲着没事就会带同学一块儿来找他。时间久了,她发现方子昂有一个狂热的追求者,对方天天骚扰他。

为了帮方子昂摆脱这个追求者,林子欣提议自己假冒他女朋友,知道那人在跟踪他们俩,为此他们还去酒店开了间房。

没想到对方会给警方打电话,举报他们俩非法交易。

林子欣不敢跟家里人打电话,想来想去只好把唐卫叫了过来。

唐卫成功把两人从公安局带出来,让方子昂先走了,然后询问林子欣今晚的情况。

他们俩刚走出公安局没多久,就被方子昂的追求者堵住了。

对方带着人来找麻烦,说话非常难听,唐卫没忍住动了手。

五分钟后,他们一群人又被带回了公安局,因为没造成什么严重的后果,一人处罚五百块钱。

唐卫本来是给自己一个当律师的朋友打电话,谁知道最后来的人居然是林列。

林子欣解释道:"我看到酒店抽屉有这个,闲着没事拆了一盒玩,不信你看,一只都没少。真的,我没有骗你!"

见林子欣快要急哭了,唐卫赶忙说:"好了,好了,你人没事就好。"

林子欣哽咽着问:"那我哥那边怎么办?"

唐卫认命地说:"我去说。"

林子欣泪眼蒙眬地看着唐卫,可怜巴巴地央求:"那能别告诉他今晚我跟方子昂的事吗?"

唐卫皱眉说："那我怎么说？"

林子欣想了一下："要不，你跟他说咱们在谈恋爱？这样他的关注点就是咱们恋爱的事，不会关心我今晚干了什么。"

唐卫一听，脸色骤变："那你哥得劈了我。"

林子欣不解地说："怎么会？你跟我哥是这么好的朋友，而且就假装一个月。一个月过了，我们就分手。"

唐卫刚要说什么，一辆熟悉的车牌号从他们俩面前驶过，很快消失在空旷的马路上。

林子欣盯着那辆飞驰而过的车，不确定地问："那是我哥的车吧？"

唐卫一脸大事不好的表情："看吧，我就说他会生气。"

林子欣不明所以地问："为什么？"

她不懂，自己跟唐卫谈恋爱，林列为什么会不高兴。

唐卫无奈地看着她："不把主意打到朋友的妹妹身上，这是做兄弟最基本的事，所以你只能做我的妹妹，做女朋友我会被锤的，懂吗？"

林子欣不懂，但她还是看出她哥生气了，要不然不会把他们丢下，自己先走了。她焦急地问："那现在怎么办？"

唐卫也不知道该怎么办，林列不轻易生气，一旦生气就非常难搞。

唐卫向来能屈能伸，每次林列生气，他都会夹着尾巴，尽量不让林列有发火的机会。

林子欣也很怕林列，虽说是亲哥，但其实他们并不亲近，一年下来，他们相处的天数，一只手都能数清。这次她厚着脸皮住进林列家，其实是为了方子昂。一是林列家离酒吧近；二是林列很忙没时间管她，她可以晚上偷偷去酒吧找方子昂。

唐卫跟林子欣打车回去，到了家门口两人你推我推你，谁也不敢开门。

唐卫："他是你哥，你先进去。"

林子欣："你们是最好的朋友，你先进去。"

两人针对谁先进去的问题讨论了十几分钟，最后还是唐卫打头阵。

他按下了电子门的密码,在林子欣鼓励的眼神下深吸一口气,然后推开房门,走了进去。

林子欣在门口张望着,唐卫见状把她拽了进去。

林子欣不肯进去,两个人正在推搡时,换了家居服的林列走了过来。

在林列目光扫过来的一瞬间,两人仿佛相斥的磁铁一样立刻分开。

唐卫跟林列初中就在一所学校了,从那个时候林列就管着他,一直到现在,他身边那些狐朋狗友提起林列,就会故意拉长声音调侃他——这哪儿是列哥?怕不是咱唐爷的半个爹,俗称"小爹"。

以前上学的时候,林列管着唐卫不让他打架逃课,偶尔还会盯着他的学习成绩。林列现在虽然没以前那么严格了,但也方方面面地渗透进了他的生活。

记得上高中的时候唐卫有个坏毛病,一吃热的食物就不自觉地嘬筷子。

唐卫自己都没发现这个毛病,还是有一天他在林列家蹭饭,对方突然扣住他的下颌,掰开他的嘴,把刚含过的筷子塞进他嘴里,还搅和了两下。

"你恶不恶心?"唐卫的脸色如同吃屎了一样难看,吐着舌头,连着"呸"了好几下。

林列倒是一脸平静地提醒他:"别嘬筷子。"

唐卫由衷地骂了一句,不让嘬,他不嘬就是了,至于搞这么一出吗?

过往林列的种种行为浮现在唐卫的脑海,让他在此刻不得不伏小作低。

唐卫脸上堆起笑容:"还没睡呢?"

林列没理他,神色冷淡地对林子欣说:"我已经跟家里打过电话了,一会儿他们就会来接你。"

林子欣没想到林列会赶她走,眼眶瞬间红了。

唐卫见状于心不忍："今天太晚了，有什么事明天再说。"

林列不为所动："回你的房间收拾东西。"

林子欣的肩膀小幅度地动了一下。在眼泪掉下来之前，她低下头，快步跑回房间去收拾东西。

唐卫担忧地看向林子欣，听到关门声，他压低声音对林列说："你能不能别这么冷血？你这么赶她走，多伤感情啊！"

林列嘴唇紧绷，冷冷地说："总比你大半夜带她去公安局喝茶好。"

唐卫最烦林列阴阳怪气地说话了："今晚的事都是我的错，跟子欣没有关系，有本事你冲着我来。"

"冲你来？"林列压低眉峰，眼神凌厉，"今晚她跟一个陌生男孩儿开房的事冲你来？还是她进公安局的事被传到学校之后冲你来？"

唐卫没想到林列知道得这么清楚，气焰顿时消了下去。半晌，他才讷讷说："你不要这么夸张，她现在不是好好地回来了吗？"

林列高挺的鼻梁在灯光的照射下在脸上倒映下一片霜色："所以她给你打电话，你就瞒着没告诉我？"

唐卫反驳道："谁让你脾气太大，要不然子欣怎么给我打电话，不给你打电话求助。"

林列反唇相讥："因为你二十八岁还在用十八岁的智商解决问题。"

唐卫有点儿恼火："你聪明，全天下你最聪明了，行不行？天天管天管地，我干什么你都要管、都要骂，你是我半个爹行不行？"

唐卫烦林列说这种话，他妈都没林列管得多。

林列看着唐卫，眼眸里不带任何情绪："不愿意听就走。"

一股火气顿时冲上头顶，唐卫撂下一句"走就走"，然后摔门而出。

那天之后，唐卫就没再主动找过林列。不知道是不是因为工作太忙了，还是真的生气了，林列也没联系过他。

倒是林子欣给唐卫打了一通电话，让唐卫别担心她，她已经回到家里。知道她心里不好受，唐卫安慰了几句。

林子欣忍着眼泪，反过来劝唐卫："我哥也是为我好，你们别因为

我生气了。"

唐卫不愿提这事，转移了话题："你跟那个方子昂怎么样了？"

听到这话，林子欣的情绪绷不住了，她小声地哭了起来。她家里知道了这件事，不愿意让她跟方子昂走得太近，最近打算把她送出国。

家里早就想过让她出国留学，只是最近才下定了决心。

林子欣虽然对方子昂有感情，但也没感情深到非他不可。不过毕竟是第一次喜欢别人，她还是会为自己这段无疾而终的感情难过。

唐卫问："你家里人怎么知道的，是你哥说的？"

林子欣抽噎着说："别怪他，我能理解的，他是怕我出事。我在他家里住，他有义务看着我。"

话虽然是这么说，但林子欣还是感到难过。不单是因为林列把这件事告诉她父母，她还难过林列对自己冷漠的态度。

林子欣很希望自己跟林列能像别人家的兄妹那样，虽然吵吵闹闹，但也会互相关心。但从林列的种种行径来看，他根本没把她当亲妹妹，只是把她当成一种责任，一个负担。

听到林子欣在哭，唐卫慌忙安慰她："他就是这个脾气。"

林子欣想否认，不过最后什么都没说，挤出了一个笑容："我知道他是一个面冷心热的人，我真的不怪他。"

只是跟她不亲近，对她面冷心冷。

林子欣强打起精神说："不说了，唐哥，我得去学习了，过几天还有托福考试呢。"

唐卫："好。"

挂了电话，唐卫忍不住翻开微信。刷了一遍朋友圈，没看到林列的信息，唐卫将手机甩到了一旁。

接下来的几天唐卫一直处于焦虑中，用身边朋友的话来说就跟吃错药似的，遇火就炸。

连着一个星期，唐卫没跟林列见过面，也没打过电话，甚至没在微信上聊过，对此他心烦意乱。

当年高考后林列因为理科成绩好，直接保送到了京城大学，唐卫那点儿成绩连二本线都没到，于是唐卫的母亲就在京城大学附近找了所专科大学。

唐卫这个"孙猴儿"还是没有逃离林列这个"佛祖"的五指山，林列受唐卫的亲妈之命，像个小爹一样管着他。

毕业后，唐卫时不时在林列家蹭吃蹭喝。这么多年，他们俩还没像现在这样一个多星期没联系过。

唐卫跟朋友合伙开的车行，是加盟了国外的一家汽车改造店，最近总部要培训员工，唐卫在国内待得很烦，于是自己贴钱跟着去了。

临走的前一天晚上，他抱着手机犹豫了许久，还是在微信上跟林列说了要出国的事。

对于唐卫出国去接受培训，林列只在微信上回了一句——我知道了。

唐卫盯着这四个字看了大半夜，也没琢磨出林列这是个什么态度。他越想越气，凌晨三点他差点儿给林列发过去一条——你知道个屁！

第二天，他精神萎靡地登上了飞机，坐了十几小时才到了大洋彼岸。

唐卫的脾气来得快，去得也快，他早就不生气了，只是拉不下脸去找林列和好。

对方冷淡的态度让唐卫火速进入吵架的第二阶段，心态从要不要跟他道个歉，变成全力向他开炮。

要不是因为林列，他也不会跑到这个鸟不拉屎的地方，这里简直就是个大农村。偶尔来这里度假旅游还行，在这里生活时间长了，生活中各种不便利的事就出现了。

唐卫叫了一份外卖，单是配送费就四五十元，送到的时候食物都凉了，跟国内的速度简直没法儿比。

唐卫吃腻了汉堡和牛排，想换家中餐厅，吃到嘴里才发现这里的中餐跟他从小吃到的中餐根本不是一回事。这里中餐馆的菜式根据当

地人口味做了改良，所以想要吃到正宗的中菜还得碰运气。

每次唐卫想吃火锅、撸串、粉蒸肉和蟹黄豆腐时，对林列的怨气就会增加一分。

唐卫打着培训的名义出了国，实际上自从到了这里，他整天宅在房间，不是昏天黑地地打游戏，就是戴着耳机听重金属音乐。

见唐卫过得太颓废了，同行中一个跟他关系不错的人实在看不下去了，强行把他拉出了房门。

走进一家不起眼的旧货店，唐卫看见了一张黑胶唱片，眼睛瞬间亮了。

林列喜欢爵士乐，收集了不少黑胶唱片。黑胶的音质最接近原音，也是因为林列，唐卫才喜欢上这种古老的听音乐方式。

他跟林列不同，他喜欢律动强的摇滚乐和重金属音乐。

虽然两个人的喜好不同，但闲着没事时，他也会跟着林列听一听爵士乐，林列也不反感他放摇滚乐。读书的时候如果唐卫不出去玩，就窝在林列家跟他一块儿听唱片。

他买的那些摇滚唱片都放在林列家，现在林列家的那台老留声机，还是大学期间他们俩旅行时，从中古店淘回来的。

这张黑胶唱片是一九八一年正版发行的，虽然林列有这张唱片，但他那张是再版的。

看到这张原版唱片，唐卫的第一个反应就是给林列打个电话，炫耀一下他在中古店淘到了好东西。但紧接着他就反应过来，他现在正和林列冷战。

那一刻，唐卫压抑了半个月多的情绪瞬间到了爆发的边缘，然后迎来吵架的第三个阶段——委屈。

他现在特别委屈，虽然他也不知道自己在委屈什么，但就是感到委屈。

最终唐卫还是买了那张黑胶唱片，回去后他就反锁上房门，钻进被窝里，越想越难受，连午饭都没吃。

在房间"躺尸"了一个星期,林列那边还是一点儿消息都没有。

冷战了一个月的唐卫忍耐度到达了极限,进入了吵架的第四个阶段——求关注。

以前,唐卫虽然很烦林列管着他,但心里对林列是有依赖的,毕竟他三天两头赖在林列家。现在两个人突然不联系了,他很不习惯。

所以唐卫经常偷偷查看林列的朋友圈,从各种渠道打听他的近况,看他是不是真的忙到没空搭理自己。

林列不让他深夜去酒吧喝酒,唐卫就故意半夜两点发在酒吧喝酒的视频;不让他文身,他就在朋友圈发要文身的动态。以前林列不让他干的事,他现在统统做了一遍。

嘿,他不仅做了,他还要发朋友圈。

唐卫连续折腾了几天,林列一个电话都没打,一条消息也没发。他一口气堵在嗓子里,吐不出也咽不下地难受,因此还得了一场小感冒。

他很少生病,偶尔发一次烧,第二天就能活蹦乱跳,连他的母亲都说他好养活。

唐卫躺在床上,在朋友圈发了一张病恹恹的照片,配上自己现在喝的药,无意识地卖了个惨。

照片刚发出去没多久,列表里很多人都发来消息问候唐卫,就连苏云景都发消息关心了他一下。但林列愣是一点儿动静都没有。

至此,唐卫终于安生了几天,夜店也不逛了,预约的文身也没去,不在沉默中爆发,就在沉默中灭亡。

唐卫在跟林列冷战了一个半月后,他怒不可遏地拨通了越洋电话。

唐卫打这通电话,完全是觉得男人认个错怎么了,况且他们俩关系这么近,何必因为一点儿小事闹掰。

等林列接通了电话,唐卫心里的那股别扭劲儿又上来了。

林列似乎在等唐卫开口,但唐卫就是不说话,林列也保持着沉默。

安静的几秒里,唐卫整个人仿佛被放在火堆上翻烤似的,喉咙难受地上下滚动。

脑子一抽，唐卫僵硬地冒出一句："我……我谈恋爱了。"

他的口气像是单纯分享一个好消息，没想到林列的反应很冷漠。

林列只是"嗯"了一声，并没有顺着台阶跟唐卫和好。

唐卫听见他说话的口气，心里顿时"咯噔"了一声。为了不显得太丢脸，唐卫赶忙说了一句："我会跟她结婚。"

似乎找到联系林列的借口，唐卫干巴巴地强调："我打电话主要就是跟你说这件事。"

林列静默了两秒，延续着刚才冷漠的嗓音，淡定地说："恭喜。"

林列冷淡地问他："还有事吗？没有的话我要忙了。"

唐卫仿佛被人迎面泼了盆冰水，从头一直凉到了脚底。

见唐卫没说话，林列直接将电话挂了。

听着电话断线的声音，唐卫的神情一滞，所有的委屈和愤怒都涌了上来，他回拨了过去。

只响了两下，林列就接了电话。

"从初二到现在，我跟你认识了十五年，十五年！我要结婚了，你就这个反应？"唐卫咆哮着说。

"不然呢？"林列冷冷地反问，"一句'恭喜'还不够？"

唐卫没等林列说完，恼怒地把电话挂了。他一直拿林列当最好的兄弟，这么多年，他们俩虽然一直闹闹嚷嚷，但关系是真的好。

可自从那晚过后，列总冷着他，他来国外这么久，林列一次都没联系过他。

之前唐卫故意发的那些朋友圈，不是为了气林列，是希望林列看见了能主动给他打个电话。

如果是以前，林列看他干了那些蠢事，肯定会把他骂个狗血淋头。

唐卫不是缺个事事管着他的小爹，他是舍不得跟林列十五年的感情。

所以林列现在这个态度，让唐卫非常生气，同时还有点儿委屈。

他在交朋友这方面有一个最重要的原则，那就是高兴就处，不高兴就拉倒。从初中到步入社会，唐卫身边人来人往，只有林列从始至终都在他身边。

林列是不同的，他对唐卫来说是朋友也是家人，更是一种日积月累的生活习惯。

不过在恼怒之下，唐卫没再给林列打电话，两个人继续冷战，但他心里是渴望跟林列和好的。所以当苏云景主动找他聊天时，为了让闪婚显得更有可信度，唐卫才让那个虚构的女朋友怀了孕。

唐卫在这方面没经验，苏云景也不太了解怀孕知识，反正一个敢说，一个敢信。他跟苏云景主动提起这件事，是想着有苏云景和傅寒舟在，总比他拉下脸来去找林列有面子一点儿。

他是想跟林列和解的，请客吃饭就是给彼此一个台阶下。

但林列没和解的意思，饭还没吃就走了。

见林列就这么走了，全程没跟自己有半点儿交流，唐卫是愤怒的，因为他不知道林列到底想干什么。

他们以前不是没吵过架，比那晚吵得过分的都有，但他们俩很快就会和好。这次不知道怎么了，林列似乎真的生了他的气，要断了跟他这么多年的情分。

结束了这场糟心的饭局，唐卫一个人坐飞机出国了。

唐卫这次一声不吭地离开后，林列仍旧没主动跟他联络。倒是苏云景时不时在微信上劝他跟林列和好，偶尔还会问问他的婚事。

唐卫在这件事上守口如瓶，他不好意思说这是胡编的，只能搪塞着苏云景。

一晃两个月过去了，林列还是没一点儿消息，似乎真的打算放弃这段友谊了，唐卫心里难受，又不知道怎么发泄。

一天夜里，唐卫突然呕吐发热，腹痛难忍，被车行的同伴送进了医院。

唐卫的英语特别差，带他来医院的同伴跟医生沟通了半天，不知道医生说了什么，他脸色"唰"地变得惨白，看着唐卫欲言又止。

等医生走了,他眼睛发红:"唐哥,咱们得转院,这医生说治不了你的病,情况特别严重。"

唐卫本来就疼得难受,听见这话,短暂地耳鸣了片刻,腹部更是绞痛难忍的,五脏六腑都错了位似的。

转院的途中,唐卫给林列打了个电话。他的想法很简单,这段时间憋了一肚子气,就算要死,死前也得骂林列一通才能瞑目。

到了新医院,才知道唐卫就是急性肠炎,只是国外的医疗制度跟国内不同,科室划分得很细致,医生不会越权给病人看病。唐卫相当于被送到附属医院,原来那家医院不看急性肠炎,就建议唐卫转院,说他们治不了。

同行的人一听治不了,还以为唐卫是得了什么不治之症。信息传达错误,导致闹出这么大的乌龙。

这一晚的情况太混乱,唐卫被搞得心力交瘁,吃了药就睡了过去。

一觉睡醒已经是第二天下午了,唐卫刚睁开眼睛,就在病房的窗旁看见一个修长的身影。那人眉眼狭长,瞳色浅淡,抿着嘴唇显得薄情寡淡。猛然看见林列,唐卫还以为自己出现幻觉了,合上眼睛再睁开,人没消失,竟然还在。

似乎发现唐卫醒了,林列看了过来。随着他的目光落下,有什么东西在唐卫脑海里轰然炸开,昨晚哭得跟傻子一样的画面,像电影似的一帧一帧在脑海放映。唐卫由衷地骂了一句脏话。

昨晚他给林列打电话,本意是想着就算要死,也要死个痛快,把憋屈都发泄出来。

但不知道是因为身体太疼了,还是觉得林列太可恨,自己受大委屈了,唐卫骂着骂着就开始哽咽。

唐卫已经很久没哭了,上次在林列面前这么不坚强,还是在大学的时候,他的母亲被查出体内长了一颗肿瘤,医生确诊为恶性肿瘤。唐卫在林列家难受了一夜,哭得稀里哗啦,好在最后母亲的手术很成功。

想起昨晚自己干的蠢事,唐卫脑仁一抽一抽地疼。不想面对林列,唐卫干脆闭上眼睛装死。

林列也没揭穿唐卫,他什么也没说,站在窗旁连句基本的问候都没有。病房内诡异地沉默了十几分钟,直到李岳霖推门进来。

这次唐卫急性肠胃炎就是李岳霖把他送到医院的,闹出这么大的乌龙也是他听错了医生的意思。见到唐卫,他多少有点儿尴尬。他尽量不去看怒视他的唐卫,问林列:"列哥,马上就要中午了,你们吃点儿什么?我去买。"

林列看了一眼腕表:"不用了,我一会儿的飞机,时间差不多了,我也该走了。"

一听说林列要走,唐卫霍然看向他,语气带着显而易见的火气:"你到底想干什么?"

他这话说得咬牙切齿,只有林列能听懂他什么意思。

"我从前天到现在,已经两天没睡过觉了。"林列沉沉的目光压在唐卫身上,眸底深处有着很浓的倦意,"唐卫,我不会总把时间和精力都浪费在你身上的。你不想我管你,以后我也不会再插手。你今年是二十八岁,不是十八岁。"

唐卫的心仿佛被一只无形的大手猛地攥住,一时之间竟然不知道怎么呼吸。

李岳霖知道他们俩最近在吵架,但没想到会闹得这么不愉快,病房充满了低气压,他尴尬得恨不得找个地缝钻进去。

林列没再说什么,转身离开了。

最近这几天林列一直很忙,为了手头上的并购案已经一天一夜没合眼了,刚回家打算洗个澡休息一下,唐卫的电话就打过来了。

林列也不知道他出什么事了,见他情况不好,就订了最近的航班。后来唐卫的手机打不通,林列只好联系李岳霖。

林列小时候在国外住了好几年,了解国外的医疗体系。听出漏洞后,他让李岳霖再去问问医生。得知唐卫只是急性肠胃炎时,他刚过飞机安检,正在候机大厅等飞机。虽然唐卫没什么大事,但他还是飞

了过来。

林列直到现在已经身心俱疲，不想再惯着唐卫，让他这么任性下去了。

跟唐卫认识那年，林列的父母刚办了离婚手续。夫妻俩的共同财产都进行了合理的分配，只有林列的抚养权问题上双方有了分歧。

林列的母亲从小生活在国外，接受的是西方教育，在国内生活的这段时间她非常不习惯，跟林列父亲的生活观念也完全不同，再加上她因升职被调回了总部，于是她平静地提出了离婚。当时林列的父亲也正值事业上升期，双方都没有时间照顾林列。

林列也不想跟他们俩任何一个人，所以提出一个人搬到学校附近，自己照顾自己。

这事要是放到其他家庭上，还不到十五岁的孩子要离开家独自生活，父母肯定是不会同意的。但林列家不同，他父母找他谈了一次，见他做好了打算，就在学校附近给他买了一套两居室，两个人每个月会给林列打一笔生活费。

林列的妈妈一直在国外生活，每周固定一个时间打电话问问他的情况，就像处理一份工作似的。虽然林列的爸爸在国内，但林列见他的次数还不如见他助理的次数多。

林列本身就是个喜欢冷清的人，这种生活模式他反而觉得自在，直到唐卫不经意闯进他的生活。

他第一次知道唐卫这个名字，还是在初一的学生大会上，唐卫作为反面教材，被校长当着全校师生的面，剪了一头"非主流"的头发。

那时候的唐卫正是叛逆期，看了几部热血动漫，非常上头。

校长是唐卫的亲舅舅，薅他跟薅小鸡崽似的，在鲜艳的红旗下大义灭亲地将他"就地正法"了。

理发器推下去，唐卫辛辛苦苦留的"帅炸发型"就没了，他差点儿没背过气，叫唤得比谁都惨。

直到现在，唐卫也是这样的性格，只要有他在的地方就会鸡飞狗跳，林列已经不知道给他收拾过多少次烂摊子。

过去十五年的人生里，他一直把唐卫这个缺德玩意儿带在身边，看着他，管着他。

唐卫就像一只家养的二哈，虽然平时爱闹腾，但实际上很恋家，也很重感情，认定了一个窝，他就不乐意挪地方了。

但林列不愿意，也不想再这么继续下去了。

给你留了晚饭，下班早点儿回来。

林列盯着这条消息看了十几秒，然后退出微信，将手机放到了一旁。

上次林列坐飞机去医院看了唐卫之后，他跟唐卫已经半年多没联系了。这期间唐卫就连朋友圈都没更新过，像是从他的生活中彻底地消失了似的。直到前几天他下班回家，看见门口蹲着一个人。他拿着车钥匙的手指悄然攥紧。

见林列回来了，唐卫说："能借宿一晚吗？"

以前唐卫跟父母吵了架，没地方去的时候就会来敲林列家的门。

唐卫第一次找过来时，是被他的父亲拿烟灰缸砸了，于是他没拿手机也没带钱，从家里跑出来了。

林列听见敲门声，打开门就看见了额角淌着血的唐卫，他吊儿郎当地问："能借宿一晚吗？"

那时候的唐卫就像只被赶出家门的恶犬，凶悍中又透着委屈。

唐卫这次回来找上林列，目的非常简单——求和。

林列回了唐卫信息：**晚上加班，不回去吃。**

晚上八点，林列还在公司加班，最近他正在忙一个反收购的案子。

林列让助理给大家订了外卖，大家在会议室吃饭时，林列一个人在办公室看企业的财务情况。

助理敲了敲办公室的门："林总。"

林列看着报表上的各项数字，头也不抬地说："进来。"

助理:"前台说有一位叫唐卫的先生来找您,说是来给您送晚饭的。"

林列的目光顿了一下。他的手机开了免打扰模式,来电都转语音信箱了。

"跟他说我在开会,让他先回去吧。"林列的声音淡淡的。

助理看了眼林列办公桌上那盒没动的外卖,犹豫了一下,问:"唐先生送的饭要不要让前台送上来?"

林列似乎没听见,看着手里的财务报表,眼皮都没抬一下。

助理在原地等了两秒,见林列没有开口的意思,她也没再问,转身出去了。办公室的门关上后,林列抬手捏了捏眉心,心情烦躁。

隔了五分钟,助理再次敲开了林列办公室的门,默默地把一个饭盒放到了办公室的角落,然后就离开了。

林列抬眸看向那个饭盒,抿了一下嘴唇,又投入到了工作中。

林列开车回到家时,已经是夜里十一点了,唐卫还在客厅等着他。见他回来了,唐卫特别殷勤地跟在身后关怀着。

林列的反应很冷淡,没怎么理唐卫,直接回了自己的房间。

唐卫的殷勤劲儿一直持续到第二天早上,他定了闹铃,一早爬起来给林列做早饭。

林列去洗漱的时候,唐卫就在厨房喊他吃饭。

唐卫把早饭端到餐桌上,刚摆好碗筷,就看见林列穿戴整齐地出来了。他愣了一下:"你不吃饭?"

林列朝玄关走去:"不用管我。"

唐卫拧了一下眉头,刚要说什么,林列的电话就响了,他一边跟电话对面的人聊着工作,一边开门离开了。

林列关门时,余光看见唐卫一个人愣在客厅里看着他。

这两天唐卫明显在讨好他,因为捉摸不透他的态度,所以一直夹着尾巴做人。

撒欢的小马驹也不是一点儿眼力见儿都没有,见情况不对劲儿他会立刻收起蹄子，不敢随便尥蹶子。

林列冷淡的态度让一直伏小作低的唐卫恼了，好几次林列见他已经到了发火的边缘，但最后又咽了回去。

不仅是唐卫，这几天林列也在压抑着自己的情绪。

人是感情动物，即便林列要比常人冷静，但到底还是一个凡人，面对唐卫时也不能完全保持理智，尤其是这家伙总这么犯蠢。

唐卫就像一个永远都长不大的孩子，十八岁是什么智商，现在还是什么智商，要不然也不会想到用这种求和的办法。

任何熟悉林列的人，都很难相信他跟唐卫居然做了这么多年好朋友。因为他们俩从性格到行事风格都天差地别，林列是绝对的理性主义，而唐卫正好相反，冲动暴躁，做事不计后果。

林列是一个精致的利己主义者，他觉得自己在唐卫身上浪费了太多时间。当断不断，反受其乱，既然要断，他就要断干净。

晚上下了班，林列刚打开房门，就闻到了一股很浓的酒气。

唐卫在沙发上喝酒，见林列面无表情地看着自己，他烦躁地灌了一大口酒。

林列平静至极地问他："你什么时候搬走？"

这话就像点了火药桶，唐卫瞬间炸了："老子这几天老老实实地伺候你，你还不乐意？"

林列只觉得浑身充斥着无力感，他吸了口气，目光平静得几乎冷漠："唐卫，我真的没有精力再管你了。"

"我知道。"唐卫双眼猩红，一副被逼到要跳脚的地步，"所以我来跟你道歉了。"

林列看着他，没说话。

唐卫气焰消退，支吾着说："我知道那天晚上是我不对，我不应该帮林子欣瞒着你，更不应该说你冷血。"

其实林列的血冷不冷，唐卫是最清楚不过的。

林列的确跟林子欣不亲近，但林子欣从来没想过，她依偎在父母

怀里撒娇时，林列一个人生活在这套两居室里。他们兄妹俩很少见面，小时候没有感情基础。等长大了，林子欣意识到有哥哥是一件很好的事，所以主动来亲近林列。但这个时候的林列有自己的生活，他对林子欣这个妹妹只有责任跟义务，并没有兄妹情。

林列不仅跟林子欣不亲近，他跟自己的父亲也不亲近。

如果林子欣在他这里出事，他的父亲和林子欣的母亲一定会埋怨他。林列的家是这套两居室，林子欣的家则有父亲和母亲。

这是唐卫这段日子想通的，他不应该说林列冷血，这句话可能伤了林列的心。他意识到自己的错误，只是不擅长表达，所以这几天他试图通过行动让林列知道自己的想法。

"阿列。"唐卫难得正经，"咱们认识了十五年，对我来说你就是我的家人，这里也是我的第二个家，这次是我的错，你不要生我的气。"

林列抿着嘴唇，眸色沉寂。

唐卫一时猜不透他的想法，心里有点儿急："你别不说话呀，以后我都听你的。你不能因为这一次就给我判死刑吧？你想想之前发烧转肺炎，是谁没日没夜在医院照顾你？又是谁每年过节都陪着你？你哪次生日不是我给你过的？我虽然老给你惹麻烦，但我也不是毫无用处。你不说话到底什么意思？"

林列终于开了口，淡淡地说："看你表现吧。"

他说完回了房间，唐卫只得继续夹着尾巴做人，每天在小房子里任劳任怨地给他洗衣、做饭、收拾家务，还不如保姆。

毕竟保姆还有工资拿，唐卫只勉强得到林列一个好脸色。

自从那晚把话说开后，林列总算不再无视唐卫，但跟过去相比差多了。

难得不用加班，临下班时，林列给唐卫打了个电话，想问他晚上吃什么，接电话的人却是唐卫的母亲张芝华。

林列："阿姨，唐卫呢？"

张芝华支吾了一下："他呀，他……他中午跟他爸喝了点儿酒，到现在还没有醒呢。"

林列觉得有点儿不对劲儿,但也没表现出来:"我知道了,那等他酒醒了,您让他给我回个电话,我有点儿事要找他。"

"行,我会跟他说的。"张芝华的声音有点儿不自然,"那个,小林哪,你现在忙不忙?阿姨有点儿事要问你。"

"您说。"

张芝华叹了口气:"你也知道唐卫这孩子从小就让人不省心,我就怕他在外面认识什么不三不四的人。"

林列心脏一紧,声音还是四平八稳:"他又惹您生气了?"

"也不是,只是……"张芝华欲言又止,"他也老大不小了,我跟你唐叔就想他早点儿结婚,给他介绍对象,他也不见。我想他是不是在外面谈什么朋友了?小林,你知不知道他最近爱跟谁联系?你跟他关系这么好,他跟你透露过吗?"

林列抿下嘴唇:"没有。"

张芝华有点儿失望,但没再问下去。

半夜,唐卫被窗外的动静吵醒,他还以为是小偷,起身摸到挂墙上的网球拍,悄悄走到窗口。

外面的人突然说:"是我,把窗户打开。"

听到林列的声音,唐卫既惊又喜,连忙拉开了窗帘。

林列踩着空调外机的铁架,爬到了唐卫卧室的窗口。

唐卫打开了窗户,把林列放进来了。

见唐卫要开灯,林列拦住他:"别把你爸妈吵醒了。"

唐卫压低声音,但难掩高兴:"你怎么来了?"

见唐卫的右脸微微肿了起来,林列忍不住蹙了一下眉。

唐卫满不在乎地说:"没事,我从小都被打皮实了,这点儿小伤明天就好了。"

林列:"你跟家里说了什么?"

提起这事，唐卫就烦躁："我跟我爸妈说了，我现在不想结婚，让他们别没事总给我介绍对象。"

最近他妈非要撺掇着他去相亲，还提了抱孙子之类的话，唐卫不想去相亲，就胡言乱语了几句，这才被他爸揍了一顿，还被他妈怀疑认识了什么不三不四的人。

以前他妈就爱催他结婚，唐卫不想困在婚姻里，对老婆孩子热炕头没一点儿想法。年少的时候，他总想找个漂亮的女孩儿结婚，但随着年岁的增长，他越来越觉得单身好了。本来他头上除了亲爹妈，还有林列这个小爹，唐卫可不想再有人管着他了。

"吃晚饭了吗？"林列问他。

"没。"唐卫瓮声瓮气地拉长音。

林列就知道他没吃晚饭，拿下了双肩包，从里面取出一个保温桶："先吃饭吧。"

唐卫的爸爸也是个暴脾气，被气昏头的时候下手就会特别狠，仿佛唐卫不是他的亲生儿子。

挨了一顿凑，唐卫被没收了手机，还被关进房间不准出来。

唐卫早过了闹绝食的年纪，只是他顾忌着张芝华的身体，怕把她气出什么好歹，才没敢太犯浑。

中午饭吃到一半唐卫就跟父亲吵了一架，直到现在，他连口水都没喝。林列给他带了他爱吃的卤肉饭，白米饭吸足了炖肉的汤汁，每一粒米都带着肉香，唐卫幸福感爆棚，瞬间忘了糟心事。

林列还准备了一部新手机："里面有手机卡，我帮你设置了振动模式，有事就给我打电话。"

张芝华不松口，唐卫也不敢离开这个家半步。

林列给唐卫一部手机用来联系，有时候他不想在家吃饭了，就让林列给他送份外卖打打牙祭。林列不忙的时候会亲自送，忙的话就找人给他偷偷送。除了失去自由，他在家的日子非常滋润，没林列监督着他，他还可以熬夜跟人打游戏。

林列最近在忙一个反收购的案子,还要想办法"解救"唐卫,时间非常紧张。

他们俩已经一个星期没见过面了,晚上打视频电话时,见唐卫一脸疲惫,林列不咸不淡地说:"不看着你,你又开始野了,是吧?"

唐卫:"……"

他怎么觉得林列是在说:不管着你,你又开始皮痒了,是吧?

林列不是不让他玩游戏,是让他有节制地玩,而不是跟精神鸦片似的,恨不得二十四小时钻游戏里不出来。

唐卫用起了一贯的招数,顾左右而言他:"你公司不忙了?"

想起前段时间林列没白天没黑夜地工作,唐卫忍不住多说了几句:"你说挣这么多钱干什么?挣钱的意义就在花,都没时间花钱了,还挣它干什么?"

难得唐卫在胡言乱语的时候,林列一句话也没说话,而是沉默地听着。在这样的安静氛围下,唐卫不太习惯地选择"闭麦"了。

手机屏幕里的林列倚在沙发上,狭长的眸,淡色的唇,沉静而懒散。

"困了?"唐卫罕见地体贴,"你早点儿睡吧,我今晚也不玩游戏了,也早点儿睡。"

"没困。"林列声音平缓,"只是想下班的时候跟你喝两瓶啤酒。"

跟林列认识这么久,唐卫从来没听他说过这种话,大概是工作真让他心累了。

唐卫的嗓子哑了片刻,想起自己之前的不懂事,心里有些不是滋味。

跟唐卫视频了半个多钟头,挂了电话,林列又忙了一会儿,直到十二点才准备上床睡觉。

刚睡着没一会儿,门铃突然响了起来。

林列蹙着眉出了卧室,从猫眼看见外面的人时,他愣了一下,才将房门打开了。

唐卫拎着一提啤酒，嘚瑟地说："惊喜不？"

林列的喉结滚了一下："你这么出来，可能会有些麻烦。"

唐卫大大咧咧地说："不会有麻烦的，我妈早上六点半才醒，提前赶回去，不被她发现就行了。不是要找我喝酒吗？来，今天不醉不休！"

压在林列心头的烦躁一扫而空，他接过唐卫手里的啤酒，放他进来了。

张芝华关了唐卫足足一个星期，确定他真没认识什么居心不良的人，这才安心放唐卫出去。

林列下班回到家，客厅不仅亮着灯，电视还开着，餐桌上摆着西式晚餐。弄这些的人四仰八叉地躺沙发上睡着了，地上留下一地膨化食品的残渣。林列看着沙发上的唐卫抿了抿嘴唇。

唐卫没睡死，听到动静他支开了眼皮，打着哈欠问："饿了没？"

林列："嗯。"

唐卫起身抱怨："那我给你煮碗面条吧，牛排真不是人吃的，而且我还煎老了。"

林列："好。"

唐卫打开厨房的灯，朝着冰箱走了过去。

林列解下最上面的衬衫扣子，没一会儿，就听到厨房传来哐啷一声。

唐卫抱怨说："这水龙头该换了，滋了我一脸水。"

林列是一个喜欢安静的人，但他喜欢唐卫身上那股鲜活的气息，有他在房子不只是给人住的地方，还是一个烟火味儿十足的家。

他转头看向唐卫，对方正在手忙脚乱地处理水龙头。

看着唐卫狼狈的模样，林列的嘴角弯了弯。

Extra 02

育儿理念

> 有些'孩子'宠一宠可能会更听话，
> 要因人而异。

江初年跟戚韵结婚十周年这天，邀请了朋友来家里玩。

慕歌和李随安早已修成正果，前段时间慕歌刚检查出怀了二胎，李随安高兴之余抱上老婆，拉上大儿子去度假了。

最近这几天慕歌的孕吐反应很厉害，李随安心疼她，就没回国参加江初年和戚韵的结婚十周年聚会，提前一天给戚韵发了祝福视频。

陆佳宝已经从助理变成了经纪人，手下管着当红偶像男团，每天忙得脚不离地，此时人在参加时装周，也赶不回来了。

受到邀请的朋友中，真正能到的也只有苏云景和傅寒舟，还有唐卫跟林列。

江初年的儿子江小锁今年两岁半，长得跟莲藕精似的，白白嫩嫩，十分可爱。

两岁半正是学大人说话的年纪，每次唐卫都要逗弄江小锁，把江小锁欺负哭，江小锁最讨厌的叔叔就是唐卫。

早上，江初年往江小锁的兜里塞了不少糖。江小锁迈着小短腿，挨个儿给他们发糖，唯独不给唐卫。

唐卫不依不饶地说："嘿，凭什么不给我？你的水枪玩具是谁给你买的？小小年纪就这么没良心！"

江小锁理直气壮地说:"林叔叔给我买的。"

"他只是把玩具给你抱过来了,钱可是我付的。"

江小锁扭过肉嘟嘟的身子,捂着兜死活不愿意给唐卫糖。

唐卫凑到他跟前要糖:"给叔叔一颗,不然我今天赖在你家不走了。"

见唐卫快把小孩儿逗哭了,林列实在看不下去了:"你差不多得了。"

江小锁看见有人帮自己,瞬间就委屈得不行。他把嘴一撇,黑葡萄一样的眼睛瞬间泪汪汪的。

苏云景赶紧把江小锁抱过来,放到了自己的腿上,给他变了一个小魔术。

苏云景右手拿着一颗糖,合上手指让江小锁吹了口气,在摊开手时,一颗糖变成了两颗糖。

江小锁一下子笑了,用小胖手把苏云景手心的两颗糖拿走了。

跟唐卫正好相反,苏云景特别招小孩儿喜欢,每次来江初年家玩,无论发什么吃的,江小锁都会多给他一份。

拿到糖之后,江小锁要把包装袋撕开。

苏云景见状赶忙抢了过来,低声问他:"你要吃糖?"

江小锁点了点头。

苏云景不敢随便让他吃糖,问了一声在厨房忙活的江初年:"小锁要吃糖。他现在能吃吗?"

江初年的身子从厨房探了出来:"他今天没吃糖,想吃就让他吃一颗吧。"

听到这话,苏云景给江小锁剥了一颗水果糖。

江小锁没吃,反而举着放到了苏云景嘴边,让苏云景吃。

"谢谢。"苏云景笑着把他手里的糖咬进了嘴里。

"不客气。"江小锁奶声奶气地说。

苏云景重新剥了一颗糖给他吃。小家伙儿学苏云景说了一声

"谢谢"。

"你也不用客气。"苏云景轻轻捏了一下他肉嘟嘟的脸。

江小锁趴在苏云景身上,仰头亲了苏云景的脸颊一下。江小锁的嘴唇湿湿软软的,触感有点儿像果冻。

苏云景笑了笑,一抬眸就撞进了一双黑黢黢、阴沉沉的眼睛里。

苏云景:"……"

江初年夫妇原本想着人多吃自助烧烤热闹,但计划赶不上变化,今天只来了一半的人。

唐卫强烈要求把烧烤进行到底,而且他们自己烤的,更有趣味,江初年因此没雇人烤肉。

戚韵从早上开始电话就没停过。江初年把昨天就准备好的食材从冰箱里取了出来,唐卫和林列帮忙搬烧烤架。苏云景被傅寒舟拉到了院子角落,嘴里被塞了一颗奶糖。

傅寒舟面无表情地说:"你都不说谢谢吗?"

苏云景:"……"

苏云景:"谢谢。"

"不客气。"说完,他往苏云景手里放了一颗糖。

苏云景琢磨了一会儿,试探性地剥了糖纸,把糖喂给傅寒舟。

傅寒舟:"谢谢。"

苏云景顿时哭笑不得,但还是尽职尽责地扮演自己的角色:"你也不用客气。"

戚韵解决完手头上的工作,从客厅的落地窗看见庭院里两个修长英俊的男人,嘴角无力地抽搐了片刻。

正好江初年拿着要烧烤的食材从厨房出来了,戚韵忍不住跟自家老公吐槽。

刚跟苏云景和傅寒舟认识那年,戚韵还感叹他们俩关系好。

认识第二年,也感叹过他们关系好。

认识第三年,还在感叹他们关系好。

认识第十年，戚韵已经开始嫌弃了。

江初年朝庭院里看了一眼，解释了一句："只能说每个人的相处模式不同，他们俩就是这样的。"

唐卫锲而不舍地追在江小锁后面，打算从他的兜里骗出一颗糖。

唐卫的胜负欲被点燃，他不信自己从江小锁手里要不出来糖："给叔叔一颗，否则叔叔再也不给你买玩具了。"

面对唐卫的威逼利诱，江小锁不为所动，甚至还反将一军："我不要你的玩具，我让爸爸给我买。"

"你爸爸不可能给你乱买玩具，你妈管着他呢。"唐卫谆谆诱导，"你以后想买什么我都给你买。"

"小萝卜头"皱眉思索了一下，然后做出了有力的反驳："你也不可能给我乱买玩具，你也被林叔叔管着呢。"

唐卫被狠狠地噎了一下，恼羞成怒地说："快给我一颗！"

江小锁杠不过他，捂着自己装糖的小兜兜，朝江初年跑去，声音里带着哭腔："爸爸，他要抢我的糖。"

唐卫被气到了："嘿，小小年纪就学会告'黑状'了，长大了还了得？你回来，今天叔叔教你怎么做个顶天立地的男子汉。"

唐卫刚起身要追江小锁，衣领就被人拎住了。

林列不咸不淡的声音响起："唐老师难得有这么浓厚的教学兴致，晚上教教我？"

唐卫仿佛被命运掐住了咽喉，脖颈僵了一下，尾椎都隐隐作痛。

趁林列不注意，唐卫踢了他一脚，然后飞快地跑开了，边跑还要边朝林列竖中指。

林列拍了拍被踢脏的地方，没搭理唐卫。

自助烧烤的乐趣就在于自己动手，丰衣足食。昨天江初年已经把食材料理干净了，就等着拿签子穿起来。

苏云景、林列和江初年穿肉串时，看了一眼不远处的傅寒舟，他旁边的唐卫抱着江小锁，胳膊猛地举起，又猛地垂下。

江小锁刚才还跟江初年告了唐卫的状,甚至连颗糖都不愿意给唐卫,现在被逗得很开心。

傅寒舟坐在小板凳上,被安排着跟唐卫一块儿照顾孩子。

见傅寒舟混入唐卫和江小锁一流了,苏云景忍不住想笑。

他们一个是真两岁半,另一个永远跟两岁半的孩子似的,还有一个还不如两岁半孩子的"娇娇"。三个人坐着小板凳,排排坐,一个比一个幼稚。

戚韵作为在场唯一的女性,还在处理工作上的事,没时间跟他们一起穿肉串。

林列衬衫袖口挽到手臂,拿着鸡心插签子,那架势不像在穿肉串,仿佛握着钢笔要签合同。

"不是我说,你也太惯着傅哥了。"林列最先发难。

见证他们俩这么多年相处方式的江初年跟着附议:"其实我也觉得你对傅哥有点儿过分溺爱了。"

虽说人和人之间都有特殊的相处模式,但江初年感觉苏云景快把傅寒舟宠坏了。

"人跟人相处有时候就像橡皮筋,你松他就紧,你紧他就松。你不能总对他一松再松。"林列在这方面颇有经验。

自从有了孩子,江初年也很有心得:"对,不要事事顺着他。孩子嘛,无论什么东西他要三次,你给他一次就行。不能他要什么就给什么,否则总有一天会彻底宠坏他的。"

苏云景想了想傅寒舟近些年的表现,决定跟他们取取经,探讨一下"育儿心得"。

苏云景:"穿肉串的签子不多了,我先去客厅拿一些签子,回来咱们再谈。"

不知道是不是傅寒舟听到了什么,苏云景一走,他就看了过来,细尖的眼尾狠狠地瞪了一眼林列和江初年。

林列:"……"

江初年:"……"

这几年见傅寒舟黏人撒娇的次数多了,他们险些忘记这人有多"白切黑"了。

苏云景拿着签子回来想继续跟林列和江初年讨教"育儿之道"。

林列沉吟一下:"我认真地想了想,性格弹性大的人,做事成功概率高,你这样挺好的,一定要保持。"

江初年附和道:"其实,有些'孩子'宠一宠可能会更听话,咱们要因人而异。你继续宠着吧。"

苏云景:"……"

是发生了什么他不知道的事吗,怎么口风变化这么大?

苏云景忍不住看向傅寒舟。傅寒舟正好也看着他,漆黑的眸子像麋鹿一样干净无辜。

吃完了烧烤,几个人在江初年家一直待到下午三点,苏云景才带着他"越宠越听话"的"孩子"回了家。

路上,苏云景开着车问傅寒舟:"今天带孩子的感觉怎么样?"

傅寒舟规矩地坐在副驾驶:"很开心。"似乎觉得这个回复太敷衍,傅寒舟又补充了一句,"过得很充实。"

"真的假的?"这个回答出乎了苏云景的意料,他忍不住多问了一句,"你今天跟小锁做什么了?"

傅寒舟回忆一下今天带孩子的经历:"他被唐卫逗哭了,我给了他一颗糖,后来戚韵忙完工作,把他抱走了。"

实际上是江小锁被唐卫逗哭后,不想跟唐卫玩儿了,转而开始黏着傅寒舟。他看见傅寒舟兜里有奶糖,是他没有吃过的品牌,于是缠着傅寒舟一直要糖。

傅寒舟不想给他,但怕他哭了会引起苏云景的注意,毕竟小孩儿们总会仗着自身优势,轻而易举地获得外援。

傅寒舟想了想,觉得自己应该不是江小锁的对手,就不太高兴地给了他一颗奶糖。

结果这小子不识好歹,被杀回来的唐卫用一盒酸奶吸引了注意力,糖只咬了一半就去喝酸奶了,他的糖被扔到了桌上。

傅寒舟没忍住,瞪了江小锁一眼。

江小锁被傅寒舟的眼神吓哭,正好戚韵忙完工作,抱起江小锁哄他。

因为唐卫招猫逗狗的性格,大家都觉得是他惹哭了江小锁,而傅寒舟乖乖地回到了苏云景的身边。

苏云景不知道这件事的水分这么大,听见傅寒舟居然主动把自己的糖分给了别人,颇有一种我家孩子长大了的欣慰感。

傅寒舟情绪不太好地强调:"他吃了我一颗奶糖,还没吃完,扔了一半!"

苏云景安抚道:"那是他不好,他不对。这样吧,回去我给你买一罐糖,行不行?"

苏云景说话算话,路过一个批发商店时,下车给傅寒舟买了一大罐奶糖。

傅寒舟抱着奶糖,看起来温顺乖巧。

Extra 03

找到你

他的"船船"来找他了！

"云景，起来吃饭，一会儿上学该迟到了。"苏妈妈敲了敲苏云景的房门。见里面毫无反应，她拿着锅铲正准备进房间叫人时，从外面跑步回来的苏云景进了家门。

苏妈妈看着额角淌汗的苏云景："你这一大早干什么去了？跑步去了？"

"嗯，早上睡不着，就出去跑了一圈。"苏云景闻到了葱花饼的味道，不由得深吸了一口气，"好香！"

几十年没吃过了，没想到还有机会再次吃到妈妈做的葱花饼，甚至能再回到现实世界，见到他父母。

穿书系统这次倒是没坑苏云景，真的让他在小说世界里待到了自然死亡。

去世后，苏云景回到了系统空间，穿书系统告诉他完成了任务，可以给他一份额外的奖励。

第二次穿书时，苏云景曾经问过系统完成任务有没有奖励，对方说会帮他申请，没想到一向不靠谱儿的系统，还真帮他申请了下来，奖励是可以回到现实世界。

能回到现实世界自然是好的，毕竟那里有生他养他的家人，只是苏云景还挂念着傅寒舟。

傅寒舟是小说人物，所以苏云景想知道，傅寒舟去世后会从这个世界彻底消失，还是可以用另一种方式延续生命？

"这些宿主无权知道，不过宿主要舍不得任务对象，可以把他带回现实世界。"系统暗搓搓提议。

苏云景愣了愣："你……你是认真的？"

系统用一种状似不在意的口吻说："如果宿主想，那也不是不可以。"

苏云景简直不敢相信，这世界上还有这种好事。

事出反常必有妖，出于谨慎，苏云景还是问了一句："那需要付出什么代价吗？"

系统："不需要，只要你想，一切皆有可能。"

苏云景心想：怎么感觉对方恨不得把傅寒舟赶紧打包，让他带走？

其实他不信系统会有这么好心，但苏云景已经多活了几十年，就算被坑了，他也觉得此生很值了。

系统把他送回到了现实世界，不过不是他出车祸的年纪，时间线倒退了七八年。如今的苏云景才十七岁，马上就要步入高三冲刺阶段。

系统说让傅寒舟跟他回来，可苏云景醒过来时，正睡在自家床上，旁边没有傅寒舟的影子。

他回来已经两天了，正在慢慢适应现在的身份跟生活。他已经习惯了傅寒舟陪在身边，现在傅寒舟不在了，他晚上总睡不好，每天醒得比妈妈还早。

吃了早饭，苏云景骑上自行车去学校了。

苏云景有点儿无奈，感觉他这辈子跟学校是脱离不了关系了，三次穿书都避不开学生这个身份，如今回到现实世界还得上学。

回来之后，苏云景一直在查傅寒舟的消息。现在的网络没十几年之后那么便利，网上没有傅寒舟的相关介绍，他过去的电话现在也成

了空号。

如果傅寒舟真的来到现实世界了,那系统应该会给他新的身份和新的家庭,搞不好他现在都不叫傅寒舟了。

焦躁了两天,苏云景决定改变策略,抱着试一试的心态搜了搜沈年蕴,结果网络百科里居然真有他的介绍。

沈年蕴跟小说的身份一样,仍旧是互联网公司的老板,而且还非常出名,是"互联网三巨头"之一。

苏云景仔细地回想了一下,他不记得现实世界有沈年蕴这样一个富豪。

网上有沈年蕴的照片,跟小说里的沈年蕴是一个人,而且各项资料都能对得上。

这让苏云景一度怀疑,他出生的世界会不会也是一部小说,所以系统才能更改设定,轻易地将傅寒舟和沈年蕴加进了这个世界?

不过这些都不重要,重要的是先找到傅寒舟。既然沈年蕴都出现在这个世界了,那傅寒舟十有八九还是他的儿子。

周末休息的时候,苏云景把自己存的钱翻了出来。

苏云景存了五六百,过了这么多年,他对这笔钱只是隐约有个印象,好像是他省吃俭用打算买游戏机的。

现在苏云景对游戏机没什么兴趣,他订了一张去首都的火车票,打算去沈年蕴的公司看看。

不知道沈年蕴还有没有过去的记忆,他是苏云景唯一能联系上傅寒舟的途径了。

沈年蕴的公司在首都的科技园区,从西郊火车站下了车,苏云景上了一辆去科技园区的巴士。

苏云景久违地感到忐忑,就他那个系统是出名的不靠谱儿,不知道这次会不会有什么意外发生。

苏云景的不安被一起交通事故冲淡了,前方发生了连环撞车,巴士被堵到了半路上。

每辆巴士上都配备了灭火器，司机见被撞的汽车起火了，连忙组织了两名有经验的乘客帮忙救人。苏云景就是其中一个，他拿着灭火器下了车。

最开始是货车跟一辆豪车撞到了一块儿，后面的车来不及刹车，这才导致了连环事故。

货车和豪车都起了火，大家也不敢靠太近，有消防用具的人都在积极灭火。

苏云景过去时，豪车的司机刚被救出来，看见他的样子，苏云景的心猛地提了起来。

这不是吴叔吗？吴叔是以前送傅寒舟上学的司机。吴叔居然也来到现实世界了，那车里……

苏云景瞳孔猛地收缩，这下他也顾不上危险，他冲上前去拉后座的车门，想看看傅寒舟在不在里面。

车身已经着火了，苏云景的手摸上车门把手时，掌心立刻被烫出一道红痕。

车门锁着，苏云景拽了几下没拽动，就用灭火器砸开了车玻璃，果然在里面看见了昏迷过去的傅寒舟。

苏云景的心脏骤然加速跳了两下，他探进车厢内，将傅寒舟从里面拖了出来。

见他把人救出来了，巴士司机忍不住夸赞了一句："小伙子，你胆子真大，也不怕油箱炸了。"

苏云景没心情回应，虽然自己只是个心理医生，但也学过一些急救知识，于是赶紧检查傅寒舟的伤势。

救护车到达现场后，将昏迷的傅寒舟和苏云景一块儿带到了医院。

傅寒舟没受什么重伤。两辆车撞击时，他被震晕了，身上多处软组织挫伤。

苏云景也受了伤，救人的时候手臂被车玻璃划了一道很深的伤口，肩膀轻微烧伤。

这次车祸事故似乎触发了傅寒舟一些不好的回忆，他在昏迷中犯病了，一直抓着苏云景的手不放。

医生也没办法，只能同时给他们俩敷药。等大家都走了，病房只剩下他们俩。

傅寒舟躺在病床上，面色苍白，密密的长睫毛轻颤着，仿佛一只遭受风雨打击的蝴蝶。

苏云景知道他又出现幻觉了，在梦里正经历着什么可怕的事。

"别怕，那些都是假的。"苏云景低声说，"寒舟，我在你身边呢，我不会让任何东西伤害你的，别怕。"

苏云景不断地安抚着傅寒舟。许久，傅寒舟的情绪才算稳定了，眉头也舒展开。

苏云景不是没见过傅寒舟少年的样子，但十六七岁的年纪，对他们俩来说已经是很久远的事了，傅寒舟又不爱拍照，少年时没留下来几张照片。猛地看见他又变回年轻的样子，苏云景多少是有点儿新奇的。

傅寒舟的五官精致得令人惊叹，像是放在布帛上的一块美玉，苏云景不禁感叹上帝的偏心。

烧伤的地方火辣辣地疼着，但跟傅寒舟重逢的喜悦，让他短暂地忘记了身上的疼痛。

我终于找到你了。

傅寒舟一直昏睡到下午五点，才醒了过来。

他浓密的睫毛颤了颤，眼皮缓慢地睁开，入目的是一个从未见过的少年。对方看着他，眼眸里盛着笑意，眼里细细碎碎的光在闪烁。

"醒了？有没有不舒服的地方？"苏云景关切地问。

傅寒舟没说话，只是看向苏云景。他的瞳色在夕阳光的晕染下显得颜色浅淡，有种疏离冷漠的感觉。

苏云景看见他的表情，意识到哪里不对了。他试探性地做了个自我介绍："我叫苏云景。"

听到这个名字，傅寒舟的神情没有半分波动。

苏云景："……"

这是失忆了，还是根本没有过往的记忆？

苏云景也不知道现在是什么情况，也不敢贸然跟傅寒舟表现得太熟，万一他没有以前的记忆就麻烦了。

傅寒舟是个很没有安全感的人，对陌生人有着很强的防备心，太过热情反而会引起他的反感。

专业的事交给专业的人，傅寒舟是不是失忆了，还得让医生来检查。

苏云景按了按床头的呼叫铃，把护士叫了过来。

见傅寒舟醒了，医生给他做了个简单的检查，询问他身体的感受。

苏云景站在病床前，本来打算听听他的病情，兜里的手机突然响了。

这个时候还流行双卡双待的山寨手机，消费者的维权意识没有十几年后这么强，苏云景图便宜就花了四百多块钱买了一个。

怕吵到他们，苏云景一边接通电话，一边朝病房外走去。

见苏云景要离开，傅寒舟的视线黏在他背后，直到苏云景已经走出了病房，他的目光还留在门口，死死地盯着。

苏云景把自己这边的情况如实跟母亲说了一遍。

一听苏云景险些遭遇车祸，现在还在医院里，苏妈妈顿时急了："你怎么去首都了？没事吧，哪儿受伤了？妈现在就过去！"

"您不用担心，我能解决，也没受严重的伤，身上带着钱呢。"

苏妈妈责备地说："你一个孩子能解决什么？"

苏云景顿时哑口无言，他都快忘了自己现在的人物设定是十七八岁。

在电话里，苏云景好话说尽，终于将苏妈妈安抚好了，没连夜坐火车过来。

苏云景挂了电话，回到病房就对上了傅寒舟盯着他的视线。那双

漆黑的眼眸没有任何情绪，说是在看苏云景，其实更像是没有感情的机器在扫描，有种审视的意味。

苏云景多少有点儿无奈。但依照傅寒舟的性格，能看他两眼就说明对他是有一点儿兴趣的，对不认识的人，傅寒舟向来是懒得多看一眼。

苏云景突然觉得这剧情有点儿熟悉，《星光璀璨》这部小说里的女主角第一次跟傅寒舟见面，就救下了发生车祸的傅寒舟，还巧合地赶上傅寒舟发病，慕歌守了他一夜，用女主角光环成功让他的幻觉消失了。

今天苏云景也从车祸中救了傅寒舟，也赶上他发病，看样子还让他幻觉消失了。

苏云景忍不住吐槽，他们俩的相遇怎么这么像小说？他怀疑，自己所处的现实世界或许也是一本小说，只是他以前不知道而已。

医生已经给傅寒舟检查完了，苏云景跟着医生出了病房，询问傅寒舟的病情。

医生看了一眼苏云景："你跟病人什么关系？"

苏云景顿了一下，说："我是他的朋友。"

"他有轻微脑震荡的症状，目前看着没什么大问题。如果不放心的话，建议做个脑部CT，全面检查一下，这样你们也能安心。"

苏云景想给傅寒舟做个脑CT，但他不是家属，没办法让医生给他开检查单。

跟医生聊完，苏云景回了病房。

这间病房是两人间，苏云景这点儿伤原本不用住医院，但为了照顾傅寒舟，他还是办了住院手续。

傅寒舟明显是不认识自己的，苏云景默默地坐到自己病床上，拿出自己手机问傅寒舟："你要不要给你家人打个电话？"

傅寒舟扫了一眼苏云景递过来的手机，视线逐渐移到他手心被烫红的伤痕上。

护士给苏云景涂了药膏，因为没烫破皮，所以就没包扎。

怕傅寒舟只是不认自己的这张脸，苏云景对暗号似的叫了一声："'船船'。"

傅寒舟除了盯着他外，没任何反应。

"陆家明？"

还是没反应。

苏云景深感挫败，看来他是真的不认识自己了，这是一个全新的傅寒舟，新到连过去的记忆都没有。

傅寒舟有轻微的脑震荡症状，医生建议他卧床休息，尽量少走动，饮食也要清淡些。

苏云景出去买了两碗粥和一些清爽的小菜，回到了病房。虽然傅寒舟不搭理他，也不跟他说话，但把他买的晚饭吃了。

晚一点儿的时候，沈年蕴得到消息来到了医院。沈年蕴得知是苏云景救的傅寒舟，感谢了他一番，在听见苏云景的名字时，他也没有特别的反应。

这下苏云景总算确定，系统只是把傅寒舟送过来了，其他一点儿"金手指"都没给。

第二天一早，苏云景的父母坐火车来了。

沈年蕴听说后，亲自来医院见了苏云景的父母，还带了一份贵重的礼物表达自己的感激。

苏爸爸和苏妈妈没想到儿子居然救了沈年蕴的孩子，这可是经常出现在财经新闻里的人。

长辈在病房外谈话时，苏云景趁机进了病房，走到傅寒舟旁边："咱们能遇见也算是一场缘分，希望以后还能联系，这是我的联系方式，你可以随时来找我玩儿。"

苏云景把写着他电话号码、QQ号、家庭住址和学校地址的字条叠好，放进了抽屉里。

今天他爸妈来，就是为了带他回去的，出院手续都办好了。

就算找到傅寒舟，苏云景也不可能一直赖在他身边，毕竟自己对

他来说就是个陌生人。

跟沈年蕴谈完后,苏妈妈催促苏云景:"小景,咱们该走了。"

苏云景有点儿恋恋不舍地跟傅寒舟说了句"再见",转身出了病房。

临走时,他忍不住回头又看了一眼,正好傅寒舟也在看他。

迎着那双黑黢黢的眼睛,苏云景慢慢绽放出一个笑容,莹润温柔的眸底有涟漪一圈圈漾开。

傅寒舟的嘴唇倏地抿紧。

跟傅寒舟遇见到现在,已经一个星期过去了,对方却一直没联系过自己,这让苏云景十分失望。

看来他得好好学习,考上一所好大学,争取进入沈年蕴的公司。虽然未必能在公司遇见傅寒舟,但起码是一个机会,如今他只能走一步看一步了。

苏云景正准备奋发图强,事情突然峰回路转、柳暗花明了。

周一早读课上,苏云景班主任走进来:"大家安静一下,咱们班来了一位转学生,希望大家能好好相处。"

在一众同学的目光中,一个穿着运动服的少年走进了教室,让不少女生眼前一亮。

那一瞬间,苏云景全身的血脉像冻住了似的,他怔怔地看着门口那个眉眼精致的少年。

对方也在四十多个人中,一眼就看见因为个子高而坐在后排的苏云景。

苏云景的眼眸一点点染上了笑意。

他的"船船"来找他了!

Extra 04

"端水"大师

> 一个傅寒舟很乖巧,两个傅寒舟很能闹,
> 三个傅寒舟彻底乱成一锅粥。

下午两点,苏云景坐在诊所用平板电脑跟宋文倩视频。

还有一个月就到傅寒舟生日了,苏云景想给他织一条围巾,所以正在跟宋文倩取经。

聊到一半时,门外传来一阵轻微的动静。

苏云景下意识地看了一眼桌上的电子表,下午就一个来访者,但约的是两点半。

难道是傅寒舟突然回来了?

苏云景挂了视频,起身走过去。随着房门拉开,他看清眼前的访客,瞳孔剧烈收缩。

门口站着一个约莫八九岁的男孩儿,留着一头齐耳的头发,五官精致,皮肤白皙,一双眼眸黑黢黢地沁着寒意。

五分钟不见,傅寒舟怎么缩水了?

苏云景眨了好几下眼,面前还是那个缩小了好几倍的傅寒舟。

他讷讷地张开嘴:"你……"

不等苏云景说完,男孩儿冷冷地打断他的话:"你是谁?"

看着满脸警惕的小傅寒舟,苏云景感觉事情有点儿奇怪。

十分钟后,接到苏云景电话的傅寒舟赶了过来。

苏云景在电话里只说遇到了一件棘手的事,看到幼年版的傅寒舟,傅寒舟没想到会是这种棘手事。

苏云景下午有访客预约,虽然想弄清楚现在是怎么回事,但来不及取消预约,只能让傅寒舟带着突然冒出来的小寒舟去会客室。

心理咨询的时间通常一个半小时,情况特殊时时长会增加。

结束心理咨询后,苏云景去了会客厅。里面的气氛不太好,一大一小两个傅寒舟对峙而坐,一个冷漠,一个戒备,明显沟通得不顺畅。

听到开门声,大傅寒舟瞬间换了一个态度,眉眼温和地朝门口看来。小傅寒舟压根儿没搭理苏云景,稚气的脸上十分冷漠,苏云景进来都没让他的眼皮抬一下。

苏云景的目光在一大一小两个傅寒舟的身上转了一圈,最后落到大的身上。

他用眼神无声地询问:这个小的到底是怎么回事?

傅寒舟倒是没有避讳:"我跟他说了现在的情况,但他什么都不肯说,看他的模样和衣着,应该是八岁时候的我。"

苏云景的大脑处理不了这么离奇的事,张了两下嘴,最终说:"先回去吧。"

听到苏云景说回去,大傅寒舟起身准备走,小傅寒舟却纹丝不动。

苏云景看向小傅寒舟,对方也正用那双黑白分明的眼睛审视着苏云景。

他仿佛一头误闯进其他领地的小兽,整个人戒备而警惕:"你是谁?"

苏云景一怔,现在的傅寒舟还不认识闻辞,对他这张脸自然有免疫力。无论是多大年纪的傅寒舟,警惕心一点儿都不少。

苏云景犹豫着要不要告诉他自己是陆家明。

似乎是看出苏云景的想法,大傅寒舟不露声色地挡在他面前,阻拦他们俩对视的目光。

看着小版的自己,傅寒舟冷淡地说:"刚才我已经跟你说得很清楚了，你应该明白我就是长大后的你。"

"对，对，"苏云景赶紧搭腔，"你现在没地方去，先跟我们回去吧。"

小傅寒舟没说话，定定地看了一眼大傅寒舟，沉思了几秒，最终从座椅上下来。

苏云景见状松了一口气。

这件事太过离奇，但他来到小说世界遇见傅寒舟本来就足够离奇，现在出现了一个小傅寒舟，似乎也没什么不可理解的。

问题是小傅寒舟的戒备心很重，无论问他什么，他都闭口不言。

大傅寒舟倒是很淡定，回来之后继续踩着缝纫机做衣服，对于突然冒出来的小傅寒舟并不关心。

苏云景正在犯愁时，一旁的傅寒舟突然叫了一声。

苏云景回过神，转头看他："怎么了？"

傅寒舟垂眸捂着自己的手背，等苏云景走过来，他才把手伸过去给苏云景看。

傅寒舟的手背不知道被什么东西划了一道，伤口细得像条虾线，血都没流多少。

苏云景问："怎么弄的？"

傅寒舟说："被针划的。"

虽然伤口小，但谁让受伤的人娇气，苏云景从抽屉拿出创可贴，撕下包装给傅寒舟贴上。

他叮嘱说："一两小时内不要碰水，等第三小时伤口应该就能长好。"

听出苏云景话里的调侃，傅寒舟眸底漾出了一点儿笑。

苏云景正想要再逗他两句，傅寒舟右手的手掌突然长出几个疤。

看着手掌上的疤，两个人皆是一愣。

苏云景以前看过不少科幻电影，他想到一种可能性，瞳孔一震，起身冲出了房间。

苏云景推开客房门,果然是一地碎玻璃,小傅寒舟满手是血地站在床头。

玻璃杯不知怎么回事炸了,碎片扎进他的手掌,血顺着指缝"滴滴答答"地往下流。

苏云景走进去,正要给他清理手上的碎玻璃,对方却不领情地后撤避开了。

苏云景抬起头,撞上一双漆黑漠然的瞳孔。迎着他防备的目光,苏云景叹了一声:"我只是帮你处理一下伤口。你放心,我会小心一点儿,尽量不碰到你。"

傅寒舟从小就不喜欢别人碰他,就像一只长着尖刺的刺猬,任何人靠近他都会被扎一手刺。

他没理苏云景,随手把扎进肉里的碎玻璃拔出来,然后抽了几张面巾纸擦了擦手上的血。

看他潦草粗鲁的处理手法,苏云景默然,要知道一分钟前的大傅寒舟,手背浅浅地划破个皮都要跟他撒娇。

苏云景有些无奈:"其实我……"

门口响起一道声音:"这有药膏。"

傅寒舟走进来,将那支药膏放到床头柜上,淡淡地对小傅寒舟说:"不想别人碰你,你可以自己涂。"

苏云景再迟钝,也察觉到大傅寒舟对小傅寒舟的不喜,他有些奇怪地看了一眼大傅寒舟。

由于小傅寒舟对自己很排斥,苏云景也就没有强行给他涂药,打扫了地上的碎玻璃就离开了。

回到客厅,大傅寒舟正坐在缝纫机前,没什么表情地做着他的小衣服。苏云景坐到他旁边,故意用胳膊撞了他一下:"不高兴?"

傅寒舟垂着眼睛说:"不高兴的人是你。"

苏云景一时没理解:"什么不高兴的人是我?"

傅寒舟停下手里的动作,转头一眨不眨地盯着苏云景:"因为我对他的态度。"

苏云景咳了一声:"没有,我只是……"

傅寒舟接过他的话:"只是觉得我不应该对他态度这么不好。"

苏云景不说话了,因为他的确感觉到大傅寒舟对小傅寒舟有敌意,当然也可能是他的错觉。

傅寒舟忽然说:"还有几天就要九月初十了。"

苏云景不明白他为什么会说起这件事,疑惑地看向他。

傅寒舟继续说:"当初你说我可以用你的生日,所以他这次跑出来是要找你一块儿过九岁的生日。"

苏云景的胸口顿时涌上一股难言的酸涩。

傅寒舟睁开眼睑,眸底一片淡然:"他经历过的,我也经历过,所以我不觉得他有什么好可怜的。"

他不喜欢小傅寒舟,小傅寒舟也不喜欢他,在他看来这是一件再正常不过的事。同类相斥,没有一个傅寒舟是喜欢自己的。

苏云景:"但我感到遗憾。"

傅寒舟的眼睫动了一下,他慢慢地转过头,苏云景温润的眼眸清楚地映着愣神的他。

"他受伤,你手上也会出现疤痕,他就是你,你就是他。不管遇到哪个时期的你,只要是你,我都想对你好一点儿,如果能重来,我也想陪着你一块儿长大。"

苏云景没办法看着任何一个傅寒舟孤零零的,不去管他。虽然他满身是刺,但剥下那些刺,他就像蚌壳里的软肉。

苏云景既然剥开过他的蚌壳,就有责任保护他、照顾他,让他不受到伤害。

傅寒舟沉默了半晌才说:"那你可以只管我。"

苏云景觉得好笑又无奈:"放心,管你们俩,我绰绰有余。"

傅寒舟不觉得苏云景绰绰有余,但他知道苏云景总是对看起来弱小的生物心软,虽然他不觉得小傅寒舟有什么好叫苏云景心软的,不

过还是没在这个节骨眼儿说什么。

安抚好大傅寒舟，苏云景忍不住又去客房看小傅寒舟。

这次苏云景没直接进去，轻轻地叩了两下门："寒舟？"

苏云景等了一会儿，里面没声音，担心小傅寒舟出事："你不说话，我进来了？"说完，他又等了三四秒，然后拧动门把手，推开了房门。

傅寒舟坐在床头，听到开门声，他没有任何反应，盯着床头柜上的电子表没理苏云景。

苏云景在心里叹息一声，走过去说："我拿了相册，你要不要看看？"

怕他不信他们的话，苏云景拿来了傅寒舟这些年拍的照片给他看。

小家伙这才偏头看了苏云景一眼，神色漠然，只一眼，他又转过头去。

苏云景也不气馁，开口问他："你手怎么样，涂了药吗？"

见傅寒舟还是不理人，苏云景踌躇了一下："我听寒……我听他说，你这次跑出来是想找陆家明，其实我就是陆家明。"

他话音刚落，傅寒舟的眼神如同一道利光朝他射来。

"我知道这件事有点儿匪夷所思，但我确实就是小时候跟你一块儿玩的陆家明，我们的生日是九月初十，我送你的那部手机号是……"

听着苏云景讲出自己跟陆家明过去的事，傅寒舟仿佛一头被人冒犯的小兽，目光逐渐凶狠起来："这些事是他告诉你的，是他让你冒充陆家明来骗我？"

苏云景摇了摇头："不是。"他半蹲在傅寒舟面前，视线与傅寒舟持平，"我知道你现在不相信我，但没关系。"他对这个竖着满身刺的傅寒舟说，"因为我相信不管我变成什么样子，你最终都能认出我。"

傅寒舟看着眼前这个温和的人，半晌才开口："你说你是陆家明，那你教我发的第一条短信是什么？"

问完，傅寒舟的目光盯着苏云景的脸上，带着审视的意味观察他神情的每一个变化。

在听到这个问题的一瞬间，苏云景怔住了。

傅寒舟见苏云景停顿了足足四五秒，然后才抬起眼睛看着他说："什么时候放学，这是你让我教你的。"

那个时候的傅寒舟住在孤儿院，他每天都会在门口目送陆家明上学。

他一天之中最快乐的时光，就是陆家明放学来找他，他学的第一个字是陆家明的姓，发的一条短信是问他什么时候放学。

傅寒舟的眼睫毛翕动，眸中的戾气还没消散，神色却透出几分茫然。但很快他恢复了冷漠，然后将脸别了过去。

知道他身上的刺一时半会儿不会拔掉，苏云景没再说什么，给他时间消化这件事。

晚饭时，小傅寒舟没下来吃饭，见苏云景把饭菜给他端到房间，大傅寒舟有些不满，沉着脸跟在苏云景身后一块儿上了楼。

苏云景放下饭菜没待太长时间，怕他们俩起冲突，赶紧带着大傅寒舟下楼吃饭。

吃完饭，苏云景给助理打电话，让他把近期预约的来访者推掉。

现在这种情况，苏云景也没什么心情搞事业。

睡到半夜，苏云景不太放心，忍不住去客房看小傅寒舟。

现在的小傅寒舟很"扎手"，虽然苏云景有信心对方会认出他，但不敢太冒进，怕弄巧成拙，毕竟不熟的时候，小家伙可不好哄。

苏云景操着一颗老父亲的心，本来是想偷看一眼，要是一切安好，他就回去继续睡。

没想到小傅寒舟根本没睡，苏云景一进去跟床上的人来了一个对视。

苏云景面上浮现出一丝尴尬："还没睡？"

房间没开灯，窗外的路灯勉强照出屋内的轮廓。傅寒舟躺在床上，那双被夜染黑的眼睛不带任何情绪地看着苏云景。

苏云景被他看得更不自在。他轻轻地咳嗽了一声："我就是来看

看。手还疼不疼？"

傅寒舟没说话。

苏云景实在没什么可说的了："那你早点儿睡，有什么事就去隔壁房间找我。"

傅寒舟只是看着他，还是没有说话的意思。苏云景不再多言，转身离开了房间。盯着那扇关上的房门，傅寒舟抿了抿嘴唇。

五分钟后，苏云景重新返了回来，手里多了一只半人多高的玩偶熊，身上还穿着一件蓝色针织衫。苏云景将玩偶熊放到傅寒舟床边："给你抱着睡。"

他记得傅寒舟小时候特别喜欢挨着人睡觉，每次醒来苏云景的胳膊都会被他压麻。

傅寒舟看了一眼玩偶熊，没有任何动作。

苏云景："早点儿睡，我走了。"

从客房出来，苏云景正要回去睡觉，转身看到一道修长的身影立在光线暗淡的走廊。他吓了一跳。

看清那人的模样，苏云景缓了一口气，问："你怎么还不睡？"

傅寒舟指责说："你偷我的玩偶熊给别人。"

他说话的声音不小，苏云景怕客房的小傅寒舟听见，连忙走过去"嘘"了一声，示意他声音小一点儿。

傅寒舟倒是听话，压低声音重复："你偷我的玩偶熊给别人，编号七十六，穿蓝色针织衫，中型号的玩偶熊。"

苏云景："……"

傅寒舟会给玩偶熊编号，甚至也给玩偶熊身上的衣服编号。上百只玩偶熊他如数家珍，还能准确地说出他拿走的是哪一只，是什么编号，苏云景觉得十分离谱。

这是怎么看出少了哪只的？

苏云景哭笑不得地说："我哪有偷你的玩偶熊给别人？我分明是拿你的玩偶熊给你。"

傅寒舟不听苏云景讲道理："你偷我的玩偶熊给别人。"

苏云景拿他没办法，只能哄着："我明天再给你买两只，行不行？"

傅寒舟咬着牙说："不行，你去要回来！"

苏云景顿时一个头两个大："都送出去了，我怎么好意思再要回来？况且那不都是你自己吗？"

傅寒舟斤斤计较地说："我是我，他是他，既然他单独分裂出来了，那就不是一个人。"

苏云景张了张嘴，想反驳，却又不知道怎么反驳。

怕小傅寒舟听到这些话，苏云景赶紧抓着大傅寒舟回房间，哄了半宿，终于安抚好他的情绪。

第二天，苏云景还是把玩偶熊要了回来，好在小傅寒舟也不太在乎，苏云景拿走玩偶熊，他也没说什么。

要回来之后，大傅寒舟冷着脸扒下了玩偶熊身上的衣服，认认真真地给它洗了一个澡，就差拿去消毒了。

苏云景有些头疼地按了按太阳穴，分明是一个人，怎么感觉比仇人还仇人？

下午，苏云景趁着大傅寒舟整理新做的小衣服的时机，拿着平板电脑准备偷偷溜出去。

大傅寒舟立刻扭头追问："你去干什么？"

苏云景实话实说："我给宋妈妈打个视频电话。"

傅寒舟仿佛一条缉毒犬，视线在苏云景脸上转了一圈，最终点头同意了。

马上就到傅寒舟生日了，苏云景这段时间经常偷偷联系宋文情，他自以为瞒得很好，其实傅寒舟知道他可能要搞生日惊喜，因此一直假装不知道。每次他跟宋文情视频，傅寒舟都不会凑上去打扰他们俩。

苏云景顺利地走出房间，路过客房时停了下来。

自从他坦白自己就是陆家明后，小傅寒舟还是对他爱答不理，但不像刚见面时那么防备了。

苏云景不想逼得这么紧，傅寒舟能认出他两次就能认出他第三次、第四次，甚至是一百次，这点儿自信苏云景还是有的。他没进客房，转身下了楼。

苏云景躲进厨房，然后给宋文倩打去视频电话。

现在的宋文倩不像年轻时那么拼了。五金店里雇了两个人，她就不用每天都去店里，闲下来的时间可以跟老姐妹打麻将、旅游。

宋文倩跟苏云景一见如故，几年前认了他和傅寒舟当干儿子，隔一段时间就会往他们这里寄自己做的腌制品。

苏云景正听着宋文倩抱怨陆佳宝不想结婚，余光瞥见一道影子，转头就看见八岁的傅寒舟站在厨房门口。

苏云景慌了一秒，下意识看向手机屏幕。

宋文倩见过小时候的傅寒舟，这要是让她看见眼前这位小傅寒舟，非得把她吓着。

苏云景赶紧关了摄像头。

视频那边的宋文倩纳闷儿："怎么没影儿了？"

苏云景只好撒谎："我不小心关了摄像头，您刚才说佳宝怎么了？"

一提到陆佳宝，宋文倩没工夫关心摄像头的事："她说不想结婚，说什么搞事业，对谈对象没感觉，只想'嗑'什么'纸人'，'纸人'是什么？"

"她说的应该是'纸片人'。"苏云景一边跟宋文倩解释，一边朝门口的小傅寒舟招手。

小傅寒舟立在门口，目光幽幽。

苏云景用口型对小傅寒舟说："过来。"

在苏云景极力邀请下，他慢慢地走了过去。

苏云景将手指压到唇上，对小傅寒舟做了一个"嘘"的动作，然后指了指手机，让他看见视频另一头的宋文倩。

对小傅寒舟来说，他只是半年没见到宋文倩，手机里的人却苍老了许多，眼角眉梢都带着岁月的纹路。虽然跟记忆中的宋文倩有出入，但他看到她，还是回想起了很多过往的事。

小傅寒舟看着手机里的宋文倩，漆黑的瞳孔动了一下。

忽而耳边感到一热，是苏云景凑过来小声说："佳宝就是宋妈妈肚子里的那个宝宝。"

傅寒舟和沈年蕴走的时候，宋文倩已经怀了孕，当时他还说肚子里是个女孩儿，没想到还真被他猜中了。

跟小傅寒舟解释完，苏云景又开始宽慰宋文倩："现在年轻人有年轻人的想法，佳宝正值事业上升期。她刚当上经纪人，哪有时间谈恋爱。您别太着急。"

宋文倩："我知道，所以我也只跟你唠叨两句，我要是跟她说，指不定有什么话等着我呢。"

挂了视频电话，苏云景转头看小傅寒舟："这下你总相信我们的话了吧？你已经来到二十二年以后，他就是长大后的你……"

小傅寒舟打断了苏云景的话，直白地问："你为什么叫苏云景？"

苏云景被他问蒙了，而后笑着说："你怎么知道我的名字？"

苏云景记得自己没跟他说过自己的名字，这个家知道他名字的人从来不叫他大名，大多时候叫他"哥"。

小傅寒舟说："我看到你办公室里的名片了。"

这个问题让苏云景有点儿犯难。他想了一下措辞，开口说："我本来就叫苏云景，陆家明是我的身份之一，就跟你来到二十二年以后一样，我也有过一段离奇的经历。"

小傅寒舟很敏锐："身份之一？"

苏云景再次卡住："这事有点儿复杂，一时半会儿解释不清。但我就是陆家明，这件事我没有骗你。"

小傅寒舟定定地看着苏云景，眼睛阴沉沉的，不知道在想什么。最后他别开视线，对苏云景这番说辞没说信，也没说不信。

但苏云景觉得自己过了第一关，进入了傅寒舟的观察期。这个时期的傅寒舟，苏云景一点儿都不陌生，只要熬过这个阶段，他就会收

获一个"小黏包"。

虽然苏云景至今不知道通关标准是什么,但根据他过往的三次经验,这个阶段不需要做太多事,给予傅寒舟正常的关怀就好。

小傅寒舟手上的伤还没好,一个人不方便洗澡。怕他伤口发炎,晚上苏云景给他拿了一次性手套。他特意买了儿童款,但还是有一点儿大。

"我去拿胶带,缠一圈应该就能行。"

小傅寒舟站在浴室,一言不发地任由苏云景折腾。

苏云景捏着一次性手套的口,用防水胶带在小傅寒舟的手腕处缠了两圈。

"好了。"苏云景抬起头,"这样伤口就不会沾到水了。"

橘色的灯光落下来,将小傅寒舟那双漆黑的眼眸染成了蜜色,他无声地看着苏云景。

苏云景微微一怔,抿了一下嘴唇说:"要不然我给你洗吧?"

小傅寒舟不喜欢外人碰他,所以苏云景没有强行帮忙,但刚才给他缠胶带的时候,他已经不像昨天那么排斥。

果然小傅寒舟没拒绝苏云景的提议,但也没有点头同意。

观察期的傅寒舟向来不爱说话,让人很难猜透他的心思。以前的苏云景可能会心里发虚,但是现在的他早已经能熟练应付这个阶段的傅寒舟。

见小傅寒舟不说话,苏云景也没再问,拿下花洒试了试水温。

洗完澡的小傅寒舟唇红齿白,头发乌亮,只是那双眼睛太过沉静冷清,没有这个年纪的孩子该有的童真。

不过看他躺在蓬松柔软的被褥里,哪怕没有一个笑脸,苏云景还是觉得他很可爱。

苏云景在对方阴沉的目光中,笑着道了一声"晚安"。

傅寒舟还是没说话。苏云景抬手关了房间的灯,然后离开了。

大概是在客房待的时间太长,苏云景一出来就看见大傅寒舟脸色不好地站在他房间门口。

苏云景心道一声糟糕，干笑着走过去："还不睡？走，走，看看你新做的小衣服。"

接下来的几天，小傅寒舟继续贯彻"不主动，不回应，不拒绝"的方针，无论苏云景说什么、做什么，他都没什么反应，一天下来，话也说不了几句。

在苏云景看来这就是进步，只要不是像最初那样浑身是刺，碰一下就"扎手"就已经很不错了。

大傅寒舟因为苏云景在小傅寒舟身上花费太多时间，最近心情不太好。

为了哄他，苏云景下厨做了他爱吃的鱼，在厨房忙活了一个多小时才开饭。

大傅寒舟进厨房帮忙，看见砂锅里的粥，眉梢动了一下："鱼片粥？"

苏云景听出他话里的不对劲儿，转头看过来："怎么了？"

他不仅熬了鱼片粥，还红烧了一条鲤鱼。

傅寒舟摇了摇头："没什么。"

他说完将砂锅端了出去，小傅寒舟已经坐到了餐桌上。两个人谁都没有看谁。

苏云景拿了碗筷过来，先给大傅寒舟盛了一碗鱼片粥，然后又给小傅寒舟盛了多半碗鱼片粥。

看着八岁的自己毫无芥蒂地拿汤匙喝了一口粥，大傅寒舟的唇角慢慢绷直。但等苏云景给他夹过来一块鱼肉，他眸里的情绪一下子被冲淡，端起碗不紧不慢地喝着粥。

吃完饭，苏云景翻出医药箱给小傅寒舟换药。他手上的伤不重，但之前包扎得太粗糙。自从他不再排斥苏云景后，苏云景就尽量不让他受伤的手沾水，每隔两天还要换一次药。

苏云景上完药正收拾医药箱，助理打来一通电话。

这几天苏云景把能推的访客都推了，但有几个情况特殊，助理来

电就是提醒苏云景明天下午有预约者。

挂了电话,苏云景转身见小傅寒舟正在盯着自己,忍不住跟他报备了一下行程:"我明天有工作。"

对方除了直勾勾地看着他,还是没有回应。

苏云景稍作犹豫,然后开口问:"你要跟我一块儿去吗?现在我能做主了,你不想留在家里等我放学,可以跟我一块儿去的。"

傅寒舟的眼睫颤了颤,双眸慢慢浮现一层雾气。

没想到他会这样,苏云景心口一疼,轻声叫他:"寒舟?"

小傅寒舟凑过来枕在苏云景的肩上,眼里的雾气越来越厚,仿佛一只落水的幼猫,靠着本能寻到一处温暖的地方,闭上了眼睛。

苏云景没再说话。他轻轻抱住小傅寒舟,拍着他的后背安抚他。

不远处的楼梯口站着一人,神色阴沉地看着客厅里温情的一幕。

半个多小时后,苏云景将睡着的小傅寒舟抱回房间。

这些年苏云景一直想要减弱自己对傅寒舟的影响力,希望傅寒舟能多交朋友,能多出去走走。为了将生活跟工作区分开,他很少让傅寒舟在工作时间来工作室。

但小傅寒舟的到来,让苏云景想起当年那个在寒风中等他放学的小男孩儿,他被铁栅栏挡在门里,除了静静地等着,什么都做不了。所以他要苏云景教自己发的第一条短信,就是问苏云景什么时候放学。

苏云景把小傅寒舟放到床上,手指在他额头上轻轻碰了一下。确定他一时半会儿不会醒,苏云景起身走出房间,想跟大傅寒舟说一声,以后可以随时来工作室找自己。

苏云景在卧室和服装间没找到大傅寒舟,于是他去了专门放玩偶熊的房间。

大傅寒舟果然在里面。

大傅寒舟坐在木质地板上,背对着房门,玩偶熊整整齐齐地放在柜子里,他没拿下一只。

苏云景以为他在生闷气,走过去正要哄他,在看到他的神情时,要说的话全都堵在嗓子里。

初秋的日光透过窗大片大片地洒进来，傅寒舟面窗而坐，低落地垂着眼眸，眼底湿答答的，浮动着一层水光。

苏云景的心立刻揪起来，傅寒舟难过时总是这样沉默无声。

这种时候，苏云景能做的就是陪伴。他坐到了傅寒舟旁边："心情不好？可以跟我说说吗？"

大傅寒舟其实没有心情不好，他只是想起了过去。

八岁那年，临近他们俩生日的那几天，他很想陆家明，就从家里跑了出来。

现在这个小傅寒舟梦想成真，来到了二十二年后，找到了陆家明，但他没有。这个小傅寒舟可以窝进陆家明的怀里，但他只找到了陆家明的墓碑。

那天的墓园很冷，陆家明被葬在半山腰，他坐在他的墓碑前。墓碑很冷，一直冷到他心里，提醒着他陆家明已经永远地离开了他。

他很妒忌这个小傅寒舟，但又不得不承认，苏云景总是让他觉得安心。不管什么时候遇上自己，不管自己态度有多不好，苏云景总是耐心地包容自己。

"我没事。"大傅寒舟转过头，摊开手掌伸到苏云景面前，"你看，疤淡了。"

苏云景低头，在他的手掌轻轻吹了吹。

第二天下午，苏云景带着一大一小两个傅寒舟去了工作室，他会诊时，他们俩就在会客室里等着。

结束一天的工作，苏云景简单地收拾了一下办公室，关灯准备回家。

拉开房门，门口站着一个挺拔少年。那少年穿着灰色的运动装，凤眼、薄唇，五官精致。

看着至少年轻十岁的傅寒舟，苏云景舌头打结："你……"

对方的面色同样充满惊讶，仿佛看到苏云景是一件多么不可能

的事。

正当他俩面面相觑时，会客厅的房门打开，从里面走出来一大一小两个人。

大的那个眉目幽深，小的那个秀气漂亮，但仔细看就会发现他们俩的五官很像。

四人在走廊相遇，气氛十分微妙，足足有四五秒，没人开口说话。

少年戒备地看向另外两个自己，最后将视线放到正对面的苏云景身上。他眯起细长的眼睛，死死地盯着苏云景问："你是谁？"

苏云景张口："我……"

刚吐出一个字，会客室门前的两个人异口同声地说："他叫苏云景。"

苏云景："……"

听到这个陌生的名字，少年愣怔了一瞬，眉峰低低地压下。

苏云景赶忙说："但我的曾用名是闻辞。"

他话音刚落，三道目光齐刷刷射过来。有两道目光里充斥着不满，另外一道来自眼前的人，他的目光仿佛一把利刃，带着审视和威厉，还有一丝说不清道不明的复杂情愫。

苏云景顿时感到头大："这件事一句半句解释不清，大家先戴上口罩，咱们回去再说。"

虽然傅寒舟现在退圈了，但知名度很高，这要是被人认出来发到网上就糟了。

这里最难搞的还是新来这位傅寒舟。苏云景放缓声音询问："可以吗？"

这样的区别对待立刻引来另外两位的不满，投射过来的目光由不满变成幽怨。

苏云景没办法，只好背起小的，拉上大的，然后用眼神温和地提醒这位刚来还不熟悉情况的傅寒舟，这里不能多待，他们得赶紧走。

过程虽然有点儿艰难，好在最后他们顺利地坐进了车里。

回去时是苏云景开的车，从车内后视镜看着后排的大、中、小三个傅寒舟，他有一种做梦的感觉。

本以为傅寒舟是一个集高冷、矫情、偏执于一体的人，万万没想到有朝一日这些属性还能分开变成三个人。这要是玩"消消乐"，他俭是不是能瞬间没了？

苏云景被自己的想法逗乐了，等三个人一块儿看过来时，他立刻隐去唇边的笑，然后一本正经地给新来的傅寒舟解释了现在的情况。

小傅寒舟只认识陆家明，没见过闻辞，对苏云景这张脸没什么感觉，所以第一次见面时很警惕。但少年傅寒舟不同，苏云景觉得只要亮出自己的身份，收服这个傅寒舟是分分钟的事。

万万没想到，对方在听到他的解释之后，眼眸里的审视之意更浓了。

苏云景大为不解，回去之后忍不住问大傅寒舟："你们见到我是不是都得审核一段时间？"

他第三次来到小说世界找傅寒舟时，他们俩别扭地相处了几天，才在那个土山坡相认。

他这张脸还不够明显吗，就不能一眼认出来？

认出苏云景两次的傅寒舟不想跟苏云景讨论另一个傅寒舟，眼皮耷拉下来。

苏云景见状用手撑起他的眼皮："生气了？"

对方拨开苏云景的手，把脸扭了过去。

其实今天这种情况如果换作他，他也会是这个反应。突然来到一个陌生的地方，遇到一个跟闻辞长得很像的人，对方身边还有两个自己，他的第一个想法就是怀疑。怀疑这个世界的真实性，怀疑这个闻辞是不是自己认识的那个闻辞。当初他再次见到苏云景也是这个心态。

苏云景把这个时期称为审核期，对他来说其实是自我说服期。说服自己相信闻辞是真的回来找他了。

从大傅寒舟这里得不到有用的建议，苏云景只好去找本尊解决问题。

苏云景把少年傅寒舟安排到小傅寒舟隔壁的客房。他敲开对方的房门。

少年似乎知道他会来，站在窗边看着他，漂亮的凤眸镀了一层金色的光，乍一看有点儿像猫的眼睛。还是一只脾气不好，稍有不慎就会亮爪子的猫。

苏云景握着门把手问："要不要出去走走？"

怕少年拒绝，苏云景又加了一句："我知道你现在对我有很多疑问，咱们找个安静的地方聊聊？"

初秋的下午，日光暖烘烘地照下来，苏云景跟少年并肩走在小区里。

虽然这里的安保措施很好，但苏云景还是让他戴了口罩和棒球帽，以防被认出来。

沉默地走了一段，苏云景率先开口："你有没有什么想问我的？"

少年侧头看过来，棒球帽下的那双眼睛黑而阴沉："你为什么叫苏云景？"

听到这个问题，苏云景不禁失笑。

果然都是傅寒舟，关心的事都是一样的。

在回来的路上苏云景只是简单地解释了几句，见对方很关心这个问题，他又详细地说了一遍。

少年听完没有太大的反应。

小傅寒舟之前也是这样，所以苏云景并没有失落，只是问："还有其他想问的吗？"

少年没有再问，倒是苏云景跟他说了不少自己的事。

其实苏云景也想问问对方这些年过得好不好，但他的答案必定是不好，要不然自己第三次来到傅寒舟身边时，他的身体情况不会那么差。因此，苏云景没有问出口，把到嘴边的关怀咽了回去。唯一庆幸的是眼前的这个傅寒舟没等十年那么久。

已经发生过的事苏云景不能弥补，但自己现在可以多关心关心他。

在小区里转了一大圈，苏云景和少年傅寒舟一块儿回去。

小傅寒舟坐在客厅里等苏云景，听到开门声立刻跑了过来，还乖巧地帮苏云景拿拖鞋。

自从上次谈过之后，小傅寒舟终于收敛了身上的刺，变回过去那个可爱的小傅寒舟。

苏云景手里提着一袋商店买的雪糕，拿了一支奶味儿最重的雪糕："吃不吃？"

他递过去的时候，故意冰了一下小傅寒舟滑嫩漂亮的脸蛋。

小傅寒舟也不生气，弯着眉眼，接了过来。

看着小傅寒舟，苏云景弯腰轻轻碰了一下他的额头。

小傅寒舟仰头冲苏云景笑了笑，然后撕开雪糕包装袋，伸过去要苏云景吃。

自己吃东西前会让苏云景先吃一口，这是傅寒舟从小的习惯，直到现在也是如此。

苏云景笑着咬了一口雪糕。

身后的少年看到这一幕，嘴唇抿成了一条直线。

见大傅寒舟走过来，苏云景特意挑了一支印着玩偶熊的雪糕："这是给你的。"

因为苏云景背着大傅寒舟单独跟"别人"出去，已经成年的傅寒舟瘫着脸接过雪糕，然后往苏云景嘴里塞了一口。见苏云景被冰得直抽气，他才恶作剧得逗地笑了起来。

苏云景："……"

说真的，小傅寒舟都没他这么幼稚，更别说他是他三个中年纪最大的。

苏云景没理大傅寒舟的恶作剧，给身后的少年拿了巧克力雪糕。

苏云景记得有一段时间，傅寒舟非常喜欢买巧克力，虽然那些巧克力最后都进了苏云景的肚子里。

少年看了一眼雪糕，没接过去，而是越过苏云景直接上楼了。

苏云景满头问号，刚才在外面还挺好的，怎么突然就不高兴了？

晚上吃饭时，少年傅寒舟也没下来，苏云景都已经习惯他们在审核期的种种叛逆。

都是小祖宗，都得好好宠着。

苏云景端着饭菜要上去给少年傅寒舟送饭，一大一小也要跟着去，被苏云景拦住，只能乖乖留在餐厅。

房间没开灯，少年傅寒舟站在窗口看着外面亮起的路灯，听到推门声他也没回头。

苏云景将饭菜放到书桌上："给你放这儿了，记得吃饭。"

知道他现在在迷茫期，苏云景给予充分的理解，也愿意给他想通的时间。

说完，苏云景也没多留，转身正要走，一直沉默的人突然开口："你不用管我。"

苏云景脚步微顿，回头看向他。

少年傅寒舟也转过身，身后的万家灯火在他的侧脸上投下或明或暗的光，但眼睛依然黑黢黢的。他望着苏云景："你身边已经有傅寒舟了，不用再来管我。"

苏云景跟少年傅寒舟对视，良久，他开口问："那你身边有闻辞吗？"

少年竖起的盾，在他听到这个问题后瞬间变成了散沙。

苏云景叹了一口气："我知道我离开后你过得很不好，我希望你能开心，如果你身边有闻辞这样的人，我……"

少年傅寒舟的嘴唇颤了一下。他打断苏云景的话，死死地瞪着他："你就不回来了，把我彻底放下，是吗？"

"都是你呀，下面的傅寒舟也都是你呀！"苏云景走上前，抓过他的右手摊开。

"你看，有疤的，你们是同一个人。无论是哪个阶段的你，我都会回来找你，因为你是我的弟弟。"

傅寒舟的眼眶蓄满水汽，然后一滴滴砸下来。

九月初十这天，苏云景送了他们仨一人一副手套。

原本苏云景想送围巾，但三条围巾的工程量太大，时间又太紧张，只能退而求其次。

对这个生日礼物，三个人都很喜欢，不过因为另外两个都有，又不是很满意。但即便不开心，他们也没在这个特殊日子说什么，各自收好自己的手套。

苏云景订了一个十寸的蛋糕，还特意跟蛋糕店要了三个生日帽。

看着大、中、小三个傅寒舟戴着生日帽，身上穿着同样的衣服，脖子上围着自己给他们买的红围脖，一块儿围坐在蛋糕前，苏云景觉得很萌。

给他们点上生日蜡烛，苏云景说："许愿吧，许完咱们就吃蛋糕。"

三个人乖乖地闭着眼睛许愿，然后一块儿吹了蜡烛。

苏云景拔下蜡烛，从小到大挨个儿给他们分蛋糕。

最后分到大傅寒舟时，他十分不满："为什么我是最后一个？"

虽然他们都知道另外两个也是自己，但不可避免地，还是会生气。

这几天苏云景已经习惯了，熟练地哄道："你是压轴。"

听到这话，少年傅寒舟地眼睫垂下来，他将蛋糕放回桌上，瘫着脸用手慢慢推远，明显是不高兴了。

苏云景见状赶紧说："你这块最大。"

小傅寒舟看了看他们俩的蛋糕盘子，又看了看自己的小蛋糕，眼巴巴地望着苏云景："为什么我的最小？"

苏云景："因为你年纪小，吃多了奶油不好消化。"

好不容易哄得他们把各自的蛋糕吃了，苏云景长舒一口气。

蛋糕店旁有卖糖葫芦的商铺，苏云景拿蛋糕的时候顺手买了三串。

吃完午饭，苏云景拿出糖葫芦，一人给了一串，但他忘了傅寒舟吃东西的规矩。看着递过来的三串糖葫芦，苏云景想起刚才分蛋糕的经历，顿时头皮一阵发麻。

不管先吃哪一个，另外两个都会不高兴。

苏云景只好从每人那里拿了一颗，然后一块儿塞进嘴里，含糊不清地说："满意了吗？你们能不能不要再折腾了？"

三个人没有说话，总算停战了一下午。

到了晚上，小傅寒舟抱着自己的枕头到苏云景房间："哥哥，我晚上能跟你一块儿睡吗？"

对上他眼巴巴的目光，苏云景的心里一片柔软，他拍了拍自己旁边的位置："上来。"

小傅寒舟眼里漾着笑意，利落地爬上床躺好。

苏云景正要关灯睡觉，房门再次被打开，眉目分明的少年站在门口。

他对苏云景旁边的小鼓包视而不见，嗓音干净清冽："哥，我睡不着，想跟你聊聊。"

苏云景不好厚此薄彼，只好再收留一个。

一分钟后，房门再次被响起，大傅寒舟走进来，他什么都没说，只是幽幽地看着苏云景。

苏云景："……"

看着三双一模一样的眼睛盯着自己，苏云景咽了口唾沫，顶着压力说："今天咱们看个电影好不好？"

好不容易糊弄过一晚，第二天三个人又来了。

苏云景早有准备，微笑着拿出三副耳机，挨个儿给他们戴上，又每人发了一个平板电脑："这里面有歌唱，有故事听，还有十四行诗，都是我今天录的，想听哪个听哪个。如果不满意，明天我再给你们录。"

比起戴着耳机看平板电脑，三个人更想陪着苏云景看并不怎么想看的电影。

他们一块儿说："那看电影吧。"

苏云景："……"真是小祖宗们！

一个和尚有水喝，两个和尚抬水喝，三个和尚没水喝。

一个傅寒舟很乖巧，两个傅寒舟很能闹，三个傅寒舟彻底乱成一锅粥。

刚老实没几小时，大傅寒舟跟少年傅寒舟就因为玩偶熊吵了起来。后者认为苏云景少年时候送的玩偶熊是他的，前者则认为所有玩偶熊都是自己的。两个人因为几只玩偶熊的归属权起了争执。

苏云景一个头两个大,他再次领教了傅寒舟的占有欲,哪怕是面对自己也不肯分享。

一只玩偶熊都没有的小傅寒舟伸手扯了扯苏云景的衣角。苏云景低头看他。

小傅寒舟的眼睫一敛,目光中透着可怜,然后苏云景听见他说:"我什么都没有。"

想到他们俩小时候艰苦条件,苏云景心生怜爱:"哥哥给你买。"

小傅寒舟说:"我不要玩偶熊。"

苏云景有些错愕:"那你要什么?"

小傅寒舟:"我要一只玩偶羊。"

苏云景属羊。

苏云景笑着摸了摸小傅寒舟的脑袋:"行。"

另外两个傅寒舟闻言立刻转过头:"我也要!"

小傅寒舟:"他们有玩偶熊,你只能给我买。"

少年傅寒舟:"我也不想跟他一样,你只能给我买。"

大傅寒舟:"他们就不该出现在这里,你买的东西都应该是我一个人的!"

三个人又吵了起来。

苏云景刚想叫他们别吵,突然听到"砰"的一声,他一个激灵睁开眼。

看见旁边的沙发桌角,苏云景一脸茫然。

听到动静的傅寒舟走过来,见苏云景从沙发上摔到了地上,快步走过去将他扶了起来,然后仔仔细细地检查了一遍,看苏云景有没有受伤。

苏云景被扶到沙发上,意识逐渐清醒。

哪里有什么三个傅寒舟,都是他在做梦罢了。

苏云景哭笑不得地将额前的碎发拨到脑后,冲眼前的人摆了摆手:"我没事,就是做了一个……奇怪的梦。"

他没忍住给傅寒舟讲起了自己的梦。

　　听完苏云景的梦，傅寒舟沉默良久，然后才开口："那你觉得哪个时期的我好？"

　　苏云景："……"

　　答案当然是都好，但苏云景决定昧着良心："当然是现在的你。"

　　听到这话，傅寒舟总算满意，回厨房继续忙活。

　　苏云景本以为这件事到此为止，没想到晚上他睡得迷迷糊糊时，傅寒舟走进他房间，在他耳边轻声问："哥，你觉得哪个时期的我可爱？"

　　苏云景没多想，下意识地回了一句："小时候。"

　　等自己反应过来，睁开眼看到傅寒舟的表情，苏云景顿时后脊发麻。

　　糟了，捅马蜂窝了！

图书在版编目（CIP）数据

贪光：完结篇/策马听风著. -- 武汉：长江出版社，2025.7. -- ISBN 978-7-5804-0132-8

I.I247.5

中国国家版本馆 CIP 数据核字第 2025YE0471 号

贪光：完结篇/策马听风 著
TANGUANG: WANJIEPIAN

出　　版	长江出版社
	（武汉市解放大道 1863 号 邮政编码：430010）
市场发行	长江出版社发行部
网　　址	http://www.cjpress.cn
责任编辑	钟一丹
策划编辑	宅
特约编辑	宅
封面设计	普遍善良
印　　刷	天津中印联印务有限公司
版　　次	2025 年 7 月第 1 版
印　　次	2025 年 7 月第 1 次印刷
开　　本	880mm×1230mm　1/32
印　　张	9
字　　数	250 千字
书　　号	ISBN 978-7-5804-0132-8
定　　价	49.80 元

版权所有，侵权必究。如有质量问题，请与本社联系退换。
电话：027-82926557（总编室）　027-82926806（市场营销部）